인생
독학

정글 같은 일상을
유쾌하게 사는 법

인생
독학

권희린 지음

허밍버드
Hummingbird

우리에게는
대나무 숲이
필요해

나의 청춘은 늘 불안하고 외로웠다. 기대만큼 좋은 대학에 가지 못했고 입학 시기도 조금 늦었다. 친구들이 한창 바쁘게 사회생활을 할 때, 자발적 백수가 되어 불안함과 두려움을 느끼기도 했다. 하지만 목표 없이 '되는 대로' 살고 싶지 않았기 때문에 방황의 '삽질'을 멈추지 않았다. 영원할 것 같던 사랑은 엉뚱하게 끝이 나 상처를 줬고, 결혼 준비 중에는 우정에 회의를 느끼며 '멘붕'의 상황에 이르렀다. 요약하자면, 나의 청춘은 '삽질과 멘붕이 가득한 일상'이었던 것이다.

이런 쓸쓸한 일들이 예고 없이 닥칠 때마다 마음이 헛헛했다. 야근과 연애로 너무 바쁜 친구들, 소통이 어려운 부모님, 멘토가 없는 사회적 현실. 고민을 털어놓지 못해 괜찮은 척해야 했던 나는 사실 매우 외로웠다. 그래서 마음을 시원하게 드러내고 공유할 수 있는 '대나무 숲' 같은 공간이 절실하게 필요했다.

그때마다 책을 읽었다. 사랑이 어려울 때, 삶이 외롭고 힘들 때, 문득 어딘가로 떠나고 싶거나 가족이나 친구 관계에 대한 충고가 필요할 때면 친구 대신 책을 만나 울고 웃었다. 힘들 때마다 곁에서 조용히 토닥여 주는 책들이 있어서, 주변 사람들에게 나의 '찌질함'을 드러낼 이유도 없었고 혼자 끙끙 앓을 필요도 없었다. 이처럼 내게는 책이야말로 더 나은 미래를 설계할 수 있도록 힘을 실어주는 진짜 멘토였던 것이다. 그렇게 하루하루 일상적 고민을 함께 나누던 책들은 나를 좀 더 견고하게 만들어 주었다. 결국 책은 멘토일 뿐만 아니라 현실의 어려움과 고민을 속 시원히 털어놓을 수 있는 대나무 숲이었다.

이 정글 같은 일상에서 상처 받지 않고 행복하기 위해서는 나만의 대나무 숲이 필요하다. 누군가에게 인생의 길을 묻고 고민을 털어놓고 상담을 한다 하더라도, 결국 내 인생을 살아가는 건 나 자신이다. 아무도 대신 살아 주지 않으니 타인에게 의지하려고 하지 말고 홀로 독하게 버텨야 한다. 그래야 정글에서 길을 잃어버리지 않을 테니까.

이 책이 당신의 대나무 숲이 되었으면 한다. 그러니 경계를 좀 늦추고 마음을 좀 풀어 놓아도 괜찮다. 이제, 가벼워진 마음으로 책장을 넘기자. 비밀스러운 이곳에서 내 마음을 솔직하게 털어놓고 공감과 위로를 받을 수 있는 시간이 되기를 바란다.

대나무 숲에 온 당신에게 바칩니다.
2014년 10월. 권희린

정글 같은 일상을 살아 내는 3가지 방법

인생에 정해진 길이 있어서 그대로 따라가기만 해도 된다면, 인생이 객관식 문항처럼 그중 하나를 선택할 수 있는 거라면, 아니면 실수나 실패 후에 삶을 리셋할 수 있다면 얼마나 좋을까? 그러면 생각지도 못했던 일들 앞에서 멘붕에 빠지지도 않을 테고, 황당한 상황에서 사색이 되는 일도 많지 않을 것이다.

하지만 인생이 어디 그리 호락호락하던가. 날 못 잡아먹어서 안달인 상사와 개념 없는 후배, 밀려드는 업무에 머리는 지끈거리고, 언젠가부터 가족이 부담스럽고, 친구와의 관계는 점점 소원해진다. 사랑은 또 어떤가. 미칠 듯 사랑하다가 죽일 듯이 싸우고, 별것도 아닌 일로 헤어지는 게 다반사다. 쉬운 일이 하나도 없다. 하지만 걱정하지 않아도 된다. 이런 정글 같은 곳에서도 멋진 인생을 살 수 있는 방법이 있으니. 답은 '인생 독학'이란 단어에 있다.

인생 독학
讀學   사람은 책을 만들고 책은 사람을 만든다

우리는 다양한 경험과 학습을 통해 적당한 인성과 인격, 지성을 획득한 후에야 비로소 '사람답다'는 평을 듣는다. 하지만 겪어야 할 일이 너무 많은 이 세상에서 궁금한 것, 알고 싶은 것 모두를 직접 체험하고 익히기에는 시간과 능력이 절대적으로 부족하다. 때문에 독서를 통해 간접경험을 하면서 시행착오를 줄이는 방법을 찾고, 현인의 말에서 지혜를 쌓으며, 전문가의 가르침으로부터 지식을 얻는다. 문학을 읽으며 낭만에 빠지기도 하고, 삶에 대한 새로운 깨우침을 얻기도 한다. 즉, 인생은 책을 통해 완성된다고 해도 과언이 아니다.

하지만 '책이면 다 좋다'는 식의 생각은 위험하다. 이해도 안 되고, 공감도 안 되면서 감동조차 주지 않는 책은 독서의 재미를 빼앗을 뿐이다. 읽기는 싫고, 안 읽자니 찝찝한 책은 그 자체로 스트레스 요소가 된다. 안 그래도 힘든 세상인데, 굳이 책에서까지 스트레스를 받을 필요가 있을까. 그렇게 꾸역꾸역 읽은 책은 머리와 가슴에 아무것도 남기지 않고 시간만 축낸다. 그러니 소화하지도 못할 책을 읽느라 엉뚱한 곳에 힘쓰지 말자.

지금 내가 고민하고 있는 문제를 시원하게 긁어 주고, 마음이 아플 때는 위로를 건네며, 우울할 때는 한바탕 웃게 하는 책, 그리고 무언가가 알고 싶을 때는 필요한 정보를 제공해 주는 책을 읽는 게 좋다. 남들이 읽으니까 왠지 읽어야 할 것 같은 책보다 현실적인 욕구를 충족시키는 이런 책이야말로 나를 '사람'으로 만들어 준다.

인생 독학
毒學

나만의 확고한 주관과 '깡다구'가 필요하다
-

물에 물 탄 듯 술에 술 탄 듯, 이래도 좋고 저래도 좋은 사람들이 있다. 그들은 남을 지나치게 의식하거나 자신이 무엇을 원하는지 몰라 무조건 상대방의 의견에 따른다. 이런 습관은 당장에야 '좋은 사람'이 되어 유연한 인간관계를 만들지만, 시간이 흐를수록 자신에게는 독이 된다. 늘 이해하고, 배려하고, 양보하는 사람이라는 낙인이 내 행동을 통제하기 때문이다.

그러니 착한 사람이 아니라 나의 욕망을 당당하게 이룰 수 있는 사람이 되어야 한다. 사랑하는 사람이라고 이해만 하지 말고 처절하게 싸우면서 절충안을 찾고, 내 인생이 다른 사람의 욕망에 휘둘리지 않도록 중심을 잡고, 실수와 실패가 반복되는 불안한 일상에 '깡다구'로 버티며 '나다운' 삶을 만들어 가야 한다. 즉, 우리에게 필요한 것은 현실과 타협하지 않는 용기와 내 마음을 들여다볼 수 있는 혜안, 그리고 당당함인 것이다. 하고 싶은 것은 마음껏 즐기고, 하기 싫은 것은 당당하게 거절하고, 옳다고 생각하는 것을 지킬 수 있는 삶이야말로 정말 멋진 삶이 아닐까. 정글 같은 일상에서도 이런 삶은 가능하다. 정신만 바짝 차린다면.

인생 독학
獨學

인생은 '셀프(self)',
스스로 생각하고 스스로 행동해야 한다
-

아침에 눈뜰 때부터 잠이 드는 순간까지 우리는 끊임없이 크고 작은 선택을 한다. 선택에 대한 책임이 모두 나의 몫인 걸 알기 때문에, 부담감과 실패에 대한 두려움에 짓눌린다. 중요한 결정을 내려야 할 순간들이 다가올 때마다 누군가에게 조언을 구하고 의지하면서 책임의 무게를 조금이라도 덜어 내려고 하는 이유가 여기에 있다.

하지만 인생은 셀프다. 누구도 내 인생을 대신 살아 줄 수 없다. 결정적인 순간에는 지금껏 의지했던 사람도, 도와줬던 사람도 다 사라지고 나만 남는다. 때문에 무수한 삽질을 감행하면서라도 스스로 생각하고 행동하며 인생을 배워 나가야 한다. 홀로 걸어가는 길이 외롭고 힘들겠지만, 어렵게 깨우친 삶의 의미가 나를 더 견고하게 만든다.

고민이 생기고 역경에 부딪혔을 때, 혼자만의 시간을 통해 내 목소리에 귀를 기울이며 정답을 찾자. 진짜 답은 나에게 있으니 말이다. 혼자의 힘으로 생각하고 경험하며 이루는 일상이 모여 훨씬 더 가치 있는 삶이 될 것이다.

내 맘대로 되지 않는 것이 바로 인생이다. 하지만 마냥 주저앉아 슬퍼할 필요는 없다. 책을 읽으면서, 중심을 잡고 독하게 내 목소리를 내면서, 스스로 생각하고 행동하면서 인생을 배워 나가면 된다. 답이 정해져 있는 삶이야말로 재미없지 않은가? 그러니 멘붕과 삽질의 2단 콤보를 기꺼이 받아들이면서 인생을 독학하자. 그 과정에서 내가 원하는 삶에 가까워지는 즐거움도 찾아내길 바란다. 주위를 둘러보자. 멋진 인생은 우리 가까이에 있다.

006 프롤로그
008 인생 독학 사용 설명서

1/ 사랑이 어려운 날

018

남녀의 속마음이 궁금할 때

남자와 여자는
달라도 너무 다르다

이런 남자는 제발 피해라

031

설레는 연애 감정을 느끼고 싶을 때

메마른 감정에
자극적인 치료제를 처방하다

연애 세포를 자극하는 웹 소설

045

이별 후 가슴이 아플 때

로맨스의 끝에는
또 다른 로맨스가 있다

이별 후, 제발 이러지 말자

056

결혼의 의미를 알고 싶을 때

어떤 인생을 살고 싶은지를
먼저 고민해라

결혼에 대처하는 우리의 자세

070

둘만의 프러포즈를 만들고 싶을 때

다이아몬드보다
감동적인 프러포즈

프러포즈에 가장 잘 어울리는 책

081

결혼을 앞두고 싱숭생숭할 때

혼수보다 중요한
몸가짐, 마음가짐

결혼의 이상과 현실을 담은 작품

2 / 삶을 즐기고 싶은 날

094

미술 작품을 제대로 감상하고 싶을 때

진짜 딱 아는 만큼만
보인다

미술관 옆 HOT SPOT

105

고상한 취미 생활을 원할 때

내게도
고상한 취미 하나쯤

클래식 들려주는 애플리케이션

117

산책의 묘미를 느끼고 싶을 때

가끔은 한 템포
쉬어 가도 괜찮아

무작정 걷고 싶을 때 찾는 산책 코스

129

가장 편한 여행의 동반자를 찾을 때

책만큼 좋은
여행 친구는 없다

고전을 읽기 어려울 땐 영화부터

140

문득 어딘가로 떠나고 싶을 때

여행은 일상을 위한
필요충분조건이다

강력 추천, 일탈 여행지 TOP 3

152

책 읽기에 대한 강한 동기 부여가 필요할 때

독서는 사라지지 않는
강력한 자산이다

독서에 필요한 나름대로의 수칙

3 / 사회가 힘들게 하는 날

166

직장 생활이 힘에 부칠 때

우리는
모두 '미생'이다

출근길 지하철에서 금맥을 찾는 방법

180

청춘이 외롭고 힘들 때

인생은
퀴즈쇼가 아니다

청춘이라면, MUST DO IT LIST

193

위로를 받고 싶을 때

꿈이 있다면
무엇이든 가능하다

위로가 되고 스트레스가 풀리는 노래

206

시간에 쫓기며 살 때

시간의 주인이 될 것인가,
노예가 될 것인가?

여유로운 시간을 보낼 수 있는 장소

218

잘해야 한다는 부담감이 커질 때

진짜 인생은
삼천포에 있다

행복한 결혼을 위해 포기해야 할 것들

229

낡은 편견을 깨고 싶을 때

평범한 일상을 뒤집는
유쾌한 발상

자꾸 가고 싶어지는 이색 도서관

4 / 나, 그리고 우리를 생각하는 날

242

우정에 대한 회의가 생길 때

중요한 건
눈에 보이지 않는 거야

진한 우정을 다룬 영화

254

문득 엄마 생각에 뭉클할 때

엄마의 내일은
어떤 모습일까?

엄마가 생각나는 영화

265

가족이 평생의 숙제처럼 여겨질 때

가족은 보금자리인가,
족쇄인가?

가족의 의미를 생각하게 하는 영화

277

삶의 방향을 진지하게 고민할 때

내가
살고 싶은 삶은……

소신 있고 단단한 삶을 보여 주는 영화

288

내 삶에 만족하지 못할 때

평범한 일상을
산다는 것

일상의 감사함을 일깨우는 책

300 인생 독학에 필요한 책

남녀의 속마음이 궁금할

설레는 연애 감정을 느끼고

을 때, 이별 후 가슴이 아플

결혼의 의미를 알고 싶을

둘만의 프러포즈를 만들고

을 때, 결혼을 앞두고 싱숭

숭할 때#

1

사랑이
어려운
날

남녀의
속마음이
궁금할 때

남자와 여자는 달라도 너무 다르다

여자에게 명품 백이란?

-

대학교 3학년 때, 자유를 외치며 떠난 유럽 여행. '여행' 하면 쇼핑이고, '이탈리아' 하면 명품을 떠올려서일까. 나는 평생 한 번 갈까 말까 한 이탈리아 피렌체에서 명품 쇼핑을 위해 하루 일정을 모두 포기하고 프리미엄 아울렛 '더 몰The Mall'로 가는 정신 나간 짓을 하고야 말았다. 심지어 쇼핑에 너무 몰두한 나머지 두오모 폐관 시간 전에 돌아오지 못해 《냉정과 열정 사이》에서 아오이가 '연인들의 성지이자 영원한 사랑을 맹세하는 곳'이라 말한 두오모 쿠폴라는 구경도 못 한 채 피렌체를 떠날 수밖에 없었다. 피렌체에 간 이유가 두오모에 오르기 위함이었는 데도 말이다. 남은 건 뱀 가죽을 두른 피렌체표 명품 클러치 백. 낭만의 장소 두오모를 버린 대가로 얻은 내 인생 첫 번째 명품 백이었다.

여자들은 태초부터 화려한 장신구로 자신을 치장해 왔다. 유럽 궁전이나 박물관에 '블링블링'한 보석들이 자리를 지키고 있는 것만 봐도 알 수 있다. 남자들이 보기에는 그저 반짝이는 물건일지 모르지만 남들에게 보여 주기 위한 고급 액세서리라는 점에서 보석과 명품 백은 일맥상통한다. 남자들은 여자들의 이러한 소비 행태를 사치와 허영이라고 손가락질하지만 사실 이 현상에 남자들의 책임도 있음을 무시할 수 없다.

아직도 한국 사회에서는 여자의 사회적 성공이 남자에 비해 더 어렵다. 위로 올라가다 보면 승진을 가로막는 보이지 않는 장벽, 즉 '유리 천장'을 만나는데, 그 한계를 극복하려면 결혼과 육아는 어느 정도 포기해야 한다. 내가 열심히 해서 성공할 수 있는 기회가 남자보다 많지 않다는 얘기다. 그러다 보니 여자들은 나 대신 승진할 수 있고 성공할 수 있는 남자를 통해 신분 상승을 꿈꾼다. 돈 많고 능력 좋은 남자를 찾게 되는 이유다.

그렇다면 좋은 조건의 남자는 어떤 여자를 선호할까? 여자가 남자의 능력을 가장 큰 조건으로 여기는 반면, 남자가 여자를 만날 때 가장 중요시하는 조건은 단순하고도 일관적이다. '첫째도 예쁘냐, 둘째도 예쁘냐, 셋째도 예쁘냐'란다. 불편한 진실이지만, 여자의 능력은 외모인 셈이다.

결국 능력 있는 남자에게 선택받기 위해서는 예뻐야 하니, 화장을 하고 좋은 옷을 입으면서 자기 자신을 꾸민다. 한마디로 남자들이 사회에서 성공하기 위해 자기 계발을 하는 것과 같은 맥락으로 여자들은 외모 개선에 노력하는 것이다. 그 과정에 성형이나 명품 구입이 포함되는 거고.

물론 "화려한 여자보다 수수한 여자가 좋다", "무엇보다 성격이 좋아야 한다"고 말하는 남자들도 있다. 하지만 수수한 여자는 꾸미지 않아도 예쁜 여자를 말하는 것이고, 성격도 외모에 따라 평가된다. 날씬한 여자가 많이 먹으면 복스럽다고 말하지만 뚱뚱한 여자가 많이 먹으면 "저러니까 살이 찌지"라고 폄하하는 논리와 같다. 결국 예쁜 여자가 정답인 사회. 예뻐 보이고 싶은 여자들의 후천적인 노력은 사실 그런 여자를 원하는 남자들에게도 책임이 있으니 여자들만 싸잡아 욕할 이유가 없다.

남자와 여자는 생각 자체가 다르다. 백번 생각해도 서로를 이해할 수 없을지 모른다. 그러니 남자들에게 자동차, 카메라 같은 고가의 물건이 '머스트 해브 아이템'인 것처럼 여자들의 명품 백도 같은 존재로 이해했으면 한다. 명품 백을 갖고 싶고 가끔 분위기 있는 카페에서 브런치를 즐기고 싶다고 말하면 단박에 허영심 가득한 '된장녀'로 공격 대상이 되는데, 그때마다 억울한 생각이 든다. 그저 가치관의 차이일 뿐인데 말이다.

남자의 능력은 차?

–

친구가 소개팅에 나갔다. 상대방의 외모나 행동은 그다지 맘에 들지 않았지만, 여러 번 만나 봐야 제대로 알 수 있다는 나의 충고에 밥도 먹고 술도 한잔하며 나름대로 즐거운 시간을 보냈다. 한 잔, 두 잔 마시다 보니 분위기가 좋아져 술을 꽤 마셨고 취기가 올랐다. 남자는 친구를 집에 데려다 주겠다며 대리 기사를 불렀는데 차에 고급 외제 차인 L 사의 로고가 떡하니 박혀 있는 게 아닌가! 다음 날 친구는 그를 다시 만나 볼 생각이라고 말했다. 하지만 두 번째 만남에서 제정신으로 본 그 남자의 차에는 L 사의 로고와 매우 흡사한 K 사의 로고가 반짝였다. 그들의 만남은 계속되지 않았다.

나이가 들수록 여자는 남자가 차를 소유했는지에 많은 관심을 둔다. 대학생 때만 해도 튼튼한 두 다리로 잘만 걸어 다니더니 그새 허리에 문제가 생긴 건지, 오스트랄로피테쿠스의 후예인 우리가 직립 보행이 힘들다며 징징대기 시작한다. 차 없는 남자는 싫다고 서슴없이 이야기하다 보니 차로 자신의 능력을 평가받는 남자들도 기분이 좋을 리 없다. 그래서 남자들은 지나치게 의존적이고 데이트 비용을 모두 남자에게 떠넘기는 동시에 차도 꼭 있어야 한다고 주장하는 개념 없는 여자들을 통칭해 '김치녀'라는 신조어를 만들어 냈다. 김치를 먹는 여자들, 한마디로 한국 여자들의 속물 근성을 꼬집는 단어다.

딱히 연극을 전공하지 않았어도 모든 여자들은 연기의 달인이다. 처음 보는 남자와 인사를 나눌 때, 여자들은 아무 생각 없이 웃는 얼굴로 남자의 외적인 사양을 1초에 열 컷 이상 눈으로 찍어낸다. 전체적인 스타일과 벨트, 운동화의 브랜드를 확인하는 것은 민희에게서 배운 버릇이다. 민희는 "반가웠어요. 다음에 또 봐요"라고 말하는 3초 동안 남자가 걸치고 있는 액세서리의 브랜드를 파악하는 것은 물론, 셔츠 속에 감춰진 남자의 대략적인 몸매와 힙 업상태까지 체크했다. 가장 친한 친구에게 받은 영향으로 그의 육십만 원짜리 루이비통 벨트와 같은 브랜드의 스니커즈를 빠르게 체크했다. 물론 그가 손에 쥔 BMW 로고가 선명한 차키도 잊지 않았다.

된장녀와 순정파 사이에서 줄다리기를 하며 살아가는 20대 여성을 그린 《나의 블랙 미니 드레스》. 주인공들은 상대 남자의 성격이나 가치관에는 관심이 없다. 그보다 그의 집안 배경이나 직업, 몰고 다니는 차를 통해 괜찮은 남자인지 아닌지를 자체 판단한다. 여자의 인생이 남자에 의해 결정된다는 전근대적인 발상에 사로잡혀 있기 때문이다. 그녀들은 넓고 깨끗한 부엌에서 예쁜 앞치마를 두르고 케이크를 굽는 현모양처의 꿈을 남자에게 이야기하지만 속내는 "돈은 남자가 벌어 와야 해!"이다. '강남 라이프가 아니면 죽음을 달라!'며 출발할 때부터 조건만 따지는 여자들을 보고 있노라면 여자인 나도 답답한데 남자들은 오죽할까. 당연히 울분을 토할 수밖에. 남자로 태어난 게 죄라는 말까지 나온다. 좀 적당히 하자.

수업 시간에 남녀에 대한 인식이 옛날과 많이 달라지고 있다는 지문을 읽은 적이 있다. 나는 물 만난 고기처럼 남녀 평등에 대해 마구 '썰'을 풀기 시작했다. 요새는 연애할 때 커플 통장을 만들어 남녀가 데이트 비용을 비슷하게 부담하는 경우가 많다는 이야기, 예비 신랑 신부가 돈을 모아 공동 명의로 신혼집을 장만하기도 한다는 이야기, 육아 휴직을 내는 남자들이 늘고 있다는 이야기 등을 들려주자, 아이들의 입에서는 갑자기 군대 이야기가 튀어나왔다. 그러더니 결혼과 육아로 이어지고, 차 소유에 대한 주제로 대화는 종착점을 향해 달려가고 있었다.

"선생님은 차 없는 남자 어때요? 차 없어도 만날 거예요?"

"람보르기니 모는 남자가 좋아요, 모닝 모는 남자가 좋아요?"

순수한 마음으로 아름다운 미래를 꿈꾸어야 할 고등학생들이 생각하는 것마다 뭐가 이렇게 극단적이야. 도대체 누가 너희를 이렇게 만든 거냐. 나의 잔소리와 나름의 항변이 시작되었다.

"선생님은 차 없는 남자와 2년 반 연애하고 결혼했어. 그리고 람보르기니랑 모닝이랑 둘 다 싫거든! 람보르기니 끌고 다니는 남자는 허세 부리는 스타일이라 싫고, 내 목숨은 소중하니까 튼튼한 차가 더 좋아."

"에이, 선생님이나 그렇지 다른 여자들은 안 그래요. 차 없는 남자는 만나려고 하지도 않는대요."

도대체 어느 '카더라 통신'에서 나온 얘기인지. 하라는 공부는

람보르기니 모는 남자가 좋아요,
모닝 모는 남자가 좋아요?

안 하고 쓸데없는 걱정만 하고 있는 남학생들을 보고 있노라니 가슴이 답답해졌다. 물론 "어떤 남자 만나고 싶어?"라고 물으면 최상의 조건을 대답하기 마련이니 차 있는 남자가 좋다고 말할 수 있다. 그뿐이랴. 키 크고 몸매 비율도 좋고, 목소리가 감미로운 남자. 부유한 가정에서 굴곡 없이 바르게 잘 자란 남자. 일류 대학을 졸업해 전문직에 종사하거나 대기업에 다니는 남자. 차가 있어서 늘 집까지 데리러 오고 데려다 주는 남자. 잘났지만 잘난 척하지 않는 남자…….

어차피 희망 사항인데 말은 뭐든 못하랴. 나도 어렸을 때는 잘생긴 재벌 2세와 결혼하는 것이 꿈이었다. 그렇다고 비난할 텐가. 그저 꿈이고 희망인 것을. 차 있는 남자가 좋다는 의미는 차가 없는 남자는 아예 만나지 않겠다는 게 아니라 '이왕이면 다홍치마'의 논리로 접근해야 한다. 기동력 있고 편하니까. 남자들이 '이왕이면 예쁘고 날씬한 여자'를 원하는 것처럼 말이다.

그런데 소개팅에서 만난 여자가 차 없다고 거절한다? 남자들이여, 열 받지 마라. 차가 없다는 이유만으로 거절하는 여자는 만나봐도 뻔하다. 개념이 없다. 그리고 그런 여자와의 만남은 정신 건강에 해롭다. 스트레스 안 받고 일찍 잘 끊어 냈다고 좋게 생각해라. 여자 친구가 '뚜벅이' 데이트를 불평하거나 차를 사라고 부추긴다? 제발 그런 여자는 만나지 마라. 자기 몸 하나 편하자고 결혼 전에 '돈 먹는 하마'를 권하는 여자는 현명하지 못하다. 정신적 건강과 자산의 안녕을 위해서라도 만나지 않는 게 낫다. 예쁘다고 홀딱 넘어가서 적금을 깨거나 36개월 할부로 카드 긁지 말고.

반전이 난무하는 군인과의 로맨스

-

시들지 않는 인기를 자랑하던 대학생 시절, 나는 두 명의 남자 친구를 만났다. 하지만 슬프게도 그들은 모두 현실에 존재하지 않는 '유령' 같은 존재, 바로 군인이었다. 선배들은 하나같이 군인을 기다리는 허튼짓은 하지 말라며 현실적인 조언을 날카롭게 퍼부었지만 그때의 나는 나라를 지키기 위해 군대에 간 남자 친구를 당연히 기다려야 한다고 생각하는 '의리의 고무신'이었다. 시험 기간에도 열심히 편지를 써 댔고, 혹시라도 목욕탕 간 사이에 전화가 올까 봐 휴대폰을 방수팩에 넣어 대중탕에 들어가는 열정을 보이기까지. 수신자 부담으로 30만 원의 통화료가 나와도 그러려니 했고, 다른 '곰신'들보다 더 좋은 선물을 푸짐하게 보내겠다며 날밤을 새우기도 했다. 그렇게 2년을 기다렸고 남자 친구는 제대를 했다. 그러나 기대했던 미래는 엉뚱한 반전으로 돌아왔다.

은근히 비수를 꽂는 말,
"넌 어떻게 볼 때마다 살찌냐?"
아니면, 이모티콘 꽉꽉 채워서 문자를 보냈는데

돌아온 답문이라곤 "엉" 또는 "헐", "아니" 한두 자일 때,
친구 만나러 간다며 나랑 한 약속 취소해 버릴 때,
가족이나 친구에게 나의 존재를 숨길 때,
데이트 때마다 동네 슈퍼마켓 가는 복장으로 나올 때……
아픈 말보다 더한 상처다.

남녀의 심리와 깨알 같은 연애 노하우를 알려 주는 《남녀 심리 백서》의 바로 이 장면. 배신의 징후가 나타나 헤어지기 직전의 상황이다. 우리도 마찬가지였다. 제대한 남자 친구는 걸핏하면 나의 외모에 대해 지적을 하고 어떤 날은 나를 무시하는 태도를 보이기도 했다. 이쯤 되면 마음이 식었다는 것을 알아차렸어야 하는데 난 그것도 모르고 구질구질하게 굴었다.

"2년이나 기다렸는데 나한테 어떻게 그래?"

원래 군인과의 연애가 다 그렇다. 빡빡 깎은 머리를 보면서 안쓰러운 마음이 들어 기다리겠다고 말한 사람도 나요, 편지와 선물 공세를 시작한 사람도 나다. 우선 여기부터가 잘못됐다. 군대라는 조직에 적응하기 힘든 이병, 일병 때는 여자 친구가 험한 일상의 유일한 빛이니 '너밖에 없다'는 입에 발린 말도 척척 하고, 포상이 걸린 사격이나 축구 시합에서는 온몸을 바쳐 휴가를 따낸다. 이때 착각하면 안 된다. 그의 이런 노력은 여자 친구가 보고 싶어서가 아니다. 오직 군대를 벗어나고 싶어서일 뿐.

그러다 상병이나 병장이 되면 군대에서의 지위가 사회에서의 지위인 줄 안다. 그러니 자기만 바라보며 기다리는 여자 친구에게 고마워하기보다 부담감만 잔뜩 느낀다. 심지어 다른 남자들에게 어필하지 못하는 매력 없는 여자라고 인식하기도 한다. 하지만 그보다 더 큰 문제는 두 사람의 사회적 위치에 있다. 남자는 아직 학생, 여자는 졸업을 앞둔 4학년이거나 사회 초년생. 서로의 관심사와 목적이 다르기 때문에 삐걱거리는 사이가 되기 쉽다. 군인과는 어차피 안 될 인연이다. 온갖 변수에 노출되는 인생에서 변해 버린 남자의 마음만 탓할 게 아니다.

'2년 동안 기다렸으니 넌 나를 책임져야 해'처럼 70년대 신파 냄새 나는 무언의 협박은 남자 입장에서 볼 때 계약서에 도장도 찍지 않은 황당한 불공정 거래다. '내가 기다렸으니 너는 날 벗어날 수 없어'라니……. 영화 〈올가미〉 저리 가라다. 이쯤 되면 남자는 여자가 무서워질 것이다.

그러니 기다린 시간을 아까워하지 말고 아름다운 추억이라 여기며 '쿨'하게 헤어져야 한다. 2년이라는 시간이 엄청 긴 것 같지만 평생 배우자와 살아갈 시간에 비하면 빙산의 일각이다. 그러므로 한 살이라도 어릴 때, 나의 주가가 상장 가능성이 있는 그 시기에 연애를 접는 게 백번 낫다. 《나는 아내와의 결혼을 후회한다》(김정운, 쌤앤파커스, 2009)의 저자 김정운 교수의 말처럼 말이다.

살아 있는 이상 우리는 반드시 후회를 하게 되어 있다. 그러나 어차피 후회를 해야만 하는 것이라면 가능한 한 짧게 하는 게 좋다. 그래야 심리적인 건강을 유지할 수 있다. 짧게 후회하려면 '행동'해야 한다. 확 저질러 버리는 편이, 고민하며 주저하다가 포기하는 것보다 심리적으로 훨씬 건강하다. 후회가 오래가지 않기 때문이다.

남녀의 속마음이 궁금할 때 필요한 책

《나의 블랙 미니 드레스》 김민서, 휴먼앤북스, 2011
《남녀 심리 백서》 김은선, 책만드는집, 2012

이런 남자는 제발 피해라

❶ 연락이 잘 안 되는 남자

바쁘다며 연락이 잘 안 되는 남자, 하루에 한 번 통화하기도 힘든 남자, 전화기가 수시로 꺼져 있는 남자는 만나지 마라. 냉정하게 말하겠다. 그는 당신에게 반하지 않았다! 남자가 전문직이라서 바쁘다고? 전문직은 화장실도 안 가고, 밥도 안 먹나? 관심 있다면 화장실 가서 응가 하면서도 연락할 수 있는 게 남자다. 자꾸 자기 위안 하지 말고 그 시간에 다른 남자를 찾아라. 관심 있는 여자에게 연락을 소홀히하는 남자는 이 세상에 없다.

❷ 데이트할 때 돈 쓰는 걸 아까워하는 남자

이리저리 핑계를 대며 여자에게 데이트 비용을 부담 주는 남자는 만나지 마라(물론 남자가 다 내야 한다고 생각하는 개념 없는 여자도 문제다). 너한테 쓸 돈이 아깝다는 의미다. 그는 당신에게 반하지 않았다! "내 남자 친구는 절약이 습관이야. 나중에 잘 살 거야!"라면서 자기 합리화를 하고 있다면 제발 때려치워라. 너한테 아낀 돈 모아 다른 여자랑 잘 먹고 잘 살 거다. 나에게 투자하는 것을 아까워하는 남자는 사귀고 나서도, 결혼하고 나서도 똑같다.

❸ 허세 부리는 남자

남자는 어릴 때부터 남자다움을 강요받기 때문에 다소 무리가 따르더라도 남자답게 행동하려고 노력한다. 그리고 이런 습관은 남자의 허세를 부추긴다.

직업이나 살고 있는 동네를 속이고 온갖 사탕발림으로 여자를 꼬이며 허세 부리는 남자는 절대 만나지 마라. "너에게 잘 보이고 싶어서 그랬어!"라는 말에 동정심도 갖지 마라. 이미 진심이란 건 없다. 거짓이 거짓을 만드는 법. 모든 관계는 진솔함에서 시작해야 별 탈이 없다.

메마른 감정에
**자극적인
치료제를**
처방하다

설레는
연애 감정을
느끼고
싶을 때

사랑하는 법을 잊은 건 아닐까?

—

중학생 시절 내내 나는 하이틴 로맨스 소설과 순정 만화에 빠져 살았다. 하라는 공부는 안 하고 매일 10권이 넘는 소설과 만화책을 빌려 밤이 새도록 읽고 또 읽었는데, 남자 주인공들은 하나같이 키도 크고 잘생긴 데다가 시크하기까지 한 '차도남'이었다. 하지만 여주인공에게는 늘 젠틀하고 따뜻해 '나쁜 남자'로서의 매력이 절정에 이르렀고, 심지어 재벌 집 아들에 능력까지 뛰어났다. 그래서 당시 내 꿈은 '재벌 집 아들에게 시집가는 것'이었다. 진짜 꿈 하나 살벌하게 허망하다. 못 올라갈 나무는 쳐다보지도 말라고 하지만, 여주인공도 평범한 외모의 보통 여자였으니 '나라고 왜 안 되겠어?' 하는 오기가 생겼던 것이다. 하지만 로맨스 소설의 주인공 같은 남자는 애당초 존재하지 않았고 결국 나는 각박한 연애의 현실을 깨달았다. 덩달아 오랜 꿈도 와장창 깨지고 말았다. 그때 겨우 스무 살이었다.

로맨스 소설과 순정 만화는 스토리가 대부분 비슷하다. 남녀 주인공이 사랑하는 마음을 숨긴 채 애를 태우다가 극적으로 서로의 마음을 확인하고 달콤한 사랑에 빠져드는 이야기. 지금 이런 소설을 읽는다면 몇 장 넘기다가 "이런 뻔한 스토리, 식상해!"라며 책을 덮어 버렸을 것이다. 하지만 당시에는 이런 비현실적인 상황, 유치한 대사, 눈에 빤히 보이는 사랑의 줄다리기에 왜 그렇게 입이 바짝바짝 마르고 심장이 쫄깃쫄깃해졌는지. 사랑에 대한 환상이 큰 만큼 순수했던 건 아니었을까.

하지만 20대에 쓰디쓴 현실을 거치고 30대가 되자 생각이 완전히 달라졌다.

'뭐야, 유치해.'

'말도 안 돼. 세상에 이런 남자가 어디 있어?'

'신데렐라도 귀족 출신이니까 왕자를 만나는 거지. 백설 공주도 알고 보면 공주 아니야? 그러니까 왕자를 만날 수 있는 거라고!'

이런 생각이 들자, 한때 동경했던 유치하고 끈적한 로맨스를 자연스럽게 멀리하기 시작했다. 예전에는 '사랑'이란 단어만 들어도 심장이 뛰었는데, 이제는 사랑 앞에서도 냉정함을 잃지 않는 나를 볼 때면 '냉혈 인간'이 따로 없다는 생각이 든다. 물론 누군가에게 한눈에 반할 시기는 지났지만 사랑하는 법을 잊은 사람처럼 설레는 감정마저 잃어버린 것은 아닌지, 가끔은 이런 내가 걱정이 되었다.

우린 어딘가가 부식되고 망가진 거야
-

"우린 망가진 것 같아. 아주 심하게. 하도 당하고 아프다 보니까, 오히려 아픈 게 진짜 인생이라고 생각하잖아. 환하고 밝고 아름다운 건 꿈이겠거니, 낭만이겠거니, 철없는 판타지겠거니 하면서."
"어쩌겠니, 그게 현실인데."
"정말 그게 현실일까? 동화 같은 일이, 우리 인생에도 있을지 모르잖아. 그런 일이 실제로 생겨도 오히려 그게 더 비현실적으로 느껴져서 우리가 못 잡는 것일 수도 있잖아."

드라마 〈로맨스가 필요해 3〉에서 주연과 민정이 대화하는 이 장면을 여러 번 돌려 봤다. 나 역시 그녀들처럼 진정한 사랑, 동화 같은 현실은 판타지에 불과하다 생각했고, 아직도 꿈을 꾸는 사람은 지나치게 순수하거나 철부지라고 단정 지었다. 10대나 20대 때 가졌던 사랑에 대한 순수한 동경은 모두 추억으로만 남은 것이다. 이제는 동화 이야기도 현실적으로 받아들여 의심하고, 꿈은 허무할 뿐이라 여기는 겁쟁이가 되었다.

그래서 인생 자체도 덜 재미있다. 너무 현실적이니까. 언제 무슨 일이 어떻게 벌어질지 예상하지 못해야 재미있는데, 너무 딱딱 들어맞도록 인생을 계획하니까. 사랑도 상상 가능한 범위에서 찾고 그중에서 고르는 삭막한 줄 긋기가 되어 버렸으니까. 이처럼 비현실적인 것을 달갑게 받아들이지 못하는 우리는 어딘가가 부식되고 망가진 것이 아닐까.

네 사랑이 무사하기를
내 사랑도 무사하니까.
세상의 모든 사랑이, 무사하기를.

그렇게 이성적인 나인데 《사서함 110호의 우편물》의 이 문장을 읽자마자 심장이 '쿵' 내려앉았다. 그냥 시간을 때우기 위해 펼쳐 본 책에서 우연히 만난 글귀에 가슴이 울렁이다 못해 뻐근해졌다. 아, 이 감정, 참 오랜만이다. 10년 전, 밤새 하이틴 로맨스 소설과 순정 만화를 넘겨보며 느꼈던 바로 그 감정이다. 너무 반가웠다.

"……키스해도 돼요?"
저도 모르게 나온 속삭임.
물끄러미 그녀를 바라보더니 건이 복잡한 눈빛으로 부드럽게 웃었다.
"나한테 하는 말? 안 돼요."

진솔이 말을 잇지 못하고 가만히 보고 있는데, 그가 그녀에게로 천천히 몸을 기울였다.

"내가 할 거예요."

손발이 '오글'거리고 '악' 소리가 나왔지만 그들의 사랑이 마냥 부러웠다. '악' 소리로 반응하는 걸 보니 연애 세포가 아직은 죽지 않은 것 같아 마음이 놓였다.

사실 이 책에는 출생의 비밀을 간직한 남자 주인공이 존재하거나 캔디처럼 씩씩한 여자 주인공이 등장하지 않는다. 대단한 아픔으로 점철된 인생을 산 두 사람이 운명적으로 만나 사랑하는 이야기도 아니고. 오히려 10대처럼 무분별하지 않고, 20대처럼 격정적이지도 않은 30대의 사랑 이야기다. 그들은 적당히 계산할 줄도 알고 문제의 절묘한 타협점도 잘 알고 있으며 치명적인 내상에 미리 방어할 줄도 안다. 마치 사랑과 이별에 어느 정도 단련된 우리 같았다. 내 주변 누군가의 이야기면서 또 나의 이야기처럼 자연스럽고, '사랑이란 이런 것이었지'라는 생각이 들게 하는 소설이다. 나는 책에 마음이 풍덩 빠져들어 한동안 헤어 나오지 못했다.

'생각날 때마다 마셨더니
이젠 마실 때마다 생각나네. 시팔.'

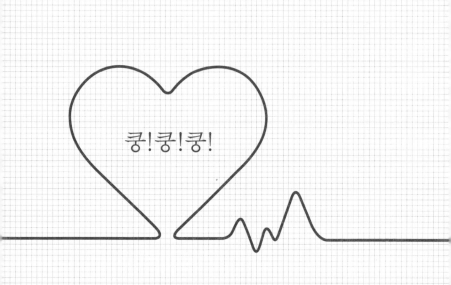
쿵!쿵!쿵!

하이틴 로맨스 소설에서나 볼 법한 이런 문구를 보고 있으니 옛 기억이 새록새록 떠올랐다. 나는 책과 음악에서 당시의 감정을 그대로 추억하는 경향이 있다. 오래전 남자 친구와 헤어져 힘들 때 손에 잡히는 대로 소설을 읽었는데, 아직까지도 그때 읽었던 책들을 보면 그 사람이 생각난다. 맘속에 고스란히 남겨졌던 상처들이 페이지를 넘길 때마다 흰 종이 위로 스멀스멀 올라오는 듯했다. 그래서 나는 그해에 봤던 책들은 잘 펴 보지 않는다.

이런 이유 때문인지 책 속 낙서를 보면서 나도 모르게 고개를 끄덕이고 있었다. 그리고 지나간 사랑이 왠지 로맨틱하게 느껴졌다. 역시 연애 소설은 사랑하면서 느끼는 슬픔이나 아픔을 아름답게 포장해서 추억하게 만드는 힘이 있다.

헛소리도 낭만적으로 느껴지는 사랑

-

"그날 빈소에서, 나 나쁜 놈이었어요.
내내 당신만 생각났어.
할아버지 앞에서 공진솔 보고 싶단 생각만 했어요.
뛰쳐나와서 당신 보러 가고 싶었는데……
정신 차려라, 꾹 참고 있었는데……
갑자기 당신이 문 앞에 서 있었어요.
그럴 땐, 미치겠어. 꼭 사랑이 전부 같잖아."

사랑에 한 번이라도 빠져 봤다면 이런 감정, 느껴 본 적 있을 것이다. 그때는 오직 상대방만 생각한다. 심장이 먼저 사랑을 알아봐 두근거리기 시작하고, 그의 사소한 몸짓 하나에도 정신을 잃을 지경이 된다. 작은 일로 토라졌다가 언제 그랬냐는 듯 웃고, 혼자 사랑을 끝냈다가 다시 시작하기를 수없이 반복한다.

이런 '어메이징한 사랑'이 건조해진 내 심장을 다시 뛰게 만들었다. 어느 순간 설레는 것도 귀찮고, 남자는 다 똑같다며 심드렁해진 마음에 살포시 바람이 들어온 것이다. 그럼 그렇지. 나는 부식되고 망가진 게 아니라 잠시 사랑의 감정을 잊었을 뿐이었다. 《사서함 110호의 우편물》은 마냥 달콤하지도 않고 코 흥 풀며 봐야 할 슬픈 결말이 기다리는 것도 아니지만 누구나의 사랑처럼 그 시작은 설렘으로 가득하다. 그래서 딱딱해진 마음을 말랑말랑하게 녹여 준다. 봄과 어울리는 이 소설 덕분에 10년 전에나 느낄 수 있었던 사랑의 감정에 공감할 수 있었다.

"낚시 가서 무슨 닭도리탕을 해 먹어? 매운탕을 끓여야지."
"닭을 낚으면 되잖아…… 우린 계속 술을 마시는 거야,
낚싯대에 닭이 걸릴 때까지."

이런 헛소리마저도 사랑 앞에서는 낭만적으로 느껴지는 법. 녹슨 문에 기름칠을 하면 잘 열리는 것처럼, 우리들의 부식된 감정에

도 기름칠이 필요하다. 달콤한 연애 소설은 찌릿찌릿한 흥분과 아련함을 최고조로 올리는 데 제격이다. 각박한 연애 현실을 경험한 뒤 다시 사랑을 시작하는 것이 두렵다면, 우선 책을 통해 잠든 연애 세포를 서서히 깨워 보는 건 어떨까.

그들은 만났을까?

-

중·고등학교 시절, 그러니까 1990~2000년대만 하더라도 이메일은 지금의 문자 메시지만큼이나 흔한 통신 수단이었다. 손 편지와 문자 메시지의 과도기랄까. 나도 당시는 이메일을 통해 첫사랑 혹은 친구들과 우정의 편지를 주거니 받거니 했다. 서로가 공유하지 못하는 시공간에서 느끼는 미묘한 감정을 글에 녹여 전하는 방법. 그것이 바로 이메일이었다. 답장을 기다릴 때의 긴장감과 설렘은 어떤 매체도 대신할 수 없었다.

이메일의 이런 매력을 백분 발산한 소설이 나타났다. 우연한 기회에 이메일을 주고받게 된 두 사람의 연애 편지《새벽 세 시, 바람이 부나요?》가 바로 그 책이다. 남의 연애 편지를 훔쳐보는 것 같아 두근거리고 이 설렘이 금방 끝날까 봐 애가 타는 책이랄까. 빨리 읽는 게 아쉬워 조금씩 아껴 읽게 된다.

우리는 환상 속의 가상 인물을 만들어 내 서로에 대한

몽타주를 작성하고 있어요. 질문을 하지만 답을 들을 수 없다는 게 그 질문들의 매력이죠. …… 우린 행간을 읽으려 애쓰고 낱말과 낱말, 철자와 철자 사이에 숨은 뜻을 읽으려 애쓰죠. 상대방을 정확하게 평가하려고 안간힘을 써요. 그러면서도 자신의 본질적인 면만은 드러내지 않으려고 철저하게 조심 또 조심해요.

레오 라이케♂와 에미 로트너♀의 인연은 단순한 오타로 시작된다. 라이크 지誌의 구독을 취소하려는 에미가 받는 사람을 '라이크like'가 아닌 '라이케leike'라고 잘못 쓴 것이다. 전혀 모르는 사람, 한 번도 본 적이 없는 사람, 앞으로도 만날 가능성이 없는 두 사람이 이런 실수로 만나게 된다. 그때 레오는 일방적으로 이별을 통보한 여자 친구에게 "난 너 아니면 못 살아!"라고 메일을 보낸 상태였는데 그녀의 답장을 기다리는 순간 에미의 '라이크 지 구독을 취소하는' 메일을 받는다. 역시 인생이든 사랑이든 타이밍이다. 절묘한 타이밍으로 두 사람의 이메일과 사랑이 시작된다.

궁금한 게 하나 더 있어요.
레오, 당신이 보고 있는 상상 속의 제 모습이 마음에 들기는 하나요?

누군가를 만나 호감을 갖고 사랑하는 단계에 이르기까지 상대방의 외모라든지 행동은 매우 중요하다. 소개팅을 하기 전에 상대방의 사진이나 인적 사항을 알고자 하는 것도 이 때문이다. 겉으로 드러나는 모습을 매우 중요하게 여기는 요즘 만남. 그런데 이 책의 주인공들은 서로에 대해 아는 것이 별로 없다. 꼬치꼬치 물으며 알려고 하기보다는 거리를 둔 채 서로의 마음을 알아가는 시간을 더 소중하게 여긴다. 미묘한 감정을 느끼고 사랑에 빠지는 과정에서의 설렘을 간직하는 것이다. 이메일을 통해 상대방의 모습을 상상하는 것이 연애 초반의 설렘과 많이 닮았다.

예, 좋습니다! 하지만 세 시 정각에 들어갔다 다섯 시 정각에 나오지는 말기로 해요. 그리고 계속 누구를 찾는 티가 나게 두리번거리지도 말고요. 아무튼 자기가 드러나도록 눈에 띄는 행동은 하지 말자고요. 저를 발견했다고 흥분해서 저에게 다가와 '당신이 레오 라이케죠. 맞죠?' 하고 묻지도 말고요. 서로를 못 알아볼 수도 있으니. 서로에게 '알아보지 못할 기회'도 줘야 합니다. 아셨죠?

《새벽 세 시, 바람이 부나요?》에서 가장 재미있게 본 장면은 사람들이 끊임없이 드나드는 카페에 시간을 정해 놓고 출몰하여 상대방을 찾아내는 '접선 신scene'이었다. 나는 직접 그 장소에 나가 상대방을 찾는 주인공이 된 것처럼 가슴이 쫄깃해졌다. 서로의 인상 착의는 물론이고 심지어 나이도 모르는 상태. 이메일을 주고받으며 상상한 이미지만으로 상대방을 찾는 식별 놀이인 셈이다.

나도 이런 만남을 꿈꿔 본 적이 있다. 이름도 얼굴도 모르는 사람과 사랑에 빠지고, 그 사람이 누구일지 상상하며 편지를 보내고 가끔 목소리를 듣는 것. 그리고 마침내 상상 속 인물과 만나는 것. 하지만 기대보다 두려움이 더 컸고, '이런 만남이 과연 해피엔딩이 될 수 있을까' 하는 의심을 저버릴 수 없어서 적극적으로 시도하지는 않았다. 하지만 이들의 소통과 만남을 지켜보면서, 시공간을 공유하지 않더라도 자신의 감정을 솔직하게 털어놓는 용기만 있다면 충분히 사랑을 나눌 수 있지 않을까 하는 희망을 갖게 되었다. 그래서였을까. 두 사람이 만났는지, 만나지 않았는지가 궁금해 죽겠는데도 페이지를 넘기는 것이 그렇게 안타까울 수가 없었다. 낯선 사랑의 설렘이 끝나지 않기를 바랐는지도 모른다.

당신은 다시 사랑에 빠져야 해요. 그러고 나면 그동안 당신에게 무엇이 없었는지를 알게 될 거예요. 가깝다는 것은 거리를 줄이는 게 아니라 거리를 극복하는 거예요. 긴장이라는 것은 완전함에 하자가 있어서 생기는 게 아니라 완전함을 향해 꾸준히 나아가고 완전함을 유지하려고 끊임없이 노력하는 데서 생기는 거예요.

지금 사랑하고 있는 사람들에게는 현재의 달콤함을, 사랑을 그리워하는 사람들에게는 새로운 시작을 선물할 수 있는 소설이다.

경험해 보지 못한 달콤하고 설레는 사랑을 느끼고 싶은 사람들에게, 그리고 남의 연애 편지를 훔쳐보는 즐거움과 짜릿함을 느껴 보고 싶은 사람들에게 특히 추천한다. '그래서 두 사람은 만났을까?'에 대한 궁금증도 해소해 보길.

설레는 연애 감정을 느끼고 싶을 때 필요한 책

《사서함 110호의 우편물》이도우, 알에이치코리아, 2013
《새벽 세 시, 바람이 부나요?》다니엘 글라타우어, 김라합 옮김, 문학동네, 2008

연애 세포를 자극하는 웹 소설

❶ 무수리 문복자, 후궁 되다(카밀)

21세의 무수리 문복자가 조선의 젊은 왕 이결의 승은을 입어 하루아침에 왕의 여인으로 신분 상승하는, 조선판 신데렐라 이야기이다. 평범하다 못해 촌스러운 외모의 복자는 권력 다툼이 심한 궁궐에서 욕심 없는 진심 하나만으로 왕과 인간적인 사랑을 나눈다. 뻔한 스토리이지만 사랑의 과정이 유쾌하고 따뜻해서 연애 세포가 살아나는 게 온몸으로 느껴진다.

❷ 구르미 그린 달빛(윤이수)

조선의 왕세자 이영과 신분을 숨긴 채 환관이 된 남장 여자 홍라온의 로맨스를 그린 작품이다. '왕세자와의 로맨스'와 '남장 여자'라는 요소가 전혀 억지스럽지 않고, 사극 로맨스에 딱 어울리는 은은한 일러스트는 '안구 정화'에도 그만이다. 가슴이 간질간질, 설레는 느낌을 전 회에 걸쳐 오랫동안 느껴볼 수 있다는 점도 매력적이다.

❸ 우아한 짐승의 세계(임혜)

차가우면서 우아한 짐승 세류와 가녀린 라희의 사랑 이야기. 영화 〈트와일라잇〉에 열광한다면 분명 이 소설에도 빠져들 것이다. 등장인물들의 애절한 사연과 거칠고도 달콤한 애정 행각들이 흥미진진해 몰입도가 상당하다. '마음을 들었다 놓았다' 하는 장면에 감정 이입을 하다 보면 남편이나 남자 친구가 '오징어'로 보이고 세류 같은 남자를 만나고 싶은 충동이 생긴다는 부작용이 있다.

로맨스의 끝에는 또 다른 로맨스가 있다

이별 노래의 가사는 함정

-

내 맘 깊은 곳엔 언제나 너를 남겨 둘 거야.

슬픈 사랑은 너 하나로 내겐 충분하니까.

하지만 시간은 추억 속에

너를 잊으라며 모두 지워 가지만

한동안 난 가끔 울 것만 같아.

_김건모, 〈아름다운 이별〉 중

누군가가 그랬다. 이별하고 나니 세상의 모든 슬픈 노래가 자기 사연 같다고. 나 역시 그랬다. '추억 속에 널 남겨 둘 거야', '슬픈 사랑', '시간이 해결해 주겠지', '어쩔 수 없는 헤어짐' 등. 어쩜 그렇게도 내 마음을 잘 표현하는지. 하지만 착각해서는 안 된다. 사람은 누구나 자신의 현재 감정으로 모든 것을 느끼고 해석하기 마련이다. 이별 노래가 자기 노래 같은 것도 마찬가지다. 아마 이때는 신나는 노래를 들어도 우울하고, 웃긴 이야기에도 눈물이 날 것이다.

슬픈 가사가 가슴에 콕 박히는 현상은 타로 리더Tarot Reader가 "장이 안 좋아"(한국인의 반 이상은 장이 안 좋다)라고 말하거나 거리에서 '도'를 아느냐고 묻는 사람들이 "얼굴에 복이 많으시네요"(진실여부를 확인할 길이 없다)라고 말하는 것과 같은 원리다. 많은 사람들이 쉽게 현혹되는 멘트인 것. 그러니 가사의 함정에 빠져 노래 속 주인공처럼 상대방의 집 앞을 서성이며 우연을 가장한 만남을 기대한다거나 술 먹고 밤늦게 전화를 걸어 다음 날 아침 머리를 쥐어뜯으며 후회할 만한 행동을 해서는 안 된다. 호랑이에게 물려도 정신만 차리면 살 수 있는 것처럼 이별했을 때에도 정신만 똑바로 차리면 또 다른 좋은 인연을 만날 수 있는 법이다.

자존심은 대수다

-

사람들은 말한다. 사랑하는데 자존심이 어딨느냐고. 사랑한다면 자존심을 버리라고. 물론 열렬히 사랑하고 있을 때라면 자존심 따위야 백번이라도 버릴 수 있다. 하지만 문제는 헤어지고 나서다. 나에게는 아직 소중한 사랑이라 하더라도 상대방에게는 이미 잊고 싶은 과거가 되었다면, 그런 사람을 위해 왜 내 자존심을 버려야 하나. 이런 손해 보는 장사는 후회만 남길 뿐이다.

그러니 헤어졌을 때는 무조건 내 자존심이 우선이어야 한다. 그런데 사랑하며 좋았던 기억을 추억하다가 관계를 제대로 정리해야겠다며 수화기를 드는 사람들이 있다. 한 번이 어렵지 두 번은 쉽다. 어차피 무너진 자존심인데 어떠냐며, 사랑에 자존심이 뭐가 중요하냐며 꼬리에 꼬리를 무는 전화. 하지만 헤어졌다면 자존심은 대수다. 이별 후에 자존심을 지켜야 나 자신을 지킬 수 있다.

남자와 여자가 사귀다가 헤어질 때는 깔끔하게 정리되지 않아도 된다. 그냥 현재 모습 그대로 끝내라. 인생은 화가가 그리는 그림이 아니다. 모든 것이 완벽하게 마무리되지 않는다. 인생은 불완전한 것이다.

우리는 어떤 상황에서도 완벽해야 한다는 강박에 시달린다. 이별에서도 마찬가지인데, 순탄치 않은 사랑 때문에 힘들어하는 여자들에게 조언하는 책 《그 남자에게 전화하지 마라》에서처럼 헤어질 때는 깔끔하게 정리하지 않아도 괜찮다. 어차피 인생은 불완전한 것이니까. 또한 아무리 노력한다 해도 며칠, 몇 달, 몇 년을 사랑한 사람과의 추억이 한순간에 정리되지는 않는다. 머릿속에 지우개가 있는 것도 아니요, 영화 〈이터널 선샤인〉에서처럼 기억을 지워 주는 '라쿠나 사社'가 현실에 존재하는 것도 아니니까 말이다. '정리하기 위해 전화한다'는 것은 그저 내 미련의 흔적을 감추기 위한 핑계일 뿐이다.

그냥 시간에게 널 맡겨 봐. 그리고 너 자신을 들여다봐. 약간은 구경하는 기분으로 말이야. 네 마음의 강에 물결이 잦아들고 그리고 고요해진 다음 어디로 흘러가고 싶어 하는지, 눈이 아프도록 들여다봐. 그건 어쩌면 순응 같고 어쩌면 회피 같을지 모르지만 실은 우리가 삶에 대해 할 수 있는 가장 정직한 대응일지도 몰라.

　한국 여자와 일본 남자를 주인공으로 문화·언어적 차이, 남녀 사이에서 발생하는 오해를 소재로 순수한 사랑을 이야기하는《사랑 후에 오는 것들》에서 지희가 홍이에게 했던 이 말을 읊조리며 나는 이별에 대한 상념에 빠졌다. 소중한 사람을 잃은 고통 속에서 상실감을 받아들이는 법에 대한 현실적이면서도 현명한 친구의 조언이 마음에 와 닿았던 것이다. 지희의 말처럼 상황을 회피하지 않고 현재를 직시하며 충분히 슬퍼해야 이별을 잘 견딜 수 있다. 그 후에야 상대방에 대한 집착에서 해방될 수 있으니까. 이 책을 통해 우리가 쉽게 간과하지만 분명 필요한 그 시간에 대해 다시 생각해 보게 된다.

행복은 좋은 이별 후에 온다

-

헤어지면 슬프다. 가슴이 찢어지는 듯한 아픔과 숨조차 제대로 쉴 수 없을 만큼의 고통을 느끼기도 한다. 이 세상에 나 혼자라는 생각에 외롭고, 살아갈 이유와 의욕마저 사라진다. 앞으로 사랑을 못할 것 같아 두렵고 다시는 이런 사랑을 만나지 못할 것만 같아 불안하다.

이별 후, 우리는 이런 감정에 사로잡힌다. 마치 서랍을 정리할 때처럼. 아껴 왔지만 사용하지 않고 자리만 차지하는 물건을 버리려고 하면 자꾸 생각이 많아진다.

'괜히 버리는 건가? 가지고 있어야 하나? 혹시라도 나중에 필요하면 어쩌지?'

사물에도 이렇게 집착하는데 평생 함께할 것만 같았던 사람을 인생에서 지울 때 상상 이상의 상실감을 겪는 건 당연한 일이다.

물론 나 또한 이런 이별을 겪은 적이 있다. 당시에는 모든 것이 무너지는 것 같고, 삶의 의미와 행복을 송두리째 잃어버린 느낌이었다. 하지만 얼마 지나지 않아 배가 고파지자 '결국은 내가 사는 게 우선 순위구나'를 깨달았다. 그리고 그동안의 내 사랑이 그다지 절실하지 않았다는 것도 느끼고. 나는 곧 냉정을 회복하고 또 다른 사랑을 찾아 나섰다.

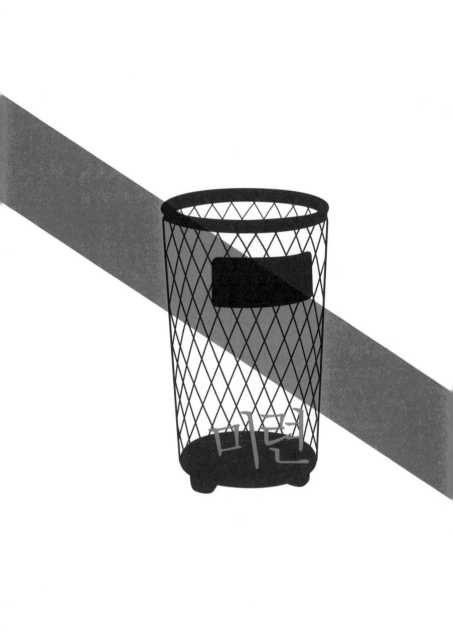

새로운 사랑을 시작하는 친구들을 보통 세 가지 유형으로 분류할 수 있다. 첫 번째 유형은 절대 뒤돌아보지 않는, 피도 눈물도 없는 '냉정형'이다.

이별을 하면 주위에서는 전 남자 친구의 모든 것을 폄하하는 동시에 위로한다며 "똥차 가고 벤츠 오니까 걱정 마!"라는 말을 던진다. 물론 내 친구들 중에 이런 위로를 건네는 사람은 단 한 명도 없다. 모두 냉정한 현실주의자이기 때문. 개념 있는 그녀들은 똥차가 간다고 해서 벤츠가 그냥 온다고 생각하지 않는다. 그래서 넋 놓고 백마 탄 왕자님을 기다리지 않고 벤츠를 탈 만한 여자가 되기 위해 만반의 준비를 한다.

이 '냉정녀'들은 헤어짐을 슬퍼하고 그리워하되 마침표를 찍은 이상 절대 도돌이표는 그리지 않았다. 슬픔은 슬픔이고 끝은 끝. 그래서 이 유형의 사람들은 이별 후에 돌아오는 자아 성찰과 고통의 시간을 비교적 담담하게 받아들이고 이별의 이유를 전 남자 친구에게 덮어씌우지 않는다. 전 남친이 똥차면 나도 똥차였다는 사실을 잊지 않고 '오죽하면 똥차가 갔을까' 하는 자기 반성도 서슴지 않는다. 그러다 보니 이별을 거듭할수록 그녀들의 연애는 점점 세련돼진다.

나는 과거를 되살리지 않고, 미래를 기대하지 않고, 현재를 울려퍼지게 해야 한다.

헤어진 연인들의 인생을 그린 《냉정과 열정 사이》의 준세이의 말처럼 현재를 충실히 사는 유형인 것이다. 아픈 만큼 성숙해진다는 말을 굳게 믿으며 실연의 아픔을 애써 부정하지 않는 사람들. 헤어짐을 받아들이지 않으면 쓸데없는 미련만 생긴다는 것을 아는 그녀들. 끊임없이 자신을 돌아보고 더 나은 사람을 만나기 위해 스스로를 다스릴 줄 아는 현명한 유형 중 하나다. 결론적으로 이런 사람은 벤츠를 만난다.

남자 친구와 헤어졌다는 소식에 바쁜 시간을 쪼개 만나서 밥과 술을 사 주고 그 나쁜 놈 스토리에 맞장구치며 기껏 위로해 줬더니만 결국 다시 만나는 유형도 있다. 바로 '미련형'이다. 이미 끝난 관계인데도 그간의 좋았던 감정들을 계속 떠올리며 그 사람이 '베스트 초이스Best Choice, 최선의 선택'였던 것처럼 여기는 것이다. 《냉정과 열정 사이》의 이 글귀처럼.

그럼에도 불구하고, 그 후의 슬픈 이별보다도 그 아름다운 나날들이 떠오를 뿐이다. 지금은 즐거운 추억만을 떠올리고 싶다. 둘이서 돌려 보았던 책. 둘이서 들었던 음악. 둘이서 다니던 카페. 둘이서 걷던 길. 둘이서 보았던 하늘…….

이별에는 다 이유가 있다. 특히 연락을 잘 하지 않는다든지, 바람을 피웠다든지, 폭력적이라든지. 이런 건 그 사람을 완전히 개조

하지 않는 이상 계속 반복될 문제다. 물론 당장이야 헤어지기 싫어서 '무조건 이해할 수 있다, 용서할 수 있다, 사랑한다'며 울고불고 매달리지만 결국은 '찌질한' 집행 유예일 뿐. 사람은 그렇게 쉽게 변하지 않는다. 헤어짐의 근본적인 원인을 바꿀 수 없다면 다시 사랑을 시작한다 할지라도 같은 이유로 헤어지기 마련이다. 그러니 한 번 깨진 인연이라면 마침표를 찍는 게 맞다. 미련을 갖지 마라. 끝이 있어야 시작도 있는 법이다.

이별의 고통을 받아들이지 못해 그 현실에서 빨리 벗어나고 싶어하는 사람들이 있다. '의존형'인 그들은 이전 관계에서 어떤 문제가 있었는지 제대로 들여다볼 시간을 충분히 갖지 않고 마음의 준비도 하지 않은 채 다른 사람을 급하게 만난다. 그러니 다음 연애에서도 똑같은 실수를 반복하느라 좋은 남자를 만나지 못한다. 이런 여자들은 똥차를 보내고 킥보드를 만날 확률이 더 높다. 자꾸 똥차를 만난다면 곰곰이 생각해 봐라. 당신이 버린 똥차는 다른 여자를 만나 벤츠가 될 수도 있다. 당신이 타서 똥차가 돼 버린 걸지도 모른다.

상대방을 얼마나 사랑했는지, 얼마나 함께 있었는지와 상관없이 이별의 순간은 온다. 외로움을 견디지 못해 섣불리 다른 사랑을 시작하면 전보다 못한 만남이 될 확률이 높다. 나를 제대로 알아야 스스로를 소중히 여길 수 있고 그래야 상대방도 나를 존중할 텐데, 그 과정이 생략되었으니 당연하다. 그러니 이별 후에는 자신을 돌아보며 그 아픔을 고스란히 느끼고 생각할 시간이 필요하다. 행복은 좋은 이별 후에 오는 것이니까.

내가 자립할 수 없기 때문에 다른 사람에게 집착한다면, 그 또는 그녀는 생명을 구조하는 자일 수는 있지만 그 관계는 사랑의 관계가 아니다. 역설적으로 말하면 홀로 있을 수 있는 능력은 사랑할 수 있는 능력의 조건이 된다.

마음이 제대로 정리되지 않았는데 누군가에게 기대고 싶어 다른 사람을 만나는 것은 시간이 지나도 손익분기점이 돌아오지 않아 손해만 왕창 보고 해지해야 하는 불량 보험이 될 수 있다. 그러니 이별 후에는 반드시 혼자만의 시간을 가지면서 좀 더 자기 자신을 돌아봐야 한다. 더 멋진 사랑, 더 애틋한 사랑을 나누기 위해서라도. 에리히 프롬이 정신분석학적 입장으로 사랑의 본질을 분석하고 기술을 제시한 《사랑의 기술》에서 말한 것처럼 홀로 있을 수 있는 능력이야말로 누군가를 사랑할 수 있는 최고의 조건이 아닐까?

이별 후 가슴이 아플 때 필요한 책

《그 남자에게 전화하지 마라》 론다 핀들링, 이경식 옮김, 서돌, 2010
《사랑 후에 오는 것들》 공지영·츠지 히토나리, 김훈아 옮김, 소담, 2005
《냉정과 열정 사이》 에쿠니 가오리·츠지 히토나리, 김난주·양억관 옮김, 소담, 2000
《사랑의 기술》 에리히 프롬, 황문수 옮김, 문예출판사, 2000

이별 후, 제발 이러지 말자

❶ 술 마시고 전화하지 마라

사랑의 밀어든 이별의 독설이든, 헛소리든 간에 제정신일 때 전화하자. 〈취중진담〉이라는 노래도 있지만 그거야 노래 가사일 뿐. 진심이 담긴 말은 좀 더 좋은 분위기에서 진솔한 마음으로 하는 게 좋다. 술 마시고 전화해서 보고 싶다느니, 너 없으면 안 된다느니 하는 말은 좀 더 좋은 관계를 유지하고 싶은 둘의 관계에 독이 될 뿐이다.

❷ 안부를 전하지 마라

목마른 자가 우물을 파는 법인데, 목도 마르지 않은 나에게 친히 우물을 파서 "한잔 마셔 봐!"라며 오지랖을 떠는 인간들이 있다. 바로 헤어진 후 뜬금없이 전화해서 자신의 상황을 보고(?)하는 종족들이다. 대체 뭘 어쩌라는 건가. 전 남자 친구가 내게 갑자기 연락해서 "나 결혼해. 와 줄 거지?" 하고 말하더니 집으로 청첩장을 보낸 적이 있다. 그리고 첫째, 둘째 아이 소식까지…… 별로 안 궁금하거든?

❸ '뒷담화'를 하지 마라

헤어지고 나서 이리저리 돌아다니며 전 남자 친구의 뒷담화를 하는 사람들이 있다. 그 놈이 바람둥이였건, 성격 파탄자였건 한때는 내가 사랑했던 사람이 아닌가. 결국 그런 뒷담화는, 사람을 제대로 알아보지 못하고 만났던 나를 욕하는 일이기도 하다. 한때 사랑했던 기억과 추억마저 망치는 것이니, 헤어진 상대와 나 스스로를 위해서라도 이야기를 질질 끌며 지저분한 관계를 만들지 말자. 사랑했던 상대방에 대한 최소한의 예의이기도 하다.

어떤 인생을 살고 싶은지를 먼저 고민해라

결혼의 의미를 알고 싶을 때

결혼, 도대체 네가 뭐길래

-

서른두 살. 가진 것도 없고, 이룬 것도 없다. 나를 죽도록 사랑하는 사람도 없고, 내가 죽도록 사랑하는 사람도 없다. 우울한 자유일까, 자유로운 우울일까.

《달콤한 나의 도시》 마지막에 나오는 은수의 독백을 마주하니 서른을 훌쩍 넘긴 내 인생이 서럽게 느껴졌다. 우울한 자유, 자유로운 우울. 둘 다 크게 달가운 말은 아니지만 서른의 문턱을 너무나도 잘 나타내는 단어라 가슴이 뜨끔하다. 서른은 열, 스물, 마흔처럼 그저 숫자일 뿐인데 현실과 이상 사이에서 방황하고 흔들리는 제2의 사춘기 혹은 인생의 전환점 같다는 느낌을 지워 버릴 수가 없다. 그래서 이때 혼자라는 사실이 그렇게 서글프고 초라한지도 모른다.

특히 이맘때가 되면 평소 연락이 뜸하던 친구들의 전화가 빗발친다. 연이어 안부를 묻기 시작하는데, 이는 청첩장을 주기 위한 연막 작전이다. 당연히 축하해야 할 일이지만 이런 전화를 받을 때면 혼자 남을지도 모른다는 초조함이 커지고 인생의 열등생이 된 것 같은 기분이 든다. 흔한 짝 하나 없는 30대는 무엇이 문제인지, 어디부터 꼬인 건지 몰라 그냥 이유 없이 슬퍼진다. 결혼, 도대체 네가 뭐길래 날 이렇게 만드는 거냐. 응?

결혼이란 여자가 남편의 권위에 들어감을 의미하고 남자가 아내를 제 몸같이 사랑하고 부양해야 함을 의미한다. 여자가 남편의 권위 아래 매이는 것이 싫다면 하지 않는 것이 좋고 남편으로서 아내를 평생 자기 몸처럼 사랑하지 못하겠다면 재고해 보아야 한다.

언젠가 인터넷에서 위의 글을 본 적이 있다. 남편의 권위에 들어가야 하는 여자. 아내를 내 몸같이 사랑하고 부양해야 하는 남자. 읽기만 해도 갑갑하다. 정말 이런 게 결혼이라면 나는 아마 결혼하지 않았을 테다. 물론 결혼을 선택한 순간 책임져야 할 것들이 생겨나지만 위 글에서 말하는 '권위'부터 '부양'까지의 단어는 요즘 세대가 전혀 공감할 수 없는 문화다. 인생의 길을 같이 걸을 사람이 필요할 뿐인데 뭐가 이렇게 복잡한 걸까?

적당히 사랑하는 사람과 결혼해선 안 된다

-

〈비포 선라이즈〉와 〈매디슨 카운티의 다리〉라는 영화를 알고 있나? 그렇다면 빙고! 당신은 지금 제2의 사춘기를 겪는 중이다. 나는 하룻밤의 꿈처럼 달콤한 이 사랑 영화들을 보며 〈비포 선라이즈〉처럼 우연을 가장한 만남과 〈매디슨 카운티의 다리〉의 주인공 클린트 이스트우드와 같은 운명적인 사람을 꿈꿔 왔다. 그리고 클린트 이스트우드가 말한 것처럼 '이렇게 확실한 감정'이 일생에 오직 단 한 번 느낄 수 있는 것이라면, 나이가 찼다는 이유로 적당히 사랑하는 사람과 결혼해선 안 된다고 생각했다. 이 사람이 아니면 안 된다는 확신이 들 때 해야 한다는 생각도. 이 두 편의 영화를 본 많은 여자들이 나와 같은 생각을 했을 것이다.

하지만 현실은 어떤가. 기차에서 마음이 통하는 멋진 이성을 만날 가능성보다 비좁은 좌석을 더 갑갑하게 만드는 아저씨를 만날 확률이 훨씬 높고, 클린트 이스트우드처럼 "내가 사진을 찍고 여기까지 살아온 이유는 바로 당신을 위해서야" 같은 오글거리는 대사를 뿜는 꽃중년은 존재하지 않는다. 그냥 환상이고 로망일 뿐이다. 그러니 '아름다운 사랑이 어딘가에는 존재하는구나' 정도로 생각해야지 내가 그 주인공이 되어야 한다고 생각하면 인생 자체가 피곤해진다. '골드 미스'의 가면을 쓴 '올드 미스'가 되는 건 시간 문제인 것이다.

"사람이 살면 얼마나 산다고.
난 나중에 어떻게 될까 봐
지금 당장을 포기하는 짓은 안 할래요."

　우리가 흔히 말하는 골드 미스는 30~40대 미혼 여성 중 높은 학력과 경제적 능력을 갖춘 여성을 일컫는다. 이들은 명품 쇼핑과 우아한 해외 여행을 즐기며 새로운 소비 트렌드를 선도하는 경제적 실세로 떠오르면서 종종 된장녀로 치부되기도 한다. 하지만 남자 능력이나 쭉쭉 빨아먹으며 사치를 추구하는 된장녀와 자신이 누릴 것을 스스로 성취해 나가며 자아 실현을 하는 골드 미스는 차원이 다르다. 거기다가 그녀들은 미래에 얽매이지 않는다. 《달콤한 나의 도시》의 태오처럼, 오지 않을 미래보다 지금 현재의 행복을 위해서 산다. 그러니 그녀들에게 결혼이란 제도는 스스로를 옭아매는 덫처럼 느껴지기도 할 것이다.

　자기 자신에게 투자하며 사는 삶. 나 같은 기혼자에게는 꿈만 같은 일이다. 결혼해 봐라. 팬티 하나 사 입는데도 장바구니에 넣었다 뺐다를 반복하다가 결국 다섯 장에 만 원 하는 초특가 상품을 '득템'했다고 뿌듯해하는 나를 발견하게 된다. 그러니 그녀들이 명품 백을 사고, 해외 여행을 다니는 모습을 보면 한편으로는 정말 부럽다. 하지만 우리가 간과하고 있는 것이 하나 있다. 나이는 많은데 결혼을 안 했다고 해서 모두 골드 미스는 아니라는 점. 경제력, 학력, 사회적 지위까지 삼박자를 제대로 갖춰야 진정으로 화려한 싱글, 골드 미스다. 올드 미스가 분명한데도 비슷한 처지의 친구들끼리 골드 미스라고 서로 위안하며 눈만 높이는 상황은 그리 바람직해 보이지 않는다.

나에게도 한창 잘나가던 시절, 즉 '리즈 시절'이 있었다. 소개팅이 많이 들어왔고 애프터 성공률도 9할 정도는 됐다. 그러다 방황을 끝내고 한 남자에게 정착하려고 하자 동료들은 그런 나를 말리며 올드 미스가 되기를 부추겼다.

"안정적인 직장 있지, 시간적 여유 있지, 젊지, 연애도 가능하지. 그런데 왜 남자에게 속박되는 결혼을 하려고 해?"

결혼이 속박이라는 그들의 사고 방식부터가 맘에 안 들었다. 결혼을 '헬 게이트 Hell Gate, 지옥문'라 칭하며 거부감부터 보이는 사람들. 그들의 말을 요약하면, 오피스텔 하나 얻어서 집 걱정 돈 걱정 하지 말고 명절이나 집안 대소사에 불려 다니지 말고 나 하고 싶은 대로 여행도 하면서 편하게 살라는 것이었다.

"그럼 노후는요?"

"결혼하면 제대로 노후 대비하기도 힘들어. 그리고 자식 눈치 보면서 노후 보낼 필요가 뭐 있어. 차라리 '따박따박' 나오는 연금으로 시설 좋은 실버 타운 들어가서 제2의 인생을 사는 게 훨씬 낫지, 안 그래?"

하지만 아이러니하게도 내게 이런 조언을 건네며 홀로서기를

Gold miss?

or

Old miss?

부추기던 사람들은 모두 기혼자였다. 《달콤한 나의 도시》에서 친구들이 은수의 연애에 참견하는 장면이 생각난다. 그렇게 좋으면 자기가 하지, 왜 나더러 노처녀가 되라는 거야?

아무튼 말들은 잘한다. 각자의 등에 저마다 무거운 소금 가마니 하나씩을 낑낑거리며 짊어지고 걸어가는 주제에 말이다. 우리는 왜 타인의 문제에 대해서는 날카롭게 판단하고 냉정하게 충고하면서, 자기 인생의 문제 앞에서는 갈피를 못 잡고 헤매기만 하는 걸까. 객관적 거리 조정이 불가능한 건 스스로를 너무나 사랑하기 때문인가, 아니면 차마 두렵기 때문인가.

결국 내가 '결혼은 헬 게이트'라는 그들의 말을 무시하고 행복한 표정으로 청첩장을 돌리던 날, 나는 보고야 말았다.
"왜 사람들은 결혼을 하는 걸까?"
혼잣말을 중얼거리던 40대 중반 유부남 선생님의 쓸쓸한 뒷모습을…….

결혼은 포경 수술이 아니다
-

10대에는 공부를 했고 반항도 했고 가끔은 땡땡이를 쳤다. 20대에는 주야 음주, 사랑과 이별을 겪으며 방황을 했고. 삶에는 인간이 성숙해지는 과정에서 반드시 배우고 성취해야 할 일, 즉 특정 시기에 필요한 과업이 있다고 한다. 그것이 바로 심리학에서 말하는 발달 과업이다. 앞 단계를 잘 거쳐야 다음 단계의 과업을 잘 치를 수 있는데, 만약 실패한다면 개인의 불행은 물론 사회적 인정도 받지 못해 또 다른 과업을 이루기가 어렵다.

발달 과업의 순서에 따르면 30대에는 결혼을 하고 아기를 낳아 따뜻한 가정을 이루는 동시에 직장에서는 안정적인 자리를 찾아야 한다. 그래야 40대의 발달 과업에 혼란이 오지 않는단다. 이런 고정관념 때문인지 우리는 결혼을 늦어도 30대에는 꼭 해야 하는 '과업'으로 생각한다. 찬란한 40대를 위하여. 나조차도 이 발달 과업을 무시할 자신이 없고, 다른 사람들의 시선도 신경 쓰이고,《결혼하지 않아도 괜찮을까?》의 주인공 수짱처럼 혼자 남는 것이 두려워 결혼이라는 제도 안으로 들어가고야 말았다.

이 느낌, 이 쓸쓸한 느낌. 몇 번이고 경험했다.

지금, 나를 쓸쓸하게 만드는 건.

친구에게 아기가 생기면 쓸쓸하고 불안해지는 것은

그것은 어쩌면 외톨이 할머니가 되어 있을 자신을 떠올리기 때문인지도.

이대로 할머니가 되어서 누워서 거동을 못 하는데 의지할 사람도 없다면

그렇다면, 나의 인생 내가 걸어온 인생 전부가

쓸데없는 것이 되어 버리는 걸까?

이런 생각을 하면 몸이 떨린다.

결혼 적령기의 여자들은 결혼에 대한 씁쓸한 의무감으로 연애를 시작한다. 그리고 수짱처럼 미래에 대한 두려움 때문인지, 혹은 부모님의 기대에 부응하기 위해서인지 분명 마음에 들지 않는데도 '이 정도면 됐다'며 '쪽박'을 차는 경우도 있다. 너무 사랑해서, 떨어지고 싶지 않아서, 평생 함께하고 싶어서가 아니라 '남들도 다 하니까', '부모님의 기대에 부응하기 위해서' 같은 이유라면 '결혼, 그거 꼭 해야 하는 걸까' 하는 의문이 든다.

남자 아이들은 어느 시기가 되면 엄마 손에 이끌려 포경 수술을 하러 간다. "잠깐이면 끝나", "별로 안 아플 거야"라는 달콤한 말에 넘어가 수술을 하는 이유도 모른 채. 남들도 다 하니까, 안 하면 이상한 취급 받으니까(어른이 된 지금도 포경 수술을 받지 않았다고 하면 나조차도 불편한 시선을 보내곤 한다) 눈치껏 하는 것이 바로 포경 수술 아니던가? 결혼이 무슨 포경 수술도 아니고, 아닌 것 같은데도 어쩔 수 없이 풍덩 뛰어드니 당연히 그 뒤에 찾아오는 상황이나 감정은 달콤하지 않을 수밖에.

미래에 대한 불안은 있지만

먼 미래를 위해 지금 무엇을 하면 좋을지 잘 모르겠지만,

단지 미래만을 위해 지금을 너무 묶어 둘 필요는 없다.
왜냐하면 아직 지금, 이니까.
이따위 말만 하면서 하루하루, 나이를 먹어 가는 걸까.

우리의 삶은 결혼을 하든 안 하든 팍팍하고 불안하다. 우리가 근심 걱정 없이 산 날이 하루라도 있었던가? 초등학생 시절에는 구구단이 인생 최대의 장애물이었고, 한국에서만 살 건데도 배워야 하는 영어는 내 미래를 불투명하게 만들었다. 취업할 때는 대학이 발목을 잡았고, 연애할 때는 배려하고 이해해야 할 것들이 왜 그렇게 많은 건지. 그러니 인생 전체를 놓고 봤을 때 결혼을 하지 않아서 생기는 불안이나 초조함은 새 발의 피에 불과하다. 분명하고도 중요한 것은 지금 우리 자신이고, 수짱의 말처럼 미래는 보이지 않지만 내일은 코앞에 있다는 것. 그러니 카르페 디엠^{Carpe Diem}, 즉 현재를 즐겨라!

사실 인생에는 답이 없다. 결혼이 정답도 아니고 결혼하지 않는다고 실패한 것도 아니다. 너무 미래만 생각하지 말고 우선 현재의 감정에 충실하자는 얘기지 뭐.

어떤 남자와 결혼해야 할까?
-

"언니, 어떤 남자와 결혼해야 행복해요?"

하루는 친한 후배가 내게 물었다. 한때 제 앞가림도 제대로 못 하면서 연애 컨설턴트랍시고 오지랖을 떨었던 때문인지 가끔 이런 질문을 받는다.

"너는 어떤 남자와 살고 싶은데?"

"글쎄요. 저도 잘 모르겠어요."

오, 마이 갓! 그런데 왜 그걸 나한테 묻는 거니?

내 삶의 자동차를 타인에게 맡기지 마라. 직접 운전석에 앉아, 언제 멈추고 언제 후진하고 언제 회전하고 언제 속도를 높이고 낮출 것인지를 스스로 결정하라. 다른 사람의 말에 귀를 기울이되, 내 여정에 대한 결정권은 주지 마라.

_카이리 푸

우리는 결혼에 대해 고민할 때 '이 남자가 배우자로서 적합할까?'를 가장 중요하게 생각한다. 하지만 여기에는 답이 없다. 배우자로서 적합한 남자의 기준이 명확하게 정해져 있는 것도 아니고, 그 기준은 99% 주관적이기 때문이다. 그러니 "내 남편은 일등 신랑감이야"라는 친구의 말에 도저히 수긍이 안 될 때도 있고, 불평불만만 내뱉는 친구에게는 "그래도 너한테 과분하다, 야"라고 핀잔을 주는 것이다.

"일단 성격 착하고 재미있어야 해. 능력 있고 돈도 잘 벌어야 하고, 외모는 부끄럽지 않으면 좋겠어. 또 2세를 위해 키는 커야 하고 운동을 잘하고 독서와 클래식도 즐길 줄 아는 남자면 좋겠어."

이렇게 배우자의 조건을 읊는 여자에게는 정신 차리라고 돌직구를 날리고 싶다. 세상에 이런 남자가 존재하기는 하는 걸까? 없다고 본다, 난. 그리고 별에서 왔는지 어쨌는지 대한민국에 몇 명 있다손 치더라도 장동건은 고소영을 만나는 게 세상의 이치. 고소영도 아니면서 장동건 같은 이상형을 들먹이고 있으니 대한민국 남자들이 열 받을 수밖에.

"은수, 네 문제가 뭔지 알아? 네 인생에 등장하는 남자들을 사랑하지 않는다는 거야. …… 잘 생각해 봐. 넌 항상 안정된 관계를 꿈꾸는데 그게 안 된다고 불평하잖아. 근데 그 이유는 남자들이 저마다 하나씩 결격 사유가 있기 때문이지? …… 넌 그 남자들 단점은 다 버리고 장점만 뽑아서 하나로 모으고 싶지? 근데 사랑은 그게 아니지 않냐? 진짜 사랑한다면 망설이지 않을걸."

그러니 어떤 사람과 결혼할까를 고민하기보다는 어떤 인생을 살고 싶은지부터 생각해 보아야 한다. 우아하고 화려한 삶을 원한다면 비빌 언덕 충분한 부잣집 남자를 만나면 되고, 화목한 가정에서 즐겁게 살고 싶다면 가정적이거나 취미가 잘 맞는 사람을 만나면 그만이다. 어떤 삶을 살 건지에 대한 정의가 확실하다면 인구의 반이 여자고, 반이 남자인 대한민국에서 상대가 없어 결혼에 골인하지 못하는 불상사는 일어나지 않을 것이다. 정말 사랑하는 사람을 만나 눈이 뒤집히면 어떤 인생이든 살고 싶어진다는 게 함정이기는 하지만.

결혼의 의미를 알고 싶을 때 필요한 책
《달콤한 나의 도시》 정이현, 문학과지성사, 2006
《결혼하지 않아도 괜찮을까?》 마스다 미리, 박정임 옮김, 이봄, 2012

결혼에 대처하는 우리의 자세

❶ 어릴 때 결혼한다

세상 물정 몰라야 결혼식도, 결혼 생활도 속 편하다. 나이가 들수록 여자들은 젊은 날에 대한 보상 심리 때문인지 눈만 높아지고, 남자들은 번식 욕구 때문에 젊은 여자만 찾는다(욕할 필요 없다. 우리가 돈 많은 남자를 원하는 것과 같은 수준의 욕구라고 생각하자). 그러니 차라리 어릴 때, 아무것도 모를 때 결혼하는 게 친구들과 비교도 안 되고 좋다.

❷ 애인 없는 친구들과 놀지 마라

서로의 상황을 위안 삼으면서 자꾸 어울리다 보면 애인 만들기가 더 힘들다. 적당히 외로워야 짝꿍의 필요성도 느끼고, 결혼에 대해서도 깊이 생각해 볼 수 있으니 말이다. 결혼이 선택이기는 하지만, 결혼하지 않아도 되는 환경을 굳이 만들 필요는 없지 않을까.

❸ 골드 미스를 꿈꾸고 있다면 다시 한 번 생각해라

일본의 한 통계에 따르면 미혼율과 고독사는 정비례한다고 한다. 화려한 싱글이라고 사람들은 부러워하지만 사실 옷 벗고 목욕탕 들어가 봐라. 골드 미스든 올드 미스든 다 그게 그거다. 결혼? 해도 그만, 안 해도 그만이면 해 보는 것을 추천한다. 아무리 남의 편이라고 해도 남보다 나은 게 남편이고, 육아가 지옥길이라고 해도 그로부터 얻는 행복은 생각보다 훨씬 크다. 골드 미스, 알고 보면 껍질만 번쩍이는 외로운 영혼일 수 있다. 생각처럼 화려하지 않을지도.

다이아몬드보다 감동적인 프러포즈

둘만의 프러포즈를 만들고 싶을 때

나만을 위해 존재하는, 세상에 하나뿐인 선물

-

"그래서 프러포즈는 어떻게 받았어?"

친구들에게 청첩장을 주러 나간 자리에서 처음으로 받았던 질문이다. 다들 눈을 초롱초롱 반짝이며 쳐다보는데 가슴이 헛헛해졌다. 이럴 땐 친구들의 기대를 한껏 만족시킬 만한 경험담을 풀어놔야 제맛인데 프러포즈도 받지 않고 결혼을 결정한 '쉬운 여자'가 된 것 같아 그 허전함이 쉽사리 사라지지 않았다. 결국 난 그날 밤, 멋대가리 없이 남자 친구를 협박하며 프러포즈 받고 싶다는 의사를 전달했다.

"어떻게 프러포즈도 안 할 수가 있어? 내가 오빠가 결혼하자고 하면 '그래~' 하는 쉬운 여자야? 안 하기만 해 봐!"

늘 여자들의 모임이 남녀 싸움의 발단이다. 협박으로 얻어 낸 엎드려 절 받기식의 프러포즈는 생각만큼 로맨틱하지 않았다.

나이가 찼지만 개의치 않았다.

하고 싶은 일을 하면서 그 일이 주는 성취감을 느끼는 게

삶의 큰 기쁨이 된다고 생각했다.

그래서 밤낮없이 일했다.

주 7일을 일했고 자정이 넘어서 집에 갔다.

그리고 침대에 엎드린 채 그날의 마지막 일을 했다.

물론 남자는 지금도 그의 일을 포기하지 않는다.

여전히 그의 꿈은 그가 선택한 일의 연장선상에 있다.

하지만 불현듯 찾아온 사랑을 외면하고 싶지 않다.

그는 심지어 이런 말도 서슴지 않는다.

"널 위해서라면 이번 일요일엔 일을 하지 않겠어."

《청혼》의 저자 오영욱. '오기사'라는 이름으로 더 유명한 그는 주 7일을 밤낮없이 일하는 남자였다. 그런데 하루아침에 세상이 달라졌단다. 사랑에 빠지면서. 일중독자였던 그가 사랑을 놓치지 않기 위해 "널 위해서라면 이번 일요일엔 일을 하지 않겠어"라고 말한다. 이 얼마나 로맨틱한가. 괜히 의심하며 분위기 와장창 깨는 여자는 없겠지만, 사실 여부를 확인할 수 없는 달콤한 속삭임에 두 눈

이 하트 모양으로 변할 것만 같다. 이런 달콤함이 바로 우리가 꿈꾸는 프러포즈이리라. 하지만 평생에 처음이자 마지막일 나의 프러포즈는 어땠는가? 조바심이 로맨스를 엎어 버리고 닦달로 분위기를 깨 아쉬움이 가득하다.

프러포즈를 받을 수 있는 마지막 날짜로 여겼던 결혼 2주 전의 주말. 평소 작은 일에도 티가 많이 나는 어설픈 남자 친구는 그날 아무런 이상 기운을 발산하지 않았다. 쇼핑을 마친 백화점을 계속 돌아다니며 오히려 더 천하태평이었다. 내가 이런 비계획적이고 멋없는 인간과 결혼을 약속했다니! 후회막심이었지만 이미 엎질러진 물을 어찌하랴. 남 탓할 것도 없다. 순전히 내 탓이다.

결국 [날짜는 오늘밖에 없음 + 프러포즈할 기미가 전혀 안 보임 = 도저히 너랑 같이 못 있겠다]는 결론에 이른 나는 정말 생뚱맞은 타이밍에 "집에 갈래!"라는 말을 내뱉었다. '나 오늘 심기가 매우 불편하다'는 것을 간접적으로 어필한 것이다. 그러자 그는 포기한 듯한 표정으로 저녁의 이벤트에 대해 줄줄 이야기하기에 이르렀다. 쇼핑이 생각보다 일찍 끝나 레스토랑 예약 시간이 좀 남았다는 말과 함께.

서울에서 내가 가장 좋아하는 장소 남산, 멋진 야경이 한눈에 보이는 레스토랑의 창가 자리, 여자들의 '로망'이라는 민트색 케이스와 함께 그렇게도 그리던 프러포즈를 받았다. "영원히 행복하자!"는 진심 어린 말과 간절한 그의 눈빛까지. 미리 설치지만 않았어도 훨씬 더 감동적인 시간이었을 텐데. 프러포즈에서 필수라는 '눈물 펑펑' 코스를 거치며 나는 그동안의 만행을 반성했다. 비록 시작은 아름답지 않았지만 온전히 나만을 위한 프러포즈의 힘은 위대했다. 그때의 설렘과 두근거림이 아직까지도 마음속에 남아 있으니까.

제안합니다! 특별한 프러포즈

-

혼자 걷다가
너를 만났다
같이 걸으면 더 재밌겠다

'프러포즈'라고 하면 보통 특별한 사랑 고백을 떠올린다. 하지만 프러포즈는 영어 사전에도 '제안하다'라고 풀이되는 만큼 결혼에 대한 제안이라고 봐야 맞다. 영원한 사랑의 맹세처럼 거창하게 생각하면 프러포즈를 하는 남자든 받는 여자든 부담감으로 어질어질할 것이다. 단어 그대로 생각하면 그냥 제안일 뿐인데, 우리는 '만남을 제안하는 것과 같이 가벼운 절차'라는 진실은 못 본 체하고(그게 정신 건강에도 좋을 거다) 일생일대의 행사로 여기곤 한다. 하지만 오기사는 제대로 된 프러포즈를 준비했다. '그녀와 함께하면 더 즐겁겠다, 행복하겠다'는 마음을 담은《청혼》이라는 책으로 말이다.

그는 둘 사이의 첫 100일을 기념하는 의미로
며칠 밤을 고심해
아흔아홉 개 도시 목록을 완성했던 것이다.
앞으로 둘이 함께할 서울이라는 도시와 더불어
100개의 도시를
그녀에게 선물해 주고 싶었다.
그리고
심장이 오그라드는 것을 견디며
생이 다하기 전까지
이 모든 곳에 함께 다녀올 거라고 그녀에게 약속했다.

직접적으로 결혼을 제안하는 것도 아니고, 만난 지 100일을 기념하는 의미로 99개의 도시 목록을 완성한 뒤 생이 다하기 전까지 그곳을 함께 가겠다고 약속하는 로맨틱한 프러포즈! 남자들은 이 책을 보며 혀를 끌끌 차겠지. 하지만 이 프러포즈는 결혼하기 전의 형식적인 이벤트가 아니라 말 그대로 청하는 의미가 크기 때문에 더 인상적이다. 화려한 이벤트나 비싼 선물은 아니지만, 그녀만을 위한 그의 진심이 그대로 담긴 선물에 나의 부러움 게이지는 점점 상승했다.

남자가 사랑하는 여자에게 진심으로 평생을 약속하는 순간. 여자들이 프러포즈를 기다리고 기대하는 이유는 바로 그 마음에 있는 것이 아닐까. 그래서 더 특별해야 한다. 그 마음은 여느 이벤트, 화려한 선물과 비교할 수 없을 테니까. 온전히 나만을 위해 존재하는, 세상에 하나뿐인 선물이니 말이다.

남자들이여, 마음으로 공략해라

-

여자들은 왜 프러포즈에 집착할까? 비싼 선물을 받고 싶어서? 친구들에게 자랑하려고? 분위기 내고 싶어서? 아니다. 이유는 딱 하나, 바로 남자의 마음을 알고 싶기 때문이다. 명색이 결혼인데, 평생 함께 살 사람이 날 얼마나 아끼고 사랑하는지 확인하고 싶지 않겠는가? 그러니 남자들은 프러포즈를 하나의 이벤트로만 여기거나 가볍게 지나쳐서는 안 된다.

그렇다면 여자들이 감동하는 프러포즈란 도대체 어떤 것일까? 반지와 꽃다발, 촛불로 꾸민 레스토랑? 이제 너무 식상하다. 창의력이 요구된다. 통째로 빌린 영화관에서의 프러포즈? 그건 드라마에서나 가능한 일이고! 통째로 빌릴 돈 있으면 그 돈 모아 신혼 여행 가서 쇼핑이나 맘껏 하게 해 줘라. 그게 남는 장사다. 돈 많이 들인 화려한 이벤트가 여자의 마음을 훔칠 것 같지만, 사랑을 가득 담은 진실한 눈빛을 받으며 오래오래 기억에 남을 둘만의 추억을 만드는 것이 프러포즈를 마주하는 여자들의 진짜 마음이다. 그러니 프러포즈는 돈이 아닌 마음으로 공략해야 한다.

그는
그녀에게
어떻게 마음을 고백할지
줄곧 머리를 굴리고 있었다.
긴 겨울을 거쳐
봄이 끝나 가는 무렵까지
아무리 고민해도
마땅한 답이 나오지 않았기 때문에
그는 결국 뻔뻔하게 자기 방식대로 나가기로 했다.
그리고 그녀에게 이 페이지를 드밀었다.

Will you marry me?
☐ Yes!   ☐ No

　　프러포즈의 핵심은 감동. 여자는 선천적으로 분위기에 약한 동물이라 감동 포인트만 잘 공략한다면 90% 이상의 성공률을 기대할 수 있다. 오기사는 첫눈에 반한 그녀를 위해 처음 만난 날부터 특별한 날의 소소한 감정들을 시詩로 써 한 권의 책을 펴냈다. 그리고 전 국민이 보는 책 뒤에 오글거리는 멘트를 적었다.
　　"Will you marry me?"
　　"난 글 잘 못 쓰는데?"라며 머리를 긁적이고 있다면 답이 없다.

Will you marry me?

☐ Yes!   ☐ No

이건 단지 예시일 뿐. 오기사처럼 글을 쓰라는 게 아니라 상대방을 생각하며 정성스럽게 내 능력껏 프러포즈를 준비하라는 것이다. 도저히 아이디어가 없다면 풍선이라도 불고 초에 불이라도 붙여라. 아무 고민도 노력도 없이 이벤트 회사 불러서 인생의 가장 소중한 순간을 돈으로 '처바르려' 한다면 난 그 결혼 반대일세!

다행하게도 그녀와 그에게는 공감대가 있었는데
함께 만들어 가는 삶이란
부족하기만 한 두 사람이 만나 완벽을 이루는 과정이 아니라
어느 정도 완성된 두 사람이 합쳐져 시너지 효과를 유발하는 것이라고 생각한다는 점이었다.

……

자기는 혼자 여행 다니는 걸 좋아하니깐,

영원히 그녀의 곁에 있겠노라고
99%의 확신이 담긴 떨리는 목소리로 말하던 그에게
그녀가 얘기했다.

일 년에 짧게 한 번은 혼자 다녀와도 봐줄게.

남자의 진심이 담긴 수줍은 프러포즈와 여자의 현명한 대답을

들고 있노라니 프러포즈한답시고 내미는 '다이아 반지'는 한낱 반짝이는 물건에 지나지 않는다는 생각이 든다. 영원한 사랑을 맹세하려면 서로를 있는 그대로 인정하고 이해하는 것부터 선행되어야 할 터. 무릎을 꿇고 다이아 반지를 건네는 것보다 상대방의 내면에 무릎을 꿇고 존중하는 마음을 전하는 것이 다이아몬드보다 더 강력하고 영원한 사랑의 증표가 되지 않을까.

둘만의 프러포즈를 만들고 싶을 때 필요한 책
《청혼》 오영욱. 달. 2013

프러포즈에 가장 잘 어울리는 책

'프러포즈에 가장 잘 어울리는 선물'이라고 하면 다이아 반지를 떠올리는 사람이 많겠지만, 그 선물은 이제 그만하자. 어차피 결혼할 때 커플 링을 할 것이고, 예물로 다이아 반지를 할 수도 있으니(손가락 열 개가 모두 반지를 끼라고 있는 건 아니다), 쓸데없는 데 돈 들이지 말고 실용성과 의미를 모두 갖춘 선물을 하라고 조언하고 싶다. 나는 남자 친구에게 프러포즈 선물에 대한 고뇌의 시간과 가격의 압박을 줄여 주기 위해 평소에 모 브랜드의 구두, 귀고리 등 엄청난 힌트를 주는 센스를 발휘했다. 그런데도 다이아 귀고리를 선물해 돈은 돈대로 쓰고 욕은 욕대로 먹었다. 그 역시도 영원한 사랑의 상징이 다이아라고 생각했던 모양이다(지금 화장대 안에 잠들어 있다).

선물과 함께 마음을 담은 손 편지 한 통을 주는 것도 좋겠지만 편지의 수백 마디를 대신해 줄 한 권의 책을 추천한다. 바로 이보나 흐미엘레프스카의 《두 사람》.

간결하면서도 마음을 울리는 글과 그림이 소중한 사람에 대해 생각할 기회를 준다. 비유를 통해 이해와 배려에 대한 모범 답안을 전하기 때문에 그 어떤 달콤한 말보다 더 큰 감동을 줄 것이라 확신한다.

두 사람은 드넓은 바다 두 섬처럼 함께 살아요.
태풍이 불면 함께 바람에 휩쓸리고
해 질 녁 노을에도 같이 물들지요.
하지만 두 섬의 모양은 서로 달라서
자기만의 화산, 자기만의 폭포,
자기만의 계곡을 가지고 있답니다.

※《두 사람》이보나 흐미엘레프스카, 이지원 옮김, 사계절, 2008

혼수보다 중요한 몸가짐, 마음가짐

결혼식 준비가 다가 아니다

-

결혼을 앞둔 사람들은 당연히 행복한 일상을 꿈꾼다. 나 역시도 클래식이 흐르는 일요일 아침, 남편이 내려 준 향긋한 모닝 커피를 마시며 식사를 준비하는 그의 뒷모습을 바라보고, 둘이 함께 서재 소파에 앉아 책을 읽는 아름답고도 지적인 미래를 그렸다. 하지만 현실은 시궁창. 주말 아침엔 늘어져 자느라 정신이 없고, 눈을 뜨면 헝클어진 머리와 눈곱 낀 얼굴로 서로를 마주하고 있으니……. 결혼은 현실이었고 소꿉장난처럼 달콤하고 재미있는 일상만은 절대 아니었다. 거기다가 현모양처, 아들 대신 효도해야 하는 며느리, 착한 올케, 무조건 다 이해해야 하는 엄마 등 버거운 1인 다역을 제대로 소화하지 못하면 욕은 욕대로 먹는 이런 불합리한 시추에이션!

결혼하기로 마음먹었다면 결혼식에서 무슨 드레스를 입을지, 신혼 여행은 어디로 갈지, 예식장은 어디로 정할지 등 며칠이면 사라질 일장춘몽에 공들이지 말고 평생 어떻게 살아갈지를 고민하며 마음 준비에 좀 더 신경을 쏟아야 한다. 결혼 준비 중에 파혼했다는 커플들을 잘 살펴보면 눈에 보이는 결혼식 준비만 하고 정작 필요한 마음 준비는 하지 않은 경우가 많다.

베풀어 주겠다는 마음으로 결혼하면 길 가는 사람 아무하고 결혼해도 별 문제가 없습니다. 하지만 상대에게 덕을 보겠다는 생각으로 고르면, 백 명 중에 고르고 골라도 막상 고르고 나면 제일 엉뚱한 사람을 골라 결국엔 후회하게 됩니다. 그러니 결혼 생활을 잘하려면 상대에게 덕 보려고 하지 말고 '손해 보는 것이 이익이다'는 것을 확실하게 알고 새겨야 합니다.

《스님의 주례사》는 결혼을 앞둔 나에게 친구가 건넨 선물이었다. 처음에는 스님의 조언에 괜히 뜨끔해서 "결혼도 안 한 스님이 무슨 주례사야?"라며 콧방귀를 뀌었다. 남편이 외도해도 화를 삭이라고 하질 않나, 고부 갈등을 겪을 때도 시어머니의 마음을 먼저 헤아리라고 하니 뭐든 순순히 받아들이지 않는 나에게 달갑게 들릴 리 없었다. 그저 가부장적인 잔소리일 뿐이었다.

하지만 읽다 보니 스님의 조언이 결혼이나 '시월드', 남편에게만 국한된 이야기가 아니라 인생 전반에 필요한 태도라는 것을 깨달았다. 한마디로 자신의 마음을 잘 다스려야 원하는 것을 현명하게 지킬 수 있다는 말이다. 하물며 결혼 생활에서야. 사랑하는 사람과의 결혼 생활이 행복하기 위해서는 시누이의 잔소리가 심하더라도, 시어머니가 돌연 내 인생의 영원한 '안티'로 변하더라도, 귀찮은 집안일의 주체가 내가 되어도 인내하고 이해하는 것이 무엇보다도 중요하기 때문이다.

조건'만' 따지면 불행하지만 조건'을' 따지면 행복해진다
–

부모님께 결혼 허락을 받을 때, 친정 엄마가 예비 신랑에게 내걸었던 유일한 결혼 조건은 비싼 집을 사 오라는 것도 아니고 물방울 다이아 반지를 해 주라는 것도 아니었다. 오로지 성당에서 하는 '혼인 강좌'를 들으라고만 하셨다. 결혼에 대해 막연히 상상만 하지 말고 서로가 생각하는 이상적인 결혼을 좀 더 현실적으로 생각해 보라는 의미였다. 그곳에서 '너의 이력서'를 쓰면서 우리는 혈액형, 취미처럼 간단한 정보는 물론이고 결혼 후 휴일과 여가 시간을 어떻게 보내고 싶은지, 양가 부모님께 용돈은 얼마나 드릴 계획인지, 결혼 생활을 잘하기 위해 각자 고쳐야 할 점은 무엇인지 등 마음속에 있는 이야기를 터놓았다.

달콤한 미래가 아닌 그야말로 현실이 된 결혼. 혼인 강좌를 듣던 그날, 처음으로 결혼이 만들어 낼 수많은 문제(?)들에 대해 생각하게 되었다. 죽고 못 사는 남자 친구와 결혼한다는 것 자체가 좋아마냥 히죽대던 나는 결혼이 핑크빛 이벤트에서 끝나지 않는다는 것 또한 깨달았다. 동시에 결혼에 대한 약간의 경계심과 부담감도 느꼈다. 《어쨌거나 결혼을 결심한 당신에게》라는 책을 읽으면서 이 경계심은 좀 더 단단해졌다.

단지 '결혼식'을 준비했을 뿐, 정작 '결혼'을 준비한 적이 없었던 나는
결혼 생활에 대해 아는 것이 없어도 너무 없었다.
무기도 없이 털레털레 전쟁터로 걸어 들어온 것이다.

50명과의 따끈따끈한 인터뷰를 통해 돈의 필요성, 결혼에 대한 착각, 시월드에 대처하는 자세, 육아, 워킹맘이 사는 법, 남편 길들이기, 임신 등 결혼하기 전에 꼭 알아 둬야 할 생활 밀착형 조언들을 가득 담은 이 책은 결혼의 실상을 낱낱이 공개해 주는 무료 체험 쿠폰 같다. 그래서 읽다 보면 결혼에 대한 환상은 온데간데없고 남편은 철천지원수가 된다. 동시에 결혼에 대한 환상으로 몽롱해졌던 정신을 맑고 선명하게 만든다. 우리는 무엇을 상상하든 그 이상을 경험하게 될 것이다. 〈사랑과 전쟁〉을 능가하는 '막장' 시월드 이야기에 혀를 끌끌 차면서 말이다.

오로지 돈 때문에 결혼하는 것보다
나쁜 것은 없지만
오로지 사랑 때문에 결혼하는 것보다
어리석은 것은 없다.

_샘 존슨

결혼은 연애 때의 사랑으로만 이룰 수 있는 것이 아니다. 결혼과 동시에 발생하는 각종 외부적인 문제 때문에 심지어는 있던 사랑도 박살 날 수 있으니 사랑하는 사람의 모든 것을 이해할 수 있을 때(짹짹거리는 시누이가 다섯 명이라도, 호랑이 같은 시어머니가 나를 잡아먹으려고 해도) 결혼해야 후회가 없다. 그러니 결혼 전에 이 사람이 돈은 얼마나 버는지, 성실하고 가정적인지, 시누이는 몇 명이고 시댁 어른들의 품성은 어떠한지, 장남인지 차남인지 등의 조건을 따지는 것을 부끄럽게 생각하거나 죄책감을 가질 필요가 전혀 없다. 행복한 결혼 생활을 위해서는 오히려 조건을 따지는 편이 현명하다. 나중에 사랑해서 결혼했더니 이 모양이라고 징징대지 말고.

비교는 불행의 지름길이다

-

사람이 태어나면서 스스로 선택할 수 있는 게 몇 가지나 있을까? 부모님이나 지능 지수, 외모는 선택할 수 없다. 물론 요즘은 의학

기술의 발달로 외모 정도는 생후라도 충분히 선택할 수 있지만. 그런데 인생을 좌우하는 요소 중 아주 중요한 '배우자'만큼은 선택할 수 있다. 그리고 어떤 남자를 만나느냐에 따라 30년을 비슷비슷하게 살아온 친구들의 인생이 사모님과 샐러리맨 와이프 혹은 전업주부로 갈리기도 한다. 그런데 나의 결혼 생활이 '잘' 굴러가고 있는지를 제대로 평가할 수 있는 사람은 그리 많지 않다. '잘' 사는 것에 대한 기준이 명확하지 않기 때문이다. 그래서 우리는 친구들과 비교하면서 '내가 잘 살고 있구나', '내가 결혼을 잘 했구나' 혹은 '내가 만난 사람은 왜 이 모양일까'를 판단한다.

절친들의 사례를 지켜보며 나는 결혼할 때 남자가 서울에 있는 집 한 채씩은 해 오는 것이, 여자가 그 집에 혼수를 채우는 것이 당연한 줄 알았다. 하지만 막상 결혼할 때가 되자 그건 매우 복 받은 친구들의 이야기라는 것을 알게 되었고 연고도 없는 서울 외곽에 전셋집을 얻으며 서글퍼졌다. '너만 있으면 돼!'라는 달콤한 속삭임은 다 '뻥', '집도 있어야 해!'가 솔직한 마음이었던 것이다. 하지만 그걸 가지고 투덜대거나 그를 괴롭히지는 않았다. 투덜거린다고 해결될 문제도 아니고 이게 바로 현실이니 말이다. 정 싫다면 헤어지고 다른 사람을 만나면 그만이었다.

결혼을 준비하다 보면 해서는 안 될 말을 상대에게 던질 때가 있다. "누구는 시댁에서 집 사 줬대", "누구는 다이아 캐럿 세트 받았다더라"처럼 남자에게 상처가 될 말을 여자들은 비교적 쉽게 한다. 반대로 남자 친구가 "내 친구는 예물로 롤렉스 시계 받았다더라"라고 말하면 친구들을 소집해 남자가 결혼으로 한몫 챙기려고 한다며 질경질경 씹어 댈 거면서.

왜 나는 늘 받아야 하고 상대방은 양보해야만 하는 걸까. 처음부터 원하는 조건을 다 갖춘 사람을 고를 것이지 왜 뒤늦게 애꿎은 남자만 박박 긁어 대는지. 여건이 된다면 더 좋은 것을 해 주고 싶은 게 상대방의 마음일 것이다. 당장 해결할 수 없는데 상처 주는 말로 관계를 난도질하면 남는 것은 영원히 아물지 않는 마음의 스크래치뿐이다. 그러니 《스님의 주례사》에서 이야기하는 것처럼 상대가 상처 입지 않도록 자신의 말과 행동을 돌아보는 습관이 필요하다는 생각이 든다. 어차피 결혼할 거라면 말이다.

결혼한 사람은 늘 자기를 돌아봐야 합니다. 항상 자신의 작은 말과 행동을 돌아보고, 상대가 상처 입지 않도록 연습해야 합니다.

모든 관계는 순간의 감정만으로 유지할 수 없다. 상대를 배려하고 이해하는 마음, 따뜻하게 보듬어 줄 수 있는 자세, 굽힐 줄 아는 지혜가 필요하다. 우리는 스펙과 자격증을 위해 공부할 때는 시간과 돈을 투자하면서 마음공부에는 너무나 인색하다.

있는 그대로의 모습으로

-

연애를 하다 보면 상대방에게 잘 보이기 위해 나 스스로를 포장하기 마련이다. 밤늦게 갑자기 찾아온 남자 친구를 만나러 나갈 때 비비 크림을 바르고 공들여 화장을 하고서는 "갑자기 오면 어떡해. 화장도 못 하고 나왔잖아!"라며 '쌩얼'인 척한다든지, 교외로 놀러 가는 날 새벽부터 엄마를 닦달해 5단 도시락을 싸고는 자기가 준비한 것처럼 현모양처 코스프레를 한다든지. 하지만 그 사람과 결혼할 생각이 있다면 적당히 해라. 결혼 후 그가 진한 배신감을 느낄지도 모르니.

상대의 모습을 내 마음대로 그려 놓고, 왜 그림과 다르냐고 상대를 비난합니다. 있는 그대로 보지 못하는 마음의 착각이 나 자신과 상대, 모두를 힘들게 합니다.

상대방을 있는 그대로 인정하고, 그 사람 편에서 이해하고 마음 써 줄 때 감히 '사랑'이라고 말할 수 있습니다.

결혼하면 깨소금 냄새가 솔솔 날 줄 알았다. 콩깍지가 영원할 줄 알았다. 하지만 현실은 내가 그리던 신혼 생활과 달라도 너무 달랐다. 주말이면 아침 일찍 일어나 데이트를 즐기던 그 사람이 어느

새 나무늘보가 되어 침대에서 떨어지지 않는 것도, 내가 기껏 힘들게 다린 와이셔츠가 맘에 들지 않는다고 다시 다리고 있는 것도, 바쁜 아침에 욕실에서 한 시간씩 샤워를 하는 것도 나는 도저히 이해할 수 없었다. 물론 남편 입장에서도 5단 도시락을 척척 싸던 것과 다르게 부엌에서 유독 어색해하거나 집안일을 대충 끝내는 나를 보면서 고개를 갸우뚱했겠지.

법륜 스님의 말처럼 결혼하기 전에는 이 모든 것을 제대로 파악할 수 없다. 그러니 연애하면서 겉으로 본 모습을 진짜 그 혹은 그녀라고 착각하고, 결혼한 후에 속았다면서 울분을 토하는 것이다. 속인 게 아니고 속은 게 아니다. 그저 서로를 잘못 봤을 뿐.

남녀는 기본적으로 모든 것이 다르다. 약 30년을 서로 다른 공간에서 다른 사람들과 다른 환경에서 살아온 것도 모자라 성별까지 다르니 같을 수가 없다. 그러니 결혼은 서로 맞지 않는다는 것을 전제로 출발해야 한다. 결혼은 연애가 아니다. '밀당'을 할 때가 아니라는 말이다. '네가 맞춰야 해!'라는 식으로는 해결은커녕, 감정의 골만 깊어진다.

상대방과 열심히 싸우면서 절충안을 찾자. 최대한 있는 그대로의 모습을 인정하고 서로의 영역을 존중하면서. 거창한 프러포즈로 여자 마음 사로잡을 생각 말고, 연애 때나 통하는 콧소리 애교로 남자 마음 돌릴 생각 말고. 평생 함께할 상대방을 이해하고 사랑할 수 있는 마음공부를 결혼 전에 꼭 시작해야 한다. 그래야 드라마 〈굿바이 솔로〉의 이 대사에 반기를 들 수 있다. 난 건방지게도 사랑 앞에 '영원히'를 붙이고 싶은 사람이니까.

사랑은 변하지 않지만
사람 마음은 변하더라.
왜 건방지게 (사랑 앞에) 영원히를 붙여.

_드라마 〈굿바이 솔로〉 중

결혼을 앞두고 싱숭생숭할 때 필요한 책
《스님의 주례사》법륜, 휴, 2010
《어쨌거나 결혼을 결심한 당신에게》하정아, 홍익출판사, 2013

결혼의 이상과 현실을 담은 작품

❶ 어바웃 타임(2013)

부모님의 결혼 승낙보다 '우리'가 더 중요한 커플. 그들은 소박한 결혼식과 태풍에 비바람까지 몰아치는 피로연이라도 '지금 너와 함께여서 행복하다'고 말한다. 삶을 대하는 자세에서도 부러움과 감동이 밀려오는 영화다. 아이에게는 자상하고 유쾌한 아빠, 글래머가 꼬셔도 안 넘어가고 아내의 우유부단함까지 사랑하는 이상적인 남편. 이 영향으로 결혼에 대한 환상이 커질까 봐 한편으로는 걱정스럽지만, 남들 눈치 보지 않고 두 사람의 굳은 심지로 결혼 생활을 이어 나가는 모습이 인상적이다. 결혼할 사람이 있다면 꼭 함께 볼 것을 추천한다.

❷ 우리가 결혼할 수 있을까(2012)

결혼 전, 결혼 준비, 결혼 후의 모습을 현실적으로 잘 담은 드라마. 결혼하기까지 산 넘어 산이었는데 결혼하고 나서도 앞길이 구만리인 일상을 매우 적나라하게 보여 준다. 쓸데없는 약혼식을 뭐하러 하느냐는 말에 "어차피 결혼 준비 과정에서 쓸데 있는 걸 찾기 어렵던데 뭘"이라는 쿨한 대사, "어디서 결혼하는 게 뭐가 중요해. 누구랑 하는지가 중요하지"와 같은 현실적인 대사 하나하나가 주옥같다. 전쟁과 다름없는 결혼 생활을 어떻게 받아들여야 할 것인가를 생각하게 하는 드라마니 결혼하기 전이라면 꼭 챙겨 보길 바란다.

미술 작품을 제대로 감상하
싶을 때, 고상한 취미 생활
원할 때, 산책의 묘미를 느
고 싶을 때, 가장 편한 여행
동반자를 찾을 때, 문득 어딘
로 떠나고 싶을 때, 책 읽기
대한 동기 부여가 필요할 때

2

삶을
즐기고
싶은 날

외국 여행의 필수 코스는 미술관? 그런데 우리는 화맹ㅠㅠ!

-

외국 여행을 가면 마치 필수 코스라도 되는 듯 미술관이나 박물관을 돌아보는 사람들이 많다. 나 역시 국내에서는 인사동 갤러리에서 여는 개인전을 몇 번 구경(?) 갔을 뿐이고, 박물관이라고 해 봤자 국립중앙박물관 정도만 둘러봤을 만큼 미술에는 영 문외한이다. 심지어 개인전에 갔을 때는 다가오는 큐레이터를 보고 잽싸게 도망 나온 적도 있었다. 대화를 나누면 나의 미천한 문화적 소양이 드러날 것 같았기 때문이다.

그런데도 외국 여행을 계획할 때면 이상하게 미술관과 박물관을 일정에 넣는다. 평생 한 번 갈까 말까 한 곳이니 꼭 보고 와야겠다는 의무감 때문일까? 런던에서는 테이트 모던 미술관과 내셔널 갤러리를 들렀는데, 작품을 볼 줄 모르니 그저 눈도장만 찍는 수밖에. 가볍게 쓱 보면서 한 바퀴를 돌고 나왔더니 한 시간도 채 지나지 않았다.

저는 국립중앙박물관과 호암미술관에서 12년 동안 큐레이터 생활을 했는데, 전시를 해 놓고 관람객들을 바라보면 참 재미있습니다. 손님이 구경하는 것을 보면 한눈에 저 분이 교양이 많은 분인지, 아니면 문화하고는 아예 담벼락을 쌓고 살아온 분인지가 보이거든요. 본인은 잘 의식하지 못하지만…… 예를 들면 이렇습니다. 전시장에 크고 작은 그림이 약 60점 걸려 있다고 합시다. 관람객들이 어떻게 감상하는가 하면 대체로 이런 모양으로 지나갑니다. (강사: 그림으로부터 1m 정도 일정한 간격을 두고 점잖게 천천히 걷는 모습을 연출함) 그림이라는 게 큰 것도 있고 작은 것도 있지 않습니까? 작품은 크고 작은데 사람은 이렇듯 똑같은 거리에서, 심지어 똑같은 속도로 지나가며 작품을 봅니다.

그렇다. 전통 문화에 대한 새로운 시각과 사고의 틀을 제시한 문화재 안내서 《오주석의 한국의 미 특강》 저자가 말하는 '문화하고는 아예 담벼락을 쌓고 살아온 사람'이 바로 나였다. 다들 가니까 나도 가야겠다는 의무감에 들르기는 했지만 전혀 이해할 수 없는 작품을 오래 들여다보려니 가슴이 답답했다. 오래 본다고 의미를 알 수 있는 것도 아니고, '인증 샷'은 이미 찍었고, 다리도 아프니 이 정도면 됐다 싶어 그렇게 금세 나온 것이었다.

파리에서도 마찬가지였다. 40만 점의 작품이 전시되어 있다는 루브르 박물관에 간 날, 미술 시간에 배운 작품들이 꽤 많다고 하여 이번에는 다르겠거니 생각했는데 또 전철을 밟고 있는 게 아닌가! 물론 승리의 여신 조각상 〈사모트라케 니케〉와 명작인 〈모나리자〉 앞에서는 좀 예외였다. 전자는 눈높이보다 높은 곳에 있어서 우러러 보느라 그 자리에 머물렀던 것이고, 후자는 사람들이 하나같이 "우와~!" 하며 카메라 셔터를 눌러 대기에 작품의 의미에 대해 나름대로의 답을 찾느라 주춤한 것이지만. 열성적으로 사진을 찍는 사람들은 대부분 한국인이었는데 오묘한 미소가 신비롭다는 〈모나리자〉를 바로 앞에 두고도 렌즈를 통해서만 보고 있으니, 내 코도 석 자지만 그들의 그림 보는 수준도 알 만했다. 한국인 가이드의 말은 더 가관이었다.

"여기가 그 유명한 모나리자 전시실이에요. 다른 건 몰라도 이 한 가지는 꼭 기억하세요. 관람객이 많으니 소지품을 분실하지 않도록 잘 챙기셔야 해요."

비싼 돈 내고 귀한 시간 쪼개 파리의 루브르 박물관까지 와서 꼭 기억해야 할 한 가지가 '소지품 분실 주의'라니. 어쨌든 레오나르도 다 빈치 인생의 걸작이 지금 눈앞에 있는데 카메라 셔터만 누르고 있는 사람들이나, 그 사람들 관찰하느라 정신 못 차리는 나나 화맹이기는 마찬가지였다.

☆소지품 분실 주의☆

미술계의 높은 문턱 쉽게 넘기

-

교과서를 봐야 하는 나이를 지나고부터는 관심조차 가지지 않았던 세계가 바로 미술 분야였다. 하지만 유럽 미술관과 박물관을 다니며 나의 문화적 수준을 깨닫고 나니 '아는 만큼 보인다'는 말이 머릿속에서 떠나지 않았다. 이어 미술적 소양에 대한 갈증이 느껴지기 시작했다.

한국에 들어온 이후 서양 명화에 대한 책을 한 권 한 권 읽어나갔다. 처음에는 르네상스에서 낭만주의와 인상주의에 이르는 시기에 활동한 화가들의 자서전을 만화책으로 읽었다(빠른 시간 내 얕은 지식을 얻기에는 만화가 최고다). 이해는 빨랐지만 깊이가 부족했다. 그래서 《서양 미술사》 같은 개론서를 읽기 시작했다. 내용은 훌륭했지만 미술에 대한 조예가 없는 나에게는 어려워서 금세 포기하고 덮은 책들만 늘어났다. 이대로 가다간 미술에 대한 관심에 찬물을 끼얹기에 딱 좋은 분위기였다. 미술계의 높은 문턱을 쉽게 넘을 수 있는 책이 절실했던 어느 날, 〈진주 귀고리를 한 소녀〉를 표지로 한 《할아버지가 꼭 보여주고 싶은 서양명화 101》이라는 책을 발견했다.

평생을 사업에만 종사한 할아버지가 용기를 내어 할아버지를 감동시켰던 귀한 작품들을 소개하는 것은 너희들이 좋은 작품들과 가까이하며 감상을 통한 감동과 기쁨을 느끼기를 바라는 마음에서이다. 좋은 미술품의 감상은 교육적 차원 외에도 삶의 질을 높일 수 있다고 믿기 때문이다. 문화 예술을 통해 창의력을 키우고, 정서적 안정감을 유지하며, 감수성을 키울 수 있기 때문이다.

할아버지가 손주들에게 말하듯 조곤조곤한 서문은 그 어떤 책의 도입부보다 흥미로웠다. 보통 예술이나 미학 전공자들이 예술사에 대한 책을 쓰는 것과 달리, 이 저자는 예술과 전혀 관계없는 일을 하다 은퇴한 후에야 본격적으로 미술사 공부를 시작한 사람이다. 그러다 보니 전문가인 동시에 관람자의 관점에서 그림을 본다. 감상하는 입장에서 그림 이야기를 하나씩 풀어 주는 것이 매우 인상적이었다. 또한 외워야 한다는 부담감이 느껴질 정도로 지식 전달에 치중하는 기존 책들에 반해, 이 책은 할아버지의 이야기를 편안한 마음으로 들으며 그림을 감상할 수 있는 좋은 기회를 제공한다. 덕분에 아무 거리낌 없이 온몸으로 명화를 즐길 수 있었다.

내게는 할아버지에 대한 따뜻한 추억이 많지 않다. 할아버지 댁에 가면 들어갈 때부터 나올 때까지 무릎을 꿇고 있던 것과 발에 쥐가 나도 말 한마디 하지 못하고 코에 침을 바르며 발가락을 꼼지락거리던 것이 엄격하고 무섭던 그분에 대한 대부분의 기억이다.

그리고 독자라 귀한 손자였던 오빠에게 본관이나 본적, 파 등을 한 자로 쓰게 하시던 것이 내가 기억하는 할아버지의 모습이다. 그러다 보니 "천사 같은 사람이라 불리는 화가가 있었단다"로 시작하는 이야기를 읽다 보면 할아버지의 따뜻함과 포근함에 마음이 스르륵 열린다. 바로 옆에서 명화가 삽입된 동화책을 읽어 주는 것 같다. 이렇게 명화를 한 점 한 점 접하니 그림 보는 안목이 생기기 시작했고 어느새 미술 작품에 대한 거부 반응이 사라졌다.

미켈란젤로의 위대함과 천재성은 역시 등장인물의 묘사에 있단다. 각양각색의 표정들로 가득한 인물들을 정확하게 표현했거든. 하늘을 가득 채운 천사와 악마, 순교자와 열두 제자, 수많은 성자와 성녀들을 보려무나. 여기까지 뭇 영혼들의 찬양과 울부짖음이 들리는 것 같지. 미켈란젤로의 특별함은 여기서 끝나지 않는단다. 당시 부패했던 성직자들을 우스꽝스러운 모습으로 그려서 풍자했거든. 게다가 모든 등장인물은 나체로 그려졌지 않니? 이 때문에 벽화가 공개됐을 때, 모든 교회 관계자들로부터 극심한 비판과 비난이 쏟아졌단다.

《할아버지가 꼭 보여주고 싶은 서양명화 101》에서 개인적으로 가장 마음에 드는 그림은 바티칸 시스티나 성당의 천장을 뒤덮고 있는 〈최후의 심판〉이다. 바티칸에서 이 그림을 직접 봤을 때는 화맹일 때라 그림의 규모에 놀라 "오~ 크다" 하는 반응을 보인 뒤

"이걸 보고 있으려면 목이 꺾이겠어"라며 바보 같은 농담만 했다. 하지만 이 책을 읽으면 그림 구성부터 당시 미술 사조의 특징까지, 세세한 부분을 하나도 놓치지 않고 이야기해 주는 아주 친근한 큐레이터를 만나고 있다는 생각이 든다.

작품을 찬찬히 오래 보기

-

세 번째 원칙은 말씀드리기 좀 민망합니다만, 그림을 찬찬히 봐야 한다는 얘기입니다. 작품을 찬찬히 오래 보는 분은 사실 참 적습니다. 여러분, 걸작 한 점을 어느 정도 오래 보신 적이 있습니까? 물끄러미 십 분, 이십 분 보신 적 있습니까?

《오주석의 한국의 미 특강》저자가 제시한 이 원칙대로 그림을 본 적이 있다. '노르웨이' 하면 떠오르는 화가가 누군가? 바로 〈절규〉로 유명한 에드바르트 뭉크다. 노르웨이 여행을 준비하면서 무엇보다 기대했던 곳이 바로 뭉크 박물관이었다. 유럽 여행 때와는 다르게 이제 화맹에서 벗어났다는 것을 증명하기 위한 박물관 투어. 시작부터 감상이 수월했다. 뭉크와 관련된 책과 작품집을 먼저 보고 간 터라 컨베이어 벨트처럼 작품 앞을 지나치던 예전과는 태도부터가 달랐다. 작품들을 천천히 보며 머리로 생각하고 가슴으로 느끼며 온몸으로 작품을 즐겼다. 특히 침대 가장자리에 걸터앉은 알몸의 소녀를 그린 〈사춘기〉 앞에서는 눈과 발을 뗄 수가 없었다. 그림을 찬찬히 들여다보며 소녀의 표정을 읽어 내고, 그림을 그리던 당시 뭉크의 상황을 떠올렸다. 소녀의 눈에서 엿보이는 고단함이 〈절규〉 주인공의 삶과도 닮았다는 생각을 지울 수가 없어서 한참이나 소녀의 모습을 안타깝게 바라봤다.

아는 것은 좋아하는 것만 못하고 좋아하는 것은 즐거워하는 것만 못합니다. 아는 것은 이것(강사: 자신의 머리를 톡톡 침)만 쓰는 겁니다. 바로 '이건 김홍도의 풍속화로군' 하고 넘어가는 분입니다. 그러나 좋아하는 분은 '야, 이거 재미있는데' 하고 작품 자체에 반응을 보입니다. 한 수 높지요. 가슴까지 썼습니다. 하지만 즐거워한다는 것은 무엇입니까? 예술품을 체험하는 동안 완전히 반해서 온몸이 부르르 떨리는데, 이런 반응이란 기실은 우리 내면 영혼의 울림인 것입니다.

능력 있는 사람은 노력하는 사람을 이길 수 없고 노력하는 사람은 즐기는 사람을 이길 수 없는 것처럼, 그림 감상도 마찬가지다. 《오주석의 한국의 미 특강》에서 저자가 한 말과 같이 그림을 볼 때도 '아는 것은 좋아하는 것만 못하고 좋아하는 것은 즐거워하는 것만 못하다'는 진리가 적용된다. 그러니 작품을 볼 때는 즐길 수 있어야 한다. 그러기 위해서는 뭘 좀 알아야 하고, 알기 위해서는 나름의 공부가 필요한 법이다.

그림을 보는 전체적인 안목, 옛 그림이나 전통 문화에 대한 이해가 필요하다면《오주석의 한국의 미 특강》을, 명화에 대한 거부감을 떨치고 큰 도판으로 제대로 감상하고 싶다면《할아버지가 꼭 보여주고 싶은 서양명화 101》을 추천한다. 이 책들을 읽은 후에 미술관에 간다면 같은 공간에서 같은 시간을 보내면서도 남들이 느끼지 못하는 감성으로 그림 보는 즐거움을 만끽할 수 있을 것이다.

미술 작품을 제대로 감상하고 싶을 때 필요한 책

《오주석의 한국의 미 특강》 오주석, 솔, 2003
《할아버지가 꼭 보여주고 싶은 서양명화 101》 김필규, 마로니에북스, 2012

미술관 옆 HOT SPOT

❶ 음악 분수가 있는 예술의 전당

루브르전, 클림트전, 앤디 워홀&키스 해링전 등 유명 작품과 특별 전시를 볼 수 있는 곳이자 국제음악콩쿠르나 국립현대무용단 공연 등 전시 외 문화 행사를 다양하게 즐길 수 있는 장소다. 이런 문화적 혜택뿐만 아니라 데이트 코스로도 유명하다. 음악당 주변에서 저녁마다 시간에 맞춰 음악 분수가 시작되는데, 야외 카페에서 차 한잔 하면서 감상하는 것도 낭만적이다.

❷ 정원이 아름다운 호암미술관

미술관 옆 동물원이 아니라, 미술관 옆 정원이 있는 미술관. 고즈넉하고 옛 정취가 물씬 풍기는 길과 나무, 그리고 석조물이 있는 전통 정원 '희원'은 산책하면서 자연을 즐기기에 더없이 좋은 곳이다. 걷다 보면 나오는 찻집에 앉아 통유리 창으로 바라보는 자연의 모습은 그야말로 한 폭의 그림 같다. 바람도 솔솔 불고 조용하면서도 아름다운 곳. 굳이 전시를 보지 않더라도 교외 여행으로 힐링하기에 안성맞춤이다.

❸ 도심 속에서 숲을 만나다, 서울시립미술관

시청역에서 경복궁 돌담길을 따라 걷다 보면 만나는 곳. 미술 소통 프로젝트의 일환으로 진행되는 야외 조각 상설 전시 덕분에 언제든지 작품을 즐길 수 있고, 다양한 전시가 열려 주말이면 늘 사람으로 북적거린다. 사진 촬영도 가능하고 가끔 무료 관람도 있으니 산책 겸 나서 보는 것도 좋다. 꼭 미술관에 들르지 않더라도 경복궁 돌담길이나 정동길을 걷는 낭만은 기대 이상이다.

내게도 고상한 취미 하나쯤

고상한 취미 생활을 원할 때

명품관처럼 부담스러운 미술관

-

미소가 어울리는 그녀, 취미는 사랑이라 하네.

만화책도 영화도 아닌 음악 감상도 아닌.

사랑에 빠지게 된다면 취미가 같으면 좋겠대.

난 어떤가 물었더니 미안하지만 자기 취향이 아니라 하네.

_가을방학, 〈취미는 사랑〉 중

가을방학의 노랫말처럼 취미가 사랑인 사람도 있고 영화 감상인 사람도 있다. 요즘은 사람들의 개성이 다양해진 만큼 재미있는 취미 또한 많은데, 학창 시절의 나는 정말 재미없는 인간이었다. 생활 기록부 취미란에는 클리셰cliché처럼 늘 '독서'라고 적혀 있었으니까. 사실 진짜 취미는 '친구들과 노는 것'이었는데 어린 마음에도 평생 남을 생활 기록부에 그런 취미는 적고 싶지 않았던 모양이다. 좀 '있어 보이는' 독서는 그렇게 내 취미가 되었다.

대학생이 되자 진부한 인간의 탈을 벗어던지고 '진짜' 취미를 갖고 싶었다. 노는 것과 고상함이 결합된 취미. 그러면서 너무 어렵지 않고 일상에서 쉽게 즐길 수 있는 활동. 그것은 바로 미술관에 가는 것이었다. 하지만 마음먹고 들른 미술관은 어색하고 불편하기만 했다.

언제부턴가 일반 백화점에도 명품관이 우후죽순으로 들어서기 시작했다. 살 계획이 없더라도 가끔은 아이 쇼핑을 하며 편안하게 눈 호강을 하고 싶은데, 지나치게 조용한 분위기와 졸졸 따라다니는 직원이 부담스러웠다. 구경을 하러 왔을 뿐인데 차려입지 않으면 안 될 것 같았고 상품을 보여 달라고 할 때는 손가락으로 가리키는 대신 품명을 말해야 할 것만 같았다. 한마디로 명품관에서 주눅 들지 않으려면 나를 세련되게 포장하고 상품에 대해서도 어느 정도 공부해야 했던 것이다. 이는 내가 미술관에 처음 간 날 느꼈던 분위기와 매우 흡사하다. 그런데 우연히 읽은 《나는 미술관에 놀러 간다》는 미술관에 대한 나의 고정관념을 모두 깨 버렸다.

사람들은 미술관을 명품관처럼 부담스러워한다. 입장료를 받지 않는 우리나라의 수많은 갤러리들이 알면 속상해할 정도였다. 전시와 관련된 포스팅마다 "정말 공짜 맞아요?", "다른 곳도 무료인가요?"라는 댓글이 꾸준히 달렸다. 그런 전시들은 어떻게 알고 가는 것인지 묻는 쪽지들이 날아왔고 자주 가던 곳인데도 근처에 갤러리가 있는 줄은 몰랐다는 사람들도 있었다.

조용하고 엄숙해서 들어가기조차 민망한 곳, 미술에 대해 조금은 알아야 즐길 수 있을 것 같은 미술관에 그냥 '놀러 간다'고 말하는 이 책은 나에게 안성맞춤인 미술관 입문서였다. 미술관도 놀 수 있는 곳이라면, 노는 것 하나는 자신 있는 나에게 완벽한 취미가 될 테니까. 게다가 미술관은 혼자 가도 뻘쭘하지 않고, 고상한 취미 생활인데도 저렴하게 즐길 수 있으니 더할 나위 없이 좋다. 이 책은 미술관을 찾아갈 때마다 설렐 수 있는 법을 친절하게 알려 준다. 들어가기 어렵고 들어가서도 불편하다는 편견을 와장창 깨고 고상한 취미를 새로이 선사해 주는 책이랄까.

작곡가가 아니어도 음악을 좋아하고 바리스타가 아니어도 커피를 즐기는 것처럼 우리는 그냥 관람객으로 미술을 즐기면 그만이다. 이론적인 작품 해석에 겁먹을 필요는 없다. 그런 건 평론가들이 어련히 알아서 할까. 내가 뭘 몰라서 그런 거라고 겁먹고 전시장을 멀리할 바에야 이해시키려고 노력하지 않는 갤러리를 탓하는 편이 낫다. 피카소나

백남준의 작품이면 뭐하나. 내가 별로면 별로인 거지.

미술관에 대한 사람들의 공통적인 인식은 '어렵다'는 것이다. 나 또한 미술관에 가기 전에 관련 책자 한두 권쯤 읽는 것이 정석이라 생각했고, 그렇지 않으면 작품을 이해하지 못해 제대로 즐길 수 없다고 여겼다. 사실 '취미'의 사전적 의미를 찾아보면 '전문적으로 하는 것이 아니라 즐기기 위하여 하는 일'이라고 명백하게 쓰여 있는데도 마음이 작품을 두려워하니 머리로라도 읽어야 했다. 머리로 작품을 읽을 만한 배경 지식이 없으면 미술관의 문턱을 넘어서지 못할 거라는 두려움까지. 그러니 이게 취미가 될 수 있겠나.

하지만 저자는 말한다. 갤러리는 안 살 거면 나가라는 야박한 가게도 아니고, 얼마까지 보고 왔느냐고 팔 잡아끄는 전자 상가도 아니니 여유 있게 한 바퀴 돌면 그만이라고. 그렇다. 우리는 그냥 마음으로 즐기면 되는 것이다.

그림을 볼 때, 갖고 싶은가 그렇지 않은가의 마음가짐으로 보라는 것이다. 상상에는 돈이 필요 없고, 그림 쇼핑은 상상만으로도 보는 사람의 태도를 바꾼다.

그림은 볼 때마다 느끼는 것이지만 참 어렵다. 아무리 봐도 작가가 아닌 이상 뭘 표현하려는지 잘 모르겠단 말이다. 하지만 관심

취미
趣味
hobby:

[명사] 전문적으로 하는 것이 아니라
즐기기 위하여 하는 일

을 갖고 눈길을 많이 주다 보면 내 나름의 의미를 발견하고 가치를 찾을 수 있다. 그러면 자연히 즐기게 되니, 남들이 갖지 못하는 고상한 취미 하나 얻을 수 있지 않을까. 이 책을 읽다 보면 '미술관 그까짓 거 별거 아니네'라며 나도 미술관을 즐길 수 있다는 자신감이 커진다. 이제 미술관을 두려워하지 말자.

차 마실 줄 아는 여자

도서관에 대한 로망이 있던 내게는 '미래의 남편을 도서관에서 만났으면' 하는 작은 소망이 있었다. 하지만 재수하면서 매일 출퇴근 도장을 찍었던 동네 도서관은 고시 준비에 찌든 아저씨들의 집합소였고, 낭만이 가득하다는 대학 도서관은 여대라서 애당초 예외였다. 잿밥에 대한 관심으로 다른 학교 도서관에 안 가 본 것은 아니었지만 아무래도 나의 영역이 아니다 보니 능력을 백분 발휘하지 못했다. 결국 로망은 로망일 뿐이라는 허무한 결론만 남긴 채, 시끌벅적한 사람들과 '치맥'이 공존하는 야구장에서 지금의 남편을 만났다. 도서관을 꿈꿨는데 야구장이라. 반전도 이런 반전이 따로 없다.

얼마 전까지만 해도 나는 내 아이가 커서 "엄마랑 아빠는 어디서 처음 만났어?"라고 물으면 도서관이나 미술관 혹은 카페처럼 지적이면서도 우아하고 정적인 장소에서 시작된 고상한 러브 스토리를 풀어낼 작정이었다. 이 계획은 실패했지만 이후에도 로망에 대한 미련 때문인지 고상한 취미 생활에 집착하기 시작했다. 그러다 최근 나의 관심을 끈 것은 바로 '차'를 마시는 것이다. 그동안 나에게 차라 함은 녹차 티백과 믹스 커피 정도로 분류되는 대상이었다. 하지만 올케 언니를 통해 알게 된 차 문화는 정말 매력적이었다. 언니가 종종 선물해 주는 철관음차나 보이차를 마시면서 차에 대해 더 알고 싶은 생각이 들어 책 한 권을 읽기 시작했다. 바로 《차 마시는 여자》.

맑고 건강한 정신으로 3시간 이상 이야기를 나눌 수 있는 것은 오직 차뿐입니다. 차는 술처럼 취하지는 않지만 술과 같은 기능을 해요. 그건 바로! 대화의 장을 열어 준다는 것입니다. 차를 마시다 보면 오래 앉아 대화를 나누게 되는데, 마음속 깊은 곳에 있는 말까지도 술술 나오게 하는 그 무엇인가가 있어요. 그것이 바로 차의 힘이랍니다.

학창 시절에 다도 교육을 받은 적이 있다. 예절 교육이라며 무릎을 꿇고 경건한 분위기 속에서 다양한 도구들을 갖춘 후에 찻잎을 우리고 따라서 마셨던 기억 때문인지, 나는 차에 대한 막연한 두려움과 불편함이 있었다. 믹스 커피야 봉지를 뜯어 내용물을 컵에 넣고 끓인 물을 기호대로 부어 스틱 비닐로 휘휘 저어 마시면 그만인데, 차를 마실 때는 그런 '경솔한' 행동을 절대 해서는 안 될 것 같았다. 하지만 올케 언니의 주도로 형식에 얽매이지 않고 차를 마시면서 그 매력에 푹 빠져 버렸다. 사람들 사이에서 진솔한 대화를 끌어내는 데에는 술만 한 것이 없다고 생각했는데 차는 아무리 봐도 한 수 위다. 맨정신으로도 마음속 깊은 곳의 말까지 술술 나오게 하니 말이다.

차를 마시는 방법에 있어서는 모범 답안처럼 이것이 아니면 틀리다는 식의 생각은 잘못된 것이 아닐까 하는 것이 제 개인적인 의견입니다. 전통적인 방법을 바탕으로 하되 시대의 흐름을 따라서 바쁜 현실에 맞는 방법으로 즐기는 것은 어떨까요! 그러니 너무 형식에 구애받지 말고 편하게 즐겨 주세요.

어렵고 따분하다는 생각에 멀게만 느꼈던 차. 《차 마시는 여자》를 읽으면 지레 겁먹고 피했던 다도가 좀 더 가깝게 느껴진다. 기분이나 날씨, 감정에 따라 다양하게 즐길 수 있는 33가지의 차를 소개하는 이 책은 아주 쉽고 자유롭게 차를 접할 수 있게 하고, 고리타분했던 차 문화가 일상의 고상한 취미로 자리 잡을 수 있도록 이끌어 준다. 차 마시는 여자? 그거, 어렵지 않다.

색안경을 벗은 오페라

-

대학생 때 우연히 표가 생겨 오페라 〈라 트라비아타La Traviata〉를 보러 간 적이 있었다. 평소 음악이라곤 홍대 인디 음악이나 국내 대중 가요만 열심히 들었고 클래식도 즐겨 듣지 않는 내게 오페라는 아예 존재감이 없는 장르였다. 게다가 매우 비싼 티켓값은 부르주아 문화의 절정이라는 편견을 만들었다. 내 돈 내고는 보지 않을 거라 생각하면서 경험 차원에서라도 비싼 표값만큼은 느껴야 한다는 강박에 휘둘렸다. 하지만 무거운 눈꺼풀의 힘을 이겨 내지 못하고 거의 졸다시피 했다. 초점을 잃은 눈으로 멍하게 앉았다가 중학교 음악 시간에 몇 번 들어 본 〈축배의 노래〉가 나올 때 겨우 정신을 차리고 흥얼거렸을 뿐. 오페라도 눈과 귀만 열려 있으면 즐길 수 있다는 생각은 나의 오산이었다.《박종호에게 오페라를 묻다》저자의 말처럼 아는 만큼 보이는 법이니까.

오페라도 마찬가지다. 오페라에도 나름의 규칙이 있고 그 규칙을 알아야 오페라를 제대로 즐길 수 있다.

한창 음악 감상을 해 보겠다며 클래식에 대한 관심을 활활 불태울 때였다. 예술 분야 서가에서 읽을 만한 책을 찾다가 우연히 이 책을 발견했다. 보통 클래식이나 오페라 관련 책들이 딱딱한 음악사로 서두를 시작하는 반면 20대 후반의 평범한 남자가 화자로 등장하는 이 책은 계속해서 책장을 넘기게 만드는 흡입력이 있다. 오페라를 좋아하는 여자에게 잘 보이고 싶어 하는 한 남자가 오페라

애호가인 중년 남자를 만나 여러 가지 질문을 꺼낸다. 이를 따라가다 보니 나도 모르는 사이에 오페라에 대한 식견이 조금씩 쌓였다. 나는 그렇게 오페라에 입문했다.

Q. 그렇다면 아리아는요?

A. 레치타티보가 해결하지 못한 음악적 갈증을 해결하는 부분이 바로 아리아야. 아리아는 대부분 레치타티보의 끝에 나오게 되지. 레치타티보에서 가수들이 극의 내용과 진행의 복선을 관객들에게 이미 설명한 뒤에 마지막으로 그 상황에 대한 감정의 폭발로서 아리아가 터지듯이 나오는 것이지. 때문에 아리아가 불릴 때에는 이미 관객들은 가수의 입장을 다 알고 있어서, 아리아의 가사 전달은 중요하지 않아. …… 아리아가 인기 있는 이유도 이 때문이야. 실상 아리아에는 복잡한 내용이 들어 있지 않아. 가사는 대부분 아주 단순하고, 때로는 같은 가사가 반복되기 십상이지.

어리바리한 20대 남자의 질문과 이웃집 아저씨가 들려주는 것 같은 편안한 답변. 평소 어렵다고 느낀 오페라를 좀 더 쉽게 이해하도록 돕는 동시에 지루한 문화 생활로 여긴 나의 색안경을 벗겨 준다. 오페라의 매력은 무궁무진하지만 사실 많은 준비가 필요한 까다로운 취미임은 분명하다. 하지만 기본을 알고 주요 아리아를 여러 번 들으며 마음을 연다면 얼마든지 즐길 수 있고, 생각지 못했던 진한 감동도 느낄 수 있다.

나는 저자가 추천하는 10편의 오페라 중 6편을 근무 중인 학교에서 소장하고 있는 DVD로 감상했다. 예전에 아무런 준비 없이 봤던 〈라 트라비아타〉를 다시 보니 그때는 깨닫지 못했던 감동이 조금 느껴졌다. 오페라, 알고 보면 생각보다 어렵기만 한 취미도 아니고 꼭 극장에서만 봐야 하는 비싼 공연도 아니다.

언제까지 어렵다고 피하기만 할 텐가. 한번 도전해 보자, 고상한 취미 오페라!

고상한 취미 생활을 원할 때 필요한 책

《나는 미술관에 놀러 간다》 문희정, 동녘, 2011
《차 마시는 여자》 조은아, 네시간, 2011
《박종호에게 오페라를 묻다》 박종호, 시공사, 2007

클래식 들려주는 애플리케이션

❶ KBS CLASSIC

클래식 음악을 무료로 들을 수 있는 애플리케이션(이하, 앱)이다. KBS 클래식 FM(1FM)을 생방송으로 들을 수 있고, 무료로 제공하는 1,000곡을 장르 또는 테마별로 들을 수도 있다. 가곡이나 〈투란도트〉, 〈나비 부인〉, 〈라 보엠〉 등 유명 오페라의 아리아까지도 골라 들을 수 있는 즐거움이 있다. 듣다가 마음에 드는 곡은 +버튼을 눌러 '마이 앨범'으로 옮길 수 있는데, 이렇게 내가 좋아하는 곡만 모아 듣는 재미도 쏠쏠하다.

❷ 클래식 라디오 – 24시간 클래식 음악 방송

실시간 스트리밍 방식으로 클래식 음악 서비스를 무료로 제공하는 앱이다. 5분에서 3시간까지 타이머 설정이 가능해서 음악을 듣는 중간에 잠이 들어도 휴대폰 전원이 꺼질까 봐 걱정하지 않아도 된다. 작품과 작품 사이에 들리는 외국어 곡 설명이니 굳이 해석하려 하지 말고, 그냥 음악만 감상하자.

❸ 클래식 음악이 듣고 싶을 때

기분에 따라 듣고 싶은 음악도 달라진다. 이런 마음을 십분 반영한 똑똑한 앱으로, 클래식을 시대별, 테마별로 분류해 마음대로 골라 들을 수 있다. 간단한 조작으로 내 상황에 맞는 음악을 선별해 들을 수 있어서 매우 매력적이다.

가끔은
한 템포
쉬어 가도
괜찮아

산책의
묘미를
느끼고
싶을 때

나의 산책 필수품, 하이힐

-

산책이란 휴식을 위해 숨을 고르며 천천히 걷는 것이다. 때문에 꼭 필요하다고 정해진 준비물은 없지만 대부분의 사람들은 가벼운 차림에 운동화, 목을 축일 물 정도를 챙겨서 나간다. 하지만 나의 산책 준비는 조금 유별나다. 내 산책길에 빠지지 않고 등장하는 녀석은 물도 아니고 귀를 즐겁게 해 줄 음악도 아닌, 바로 하이힐이다. 하이힐을 신고 걸으면 짧은 다리에 대한 열등감을 아주 쉽고 빠르게 극복할 수 있고 평소 경험하지 못했던 높은 대기층의 새로운 공기를 마시며 또 다른 세상을 만나게 된다. 말 그대로 나의 산책은 '힐'을 신고 '힐링'하는 것이다.

평생 써먹을 수 있는 직함에는 어울리는 삶의 방식이 있게 마련이다. 아울러 자신만의 고유한 삶의 방식을 매개해 주는 물건을 가지게 된다. 시간이 지나면 물건에 관한 이야기가 자신만의 이야기가 된다. 자신의 사회적 지위로 매개되는 이야기보다 훨씬 값진 이야기가 된다. 자기만 할 수 있는 이야기이기 때문이다.

남자들의 삶에 가슴 찡하면서도 유쾌한 위로를 전하는《남자의 물건》에서 저자는 지인들의 삶을 대변하는 물건들을 소개한다. 나는 책을 덮고 '나 자체를 그대로 드러내 주는 물건은 무엇일까'를 생각하다가 결국 친구들에게 SOS를 청했다. 단 1분도 지체하지 않고 그녀들은 입을 모아 대답했다.

"하이힐!"

그렇다. 타인에게 나의 아이덴티티를 그대로 드러내는 물건은 다름 아닌 하이힐이다. 그래서였을까. 학교에서 4월 행사로 사제 동행 걷기 대회를 했는데, 남산 산책로인 북측 순환로를 걷는 그날도 나는 9cm 힐을 신고 등장했다. 난해한 패션을 접한 주변 선생님과 학생들의 표정은 그야말로 '멘붕'이었다. 물론 상황에 맞지 않는 복장으로 나타난 나를 속으로 욕했을 것이다. 그래도 어쩌랴. 그것이 나의 아이덴티티인 것을. 주변의 시선이 껄끄러워서였는지 발뒤꿈치가 다 까져 피가 줄줄 나는데도 아무렇지 않다는 듯 7km를 끝까지 걸었다. 그것 또한 나의 아이덴티티니까.

그뿐만이 아니다. 험한 바위가 많아 악산 중 악산이라 불리는 관악산을 오를 때에도 내 발에는 남들이 경악할 만한 힐이 장착돼 있었다. 산을 오르내리는 등산객들은 장소에 맞지 않는 나의 괴이한(?) 신발을 보며 혀를 차기도 하고, 위험하다는 충고도 하면서 한 마디씩 말을 보냈지만 나는 눈 하나 깜짝하지 않았다. 보성 녹차밭을 걸을 때도, 남편과 내가 가장 좋아하는 산책 코스인 동학사에 갈 때도, 바닷가로 피서를 떠날 때도 나는 늘 하이힐과 동행했다. 노르웨이로 여행 가면서도 캐리어에 하이힐을 넣어 갔으니 말 다했다. 동화처럼 아름다운 '플롬Flåm'을 산책할 때에도 하이힐을 신었다는 믿거나 말거나 한 얘기.

산책의 정석

-

산책의 필수 아이템으로 하이힐을 고집하는 것처럼 나는 산책 방식에도 나름의 규칙과 정석이 있어야 한다고 믿는다. 엄청난 계획을 세우지는 않더라도 나만의 방식은 어느 정도 필요하다고 생각하기 때문이다. 그래서 내가 생각하는 산책의 정석을 소개해 볼까 한다. 이건 지극히 개인적인 생각이니 지키지 않는다고 쇠고랑 안 찬다. 경찰 출동 안 한다. 그냥 따라 하면 산책길이 더 즐거워질 수도 있다는 나만의 추측일 뿐.

느리게 걷기

전주, 거북이, 카페의 공통점은 뭘까? 바로 'slow'의 의미가 있다는 것이다. 전주는 국제 슬로시티Slowcity로 지정된 곳이고 거북이는 매우 느린 동물 중 하나다. 그렇다면 마지막, 카페는? 아무리 생각해도 'slow'라는 답이 안 나올 테다. 그럴 수밖에. 내가 가장 좋아하는 카페 이름이 바로 '느리게 걷기'니까.

이곳은 테이블이 몇 개 안 되는 동네 카페인데 샌드위치를 주문하면 기본 20분, 커피 한 잔 나오는 데에도 다른 커피 전문점에 비하면 두 배의 시간이 걸린다. 상호 하나 정말 잘 지었다. 느리다 못해 느려 터졌다는 말이 절로 나온다. 사실, 성격 급한 나에게 '느림'은 정말 불편한 상황임에 틀림없다. 하지만 커피와 샌드위치를 주문하고 메뉴가 나오기를 기다리며 주위를 둘러보는 그 시간이 나는 좋다. 그때마다 느끼는 바지만, '빨리빨리'만 외치는 이 사회에서 느리게 걷는 시간은 우리 일상에 분명 필요한 여유라는 생각이 든다. 산책을 할 때에는 더더욱 그렇고.

긴장의 끈을 느슨하게 풀어 놓으면
마음의 나사를 헐겁게 풀어 놓으면
욕심이 과해 부대끼던 많은 일들이
저절로 잘 되어 간다.
그것이 인생의 진실이자 아이러니다.

산책의 묘미는 뭐니 뭐니 해도 평소 무심코 지나쳤던 풍경 그대로를 즐기는 것이다. 그래서 다른 날보다 하늘을 좀 더 자주 올려다보고, 시시각각 변하는 햇빛의 방향에도 관심을 주면서 걷는 휴식이 진짜 산책이라 생각한다. 그런데 우리는 보통 앞만 보고 빠르게 걷기 바쁘다. 때문에 일상적인 아름다움을 그냥 지나치는 것은 물론이요, 자연을 마음에 담고 새기는 기쁨 따위는 절대 맛볼 수 없다. 《집 나간 마음을 찾습니다》에서 조언하는 것처럼 긴장의 끈, 마음의 나사를 풀고 나의 감성에 노크해 줄 자연의 보물들을 놓치지 않기 위해서라도 우리에게는 느리게 걷는 시간이 필요하다.

산책 독서

인생의 기본 재료 중에서 가장 중요하면서도 가장 소홀히 하기 쉬운 것이 시간입니다. 한 번 써 버린 시간은 재활용이 불가능합니다. 당신은 지금 무엇을 하고 계시나요.

산책은 일상에 지친 우리의 몸과 마음을 위로해 주는 하나의 의료 행위다. 때문에 산책하는 시간은 그야말로 힐링 타임이다. 나에게는 이런 힐링의 효과를 두 배로 끌어올려 주는 습관이 있으니 바로 '산책 독서', 말 그대로 산책하며 책을 읽는 것이다.

누군가는 산책하면서까지 책을 가지고 나가느냐며 핀잔을 줄지도 모르고, 우리 엄마 같으면 하나나 똑바로 하라고 시원한 돌직구를 날릴지도 모른다. 하지만 가벼워진 몸과 마음으로 산책로 중간의 벤치 또는 자연의 향이 가득한 숲에서 책을 읽으면 자연의 기운을 받아서인지 집중이 잘 되어 책 속으로 고스란히 들어갈 수 있다. 《코끼리에게 날개 달아주기》에서 말하는 것처럼 가장 소홀히 하기 쉬운 '시간'을, 산책하고 책도 읽으며 더 의미 있게 만들 수 있다는 것도 장점이고 말이다.

물론 산책에 동행할 책은 매우 까다로운 기준으로 선정해야 한다(자칫하면 시간은 시간대로 낭비요, 책은 거추장스럽기만 한 애물단지가 된다). 첫째, 한 번 이상 읽었던 책을 선택한다. 새로운 책을 가져가면 산책은 뒷전이고 책만 읽다 돌아오는 주객전도의 낭패를 겪을 수 있다. 하지만 익숙한 책을 다시 읽으면 여유롭게 생각을 정리하고 주변까지도 둘러볼 수 있다는 일석이조의 효과가 있다.

둘째, 감성 에세이가 좋다. 가벼운 마음으로 나선 산책길에서 호흡이 길거나 집중해서 읽어야 할 진지한 책은 부담스럽다. 글이 빼곡하지 않지만 한 문장 한 문장이 마음을 흔들고, 걸으면서 그 글귀를 곱씹어 볼 수 있을 만큼 여운이 긴 책이 최고다. 《집 나간 마음을 찾습니다》나 《코끼리에게 날개 달아주기》 같은 책들이 바로 그러하다. 전자는 표지와 삽화, 글씨체가 모두 산책에 딱 어울린다. 고단한 일상을 뜨겁게 위로해 줄 감성적인 글까지 가득해 마치 종합 선물 세트 같다. 후자는 예쁜 그림과 다양한 에피소드가 마음에 감성 에너지를 퐁퐁 샘솟게 만들어 주는 책이다.

혼자 걷기

이 세상에 헛되게 흘러간 시간은 없다.
그 시절을 그렇게 보내지 않았더라면
지금의 견고한 나는 만들어지지 않았을 것.

대학생 때 나는 혼자 도서관 산책로를 걷는 시간을 좋아했다. 무식하게 엉덩이의 힘으로 의자와 사투를 벌이고 있을 때였으니 머리도 식힐 겸, 안 쓰는 근육을 움직여 건강의 이상 신호를 막기 위해서라도 산책은 필수였다. 오롯이 나에게만 집중할 수 있는 시간이 필요했던 그 시절, 나는 마음 가는 대로 걸으며 하루를 정리하고 인생의 퍼즐을 맞추기 위한 사색도 했다. 쉬고 싶을 때는 멈춰 서서 하늘을 올려다보고 시원한 바람을 코끝으로 느끼며 혼자만의 자유를 만끽하기도 했다. 혼자여서 외롭기도 했지만 혼자인 나를 만날 수 있어서 좋았던 시간이었다.

《집 나간 마음을 찾습니다》에서도 말한다. 이 세상에 헛된 시간은 없다고. 혼자 걸었던 그 순간들은 그저 시간이나 까먹는 땡땡이가 아니었다. 너무 말랑말랑해서 잘 흔들리던 마음을 굳건히 다잡고 누구의 방해도 없이 나 자신과 정면으로 만나는 재충전의 시간이었던 것이다.

머릿속을 복잡하게 만드는 일을 해결하고 싶거나 마음을 비우고 싶을 때 우리는 산책을 나선다. 그 시간을 좀 더 의미 있게 보내기 위해서는 혼자여야 한다. 걸으면서 스스로에게 솔직하게 묻고 진실한 대답을 듣는 것. 혼자 걸을 때만이 가능한 일이다.

발길 닿는 대로

북유럽 4개국 여행을 통틀어서 가장 기억에 남는 곳을 꼽으라면 나는 단연 노르웨이를 말할 것이다. 범위를 더 좁히자면 아무런 망설임 없이 플롬이라는 작은 도시를 선택할 것이고. 플롬은 송네 피오르* 관광이 시작되는 곳인데 숲과 산, 바다가 주변을 둘러싸고 있어 그야말로 동화 속 마을 같았다. 나는 그곳에 도착하자마자 숙소에 짐을 풀어 놓고 무작정 마을을 산책하기 시작했다. 어디가 어디인지 알 수 없었지만 눈에 보이는 대로, 가고 싶은 대로, 그야말로 발길 닿는 대로 조용히 걸었다. 잔디밭에 앉기도 하고, 뜬금없이 달리기도 했다. 내 인생 최고의 산책길이었다.

오늘은 어디부터 어디까지 걷겠다고 계획하는 사람들도 있겠지만 나는 자유롭게 걷는 산책에 의미를 부여하고 싶다. '여기까지 걸어야지!'라고 목표를 정하면 자유로워야 할 산책에 의무감이 얹힌다.

---

* Fjord. 빙하의 침식으로 만들어진 골짜기에 빙하가 없어진 후 바닷물이 들어와서 생긴 좁고 긴 만. 노르웨이의 송네 피오르가 길이 204km로 세계에서 가장 길다.

걷는다는 것 자체에 만족하면서 한눈도 팔고 어슬렁거리는 것, 그것이 진짜 산책 아닐까.

대나무는 아무리 태풍이 불어도 부러지지 않는다. 채 몇 센티미터도 되지 않는 가는 줄기가 높게는 수십 미터까지 올라간다. 마디가 있는 까닭이다. 마디가 없는 삶은 쉽게 부러진다. 아무리 바빠도 삶의 마디를 자주 만들어야 한다는 이야기다. 그래서 주말도 있고 여름 휴가도 있는 거다. 시간이 아주 많은 어른이 된다는 것은 이 삶의 마디를 잘 만들어 '가늘고 길게' 아주 잘 사는 것을 뜻한다.

얼마 전 건강 검진 결과가 나왔다는 전화를 받고 결과지를 찾으러 병원에 갔다. 평소 건강 하나는 누구보다 자신 있었는데 비타민 D 수치가 부족하다는 진단을 받았다. 비타민 D가 부족하면 구루병과 골다공증을 유발한다는 고등학교 생물 시간의 기억을 더듬다가 건강에 적신호가 켜졌다는 두려움에 지레 겁을 먹었다. 걱정스러운 표정으로 어떻게 해야 하느냐고 의사 선생님께 물었더니 간단하면서도 쿨한 처방을 내려 주셨다.

"햇볕을 많이 받으면 돼요. 산책 많이 하세요."

《남자의 물건》에서 말하는 것처럼 어디에도 흔들리지 않는 사

람이 되기 위해, 비타민 D가 부족해서 젊은 나이에 구루병과 골다
공증을 걱정하지 않기 위해서라도 산책이라는 휴식으로 삶의 마디
를 자주 만들어야 한다. 책과 함께하는 산책으로 마음에도 마디를
만들어 보는 건 어떨까.

산책의 묘미를 느끼고 싶을 때 필요한 책

《남자의 물건》 김정운, 21세기북스, 2012
《집 나간 마음을 찾습니다》 정민선, 시공사, 2010
《코끼리에게 날개 달아주기》 이외수, 해냄, 2011

무작정 걷고 싶을 때 찾는 산책 코스

❶ 동학사

짧은 산책을 즐기기에 좋다. 동학사로 오르는 길은 경사도가 부담스럽지 않고, 산책로를 따라 흐르는 시원한 계곡은 마음까지 맑게 해 준다. 봄이면 흐드러지게 핀 벚꽃을 구경할 수 있고, 내려오는 길에는 맛있는 파전과 도토리묵까지 즐길 수 있는 곳. 사람이 많지 않아 생각을 정리하고 싶을 때나 그저 조용히 걷고 싶을 때 최적이다.

❷ 문경새재

한국인이 꼭 가 봐야 할 관광지 1위로 꼽히는 문경새재는 계곡과 산이 어우러져 자연을 한껏 느낄 수 있는 산책 코스다. 제1관문인 주흘관에서 제3관문인 조령관까지의 6.5km 구간은 맨발로 걸을 수 있는 이색 산책로로 유명하다. 물론 온갖 벌레들과 만날 각오는 해야 하지만. 저질 체력이라면 왕복보다 제3관문에서 제1관문으로 내려오는 편도 코스를 권한다. 사람이 많아 조용하게 걸을 수는 없지만 오르내리며 만나는 자연은 매력 그 자체다.

❸ 남산 산책로

서울에서 산책을 즐기고 싶을 때 종종 들르는 곳이다. 남산 산책로에는 북측 순환로와 남측 순환로가 있는데, 북측 순환로는 도로 포장 상태가 좋고 조경이 잘 되어 있으며 경사도 심하지 않아 편안하게 산책하기 좋다. 반대로 남측 순환로는 국립극장에서 출발하여 남산 정상에 오르는 코스인데, 오르막길이 계속되어 힘들기는 하지만 걷는 내내 서울의 모습을 한눈에 내려다볼 수 있다. 일몰 시간에 맞춰 올라가면 서울 N타워 옆에서 장렬히 전사하는 태양도 볼 수 있다.

책만큼 좋은 여행 친구는 없다

여행의 좋은 동반자

-

서점에 들러 계획에도 없던 책 한 권을 산다면 내가 여행을 앞두고 있다는 증거다. 평소에는 인터넷 서점에서 온갖 할인 쿠폰을 적용해 책을 구입하지만, 여행을 준비할 땐 좀 다르다. 직접 가서 읽고 만져 봐야 여행에 들고 가도 후회가 없을 만큼 마음에 쏙 드는 책을 고를 수 있기 때문이다. 그러고는 한참을 고민해서 선택한 책을 들고 흡족한 기분으로 서점을 나선다. 특히 혼자 떠나는 배낭여행이라면 더더욱 이런 절차가 필요하다.

40일간 떠났던 유럽 여행 때는 김연수 작가의 젊은 날을 사로잡은 문장을 담은 《청춘의 문장들》(마음산책, 2004)을, 20일간 떠났던 터키 여행에는 생의 외로움과 고독을 곱씹게 하는 《빗방울처럼 나는 혼자였다》(공지영, 오픈하우스, 2011)를, 2주간 떠났던 북유럽 여행에서는 얼굴 한 번 본 적 없는 여섯 남녀의 북유럽 캠핑카 여행기 《처음 만난 여섯 남녀가 북유럽에 갔다》(배재문, 부즈펌, 2010)를 챙겼다. 여행을 떠나는 상황이나 마음가짐에 따라 책에 대한 감상은 조금씩 달랐지만 여행을 더 의미 있고 낭만적으로 만들어 줬다는 공통점이 있다. 잘 고른 책만큼 여행의 좋은 동반자는 아마 찾기 힘들 것이다.

별 기억이 아닌데도 한 사람의 기억으로 웃음이 날 때가 있다.

돌아보면 그렇게 웃을 일이 아닌데도 배를 잡고 뒹굴면서까지 웃게 되는 적이.

하지만 우리를 붙드는 건 그 웃음의 근원과 크기가 아니라,

그 세세한 기억이 아니라,

아직까지도 차곡차곡 남아 주변을 깊이 채우고 있는

그 평화롭고 화사한 기운이다.

인연의 성분은 그토록 구체적이지도 선명하지도 않은 것으로 묶여 있다.

그래서 나는 누군가가 좋아지면 왜 그러는지도 모르면서

저녁이 되면 어렵고, 밤이 되면 저리고,

그렇게 한 계절을, 한 사람을 앓는 것이다.

《바람이 분다 당신이 좋다》는 여행 정보가 하나도 없는 '불량' 여행 에세이일지도 모른다. 누군가는 쓸데없는 감정만 가득한 여행

기라고 말할지도.

하지만 나는 목차도 없는 이 독특한 구성의 에세이를 읽으면서 저자와 함께 여행을 떠난 것 같은 느낌이 들었다. 같이 차를 마시는 듯 친근해하고, 그의 옛사랑에 대한 감정에 덩달아 마음이 먹먹해지고, 심지어 같은 곳을 바라보며 같은 꿈까지 꾸게 되었다. 글에서 묻어나는 감성들이 시도 때도 없이 마음을 흔들어 설레게도 하고. 이 책이야말로 여행의 좋은 동반자가 아닐까.

외로울 것 같아 누군가와 함께 떠나지만 가끔은 혼자 있고 싶은 시간들이 여행에는 늘 존재한다. 동행자의 일정이나 기분에 맞추다 보면 진짜 내가 원하는 여행을 하지 못할 때도 많기 때문이다. 그러니 책과 함께 혼자 떠나자. 혼자 있고 싶을 땐 먼 산 바라보며 사색에 잠기고 누군가와 함께하고 싶다면 책을 펴면 그만이다. 책을 읽으며 느끼는 여유로움과 행복감으로 미소가 은은하게 퍼지는 순간들. 함께 따라오는 좋은 글귀들은 여행을 더 의미 있고 풍성하게 만든다. 특히 이병률 작가 특유의 '쓰담쓰담' 독백은 마음을 따뜻하게 도닥거리기에 더없이 좋다.

그러나 괜찮다. 너는 무려 육 개월 동안이나 계속되는 빨간 날들을 만들기로 했으니까. 너는 잠시 동안의 최면 속으로 걸어 들어가 조금 울고 조금 웃다가 오래달리기를 마친 얼굴을 하고 그리운 것들을 찾아 되돌아올 테니까.

짬짜면, 혹은 양념 반 후라이드 반의 매력을 찾아서

-

나는 책을 많이 읽어야 한다는 강박이 있다. 책이 있는 공간에 매일 앉아 있기도 하거니와 학생들에게 모범을 보여야 한다는 의무감, 신간에 대해 꿰고 있어야 한다는 직업적인 사명 때문에 읽지도 않는 책을 늘 가방에 넣고 다닌다. 그래서 어깨 통증은 사라지지 않고 집 구석구석엔 읽다 만 책들이 여기저기 널려 있다. 소파 옆, 침대 머리맡, 책상 위, 식탁 위, 심지어는 화장대에까지. 물론 이 책들을 매일같이 읽는 건 아니다. 공갈 젖꼭지가 필요한 아기처럼 책 없는 공간에 대한 불안함 때문에 곁에 두는 것일 뿐. 여행 중에는 이런 증상이 더욱 심해진다. 외국에만 가면 평소 먹지도 않던 김치가 자꾸 생각나는 것처럼 이상하게도 한글이 읽고 싶어지는 것이다. 뼛속까지 한국인이라는 증거다. 그러니 나는 여행을 떠날 때 반드시 책을 챙겨야만 한다.

대부분의 사람들은 여행을 떠날 때 《○○ 100배 즐기기》 같은 가이드 북을 가져간다. 나도 한때는 유명 출판사에서 나오는 나라별 여행 가이드를 챙기곤 했다. 하지만 업데이트가 안 된 지도 때문에 런던의 워털루 역을 다람쥐 쳇바퀴 돌듯 빙빙 돌고, 이탈리아 남부 카프리의 맛집이라고 소개된 곳에서 미각을 잃은 요리사의 음식을 먹으면서 '이건 여행 100배 즐기기가 아니야, 100배 망치기지'라며 책을 원망했다. 물론 여행지에 대한 종합적인 정보를 쉽게 얻을 수 있다는 장점이 있지만 책에서 소개하는 장소들은 광고성일 수도 있고 오래된 정보가 최신 정보로 둔갑했을 수도 있다. 게다가 남들이 다 가는 관광지에서 인증 샷이나 찍는 것보다 숨겨진 '핫 플레이스'를 찾고 싶은 내게는 그다지 효용이 없었다. 물론 취향의 차이니 뭐가 옳다 그르다 말할 수는 없다. 하지만 정말 현장감 있고 정확한 정보를 얻으려면 차라리 '유랑(유럽 여행의 든든한 동반자)'이나 '지바고(지중해의 바람과 햇살 그리고)' 같은 온라인 커뮤니티를 뒤지는 게 훨씬 낫다. 시간이야 좀 들겠지만 매일 가는 여행도 아닌데 그 정도 수고쯤이야.

짬짜면, 양념 반 후라이드 반. 이 메뉴들의 특징은 뭘까? 바로 한 번에 두 가지의 맛을 경험할 수 있다는 점이다. 우리 입맛은 과거에 비해 더 까다로워졌고 그와 동시에 다양함에 대한 욕구도 커졌다. 책도 마찬가지다.

여행 중에 읽을 책으로 나는 글만 빽빽한 종류는 거부한다. 여행지에서는 책을 통해 지식이나 쾌락을 넘어선 다양한 욕구를 충족하고 싶으니까. 그런 면에서 본다면 여행에 대한 아련함을 불러일으키는 예쁜 사진과 몽환적이고 아름다운 북유럽 밴드의 노래, 감성적인 글이 담긴 《너도, 나처럼, 울고 있구나》는 마치 여행 에세이계의 짬짜면 같은 존재다. 눈과 귀와 마음을 모두 만족시키기 때문이다. 이 책을 읽으며 나는 북유럽 밴드 뮤Mew와 켄트Kent의 음악에 빠졌고, 다시 북유럽으로 떠나고 싶어졌다.

누군가 묻는다. 도대체 음악이 어떤 힘을 가진 거냐고. 내 삶에 음악이란 무엇이냐고. 어떤 말로도 제대로 형용할 순 없겠지만, 어려운 문제도 아니다. 결국은 사람이고 삶이다.

여행자 중에는 여행지의 풍경이 만들어 내는 새로운 소리에 귀를 기울이려고 이어폰으로부터의 해방을 즐기는 사람들이 있다. 하지만 나는 반대로 이어폰을 꼭 챙긴다. 종종 여행지의 분위기와 기가 막히게 잘 어울리는 음악이 여행을 좀 더 완벽하게 만들어 준다는 것을 알기 때문이다.

나는 여행을 떠날 때마다 상황별로 음악 리스트를 만든다. '기차에서 듣는 음악', '바다를 보면서 듣는 음악', '산책할 때 듣는 음악', '하루를 마무리하며 듣는 음악' 등. 그리고 혼자 있고 싶을 때는 3인조 재즈 피아니스트 에디 히긴스 트리오Eddie Higgins Trio의 음악을 듣는다. 가사가 없는 연주곡이라 충분히 자유롭고, 세련되지만 어렵지 않게 감성을 자극한다. 마음의 동동거림을 느낄 수 있는 에디 히긴스 트리오의 풍부한 악기 소리를 듣고 있으면 어느새 외로움이나 쓸쓸함 따위 모두 훌훌 떨쳐 버리고 진정한 힐링의 세계로 입문하게 된다.

가끔 '섬'처럼 살고 싶다. 나 홀로 남겨지고 싶다. 소속감도, 의무도, 책임도 없는 그런 삶. 사람들을 의식하지 않는 삶. 의식하지 않아도 충분한 그런 삶, 불친절한 삶. 불투명한 삶. 내 안을 보여 주지 않아도 되는 삶. 그렇게 살고 싶다. '섬'처럼 살고 싶다.

북유럽 여행기와 자신이 사랑하는 음악 이야기를 함께 전하는 《너도, 나처럼, 울고 있구나》. 삶, 음악, 사람, 사랑과 이별에 대해 묵묵하게 써 내려간 글을 읽으면 '나는 내 감정에 이토록 솔직했던 적이 있었나'를 생각하게 된다. 그리고 무엇이든 끊임없이 표현하기 위해 음악을 하고 사진을 찍고 글을 쓴다는 그녀를 한번 만나보고 싶다는 생각도 든다.

북유럽 여행을 계획하고 있다면 꼭 이 책을 챙기길 바란다. 저자의 플레이 리스트도 꼭 훔쳐보길. 그리고 하나 더! 그녀의 숨겨진 소녀 감성까지도.

말을 하지 않아도 모든 걸 아는 사람이 좋다. 항상 나를 보고 있지만 나를 감시하지 않는 사람이 좋다. 나를 항상 다독이지만 귀찮게 하지 않는 사람이 좋다. 내가 웃으면 그 웃음소리의 청명함을 사랑하고, 내가 울먹이면 눈물의 의미를 사랑하는 사람이 좋다. 그런 사람이 좋다.
나도 그런 사람이 되고 싶다.

여행의 품격을 높이는 고전

-

세계문학 전집에는 고통스러운 작품들이 섞여 있다. 《참을 수 없는 존재의 가벼움》이라든지 《고도를 기다리며》처럼 여러 번 펼쳤다가 도중에 다시 덮게 되는 책들, 또 《죄와 벌》이나 《레 미제라블》처럼 분량이 많아 마음을 굳게 먹어야 읽을 수 있는 책들 말이다. 나는 읽어야 하지만 읽어 낼 수 없는 이 고전들 속에서 허우적대다가 결국은 그 많은 책들을 서재를 꾸미는 용도로 전락시키는 무례를 범했다. 취미 중 하나가 세계문학 전집을 한 권씩 사 모으는 것이지만 그 가운데 반도 읽지 못했음을 고백한다. 그것은 나의 잘못이 아니다. 취향의 차이라고 변명하고 싶을 뿐.

하지만 고전을 읽어야 한다는 강박 때문일까. 나는 여행을 갈 때마다 늘 고전 한 권씩, 가끔은 욕심을 내어 두 권 이상 캐리어에 넣곤 했다. 기껏 여러 권 챙겨 갔는데 하나도 읽지 않고 다시 가져오는 삽질도 여러 번. 하지만 이 중에서 제 역할을 다하고 살아 돌아온 녀석이 있었으니, 바로 영문학의 전설적인 고전 《위대한 개츠비》다. 주변에 물어보면 이 책을 끝까지 읽은 사람은 생각보다 적다. 내가 학창 시절에 몇 번이나 도전했지만 금세 덮어 버린 것처럼. 하지만 책이 얇아 휴대하기 좋다는 이유 하나만으로 다시 내 레이더망에 걸린 이 소설은 10년 만에 나에게 분명한 모습과 의미를 드러냈다.

개츠비에게는 집 전체가 무르익은 신비로 가득했다. 2층 침실은 다른 어떤 침실보다도 아름답고 근사하며, 복도를 따라 유쾌하고 신나는 일들이 벌어지고, 철이 지나 라벤더 속에 버려진 로맨스 대신, 새로 출시된 번쩍거리는 신차처럼 신선하고 향기로운 로맨스가 펼쳐질 것 같았고, 꽃들이 시드는 법 없는 무도회들이 연이어 이어질 것 같았다.

1920년대 제1차 세계대전 이후 꿈도 이상도 도덕도 없는 시대에 인간 본연의 모습을 잃지 않고 한 여자만을 사랑한 개츠비의 일생을 그린 《위대한 개츠비》. 많은 사람들은 F. 스콧 피츠제럴드의 유려한 문장이나 아련한 감성, 비극적 결말이 던지는 여운에 초점을 맞추며 이 소설을 극찬하지만 나는 '열정 가득한 젊음'이라는 표현으로 요약하고 싶다. 그 시대가 '부'라는 가치만을 좇을 때, 개츠비는 자신이 귀하다고 여기는 사랑에 무모할 정도의 열정을 쏟아부었기 때문이다.

그러므로 우리는 물결을 거스르는 배처럼, 쉴 새 없이 과거 속으로 밀려나면서도 끝내 앞으로 나아가는 것이다.

개츠비의 열정이 젊은 날의 여행과 닮았다고 생각한 걸까? 삽질을 일삼던 유럽 배낭여행 중에 앞만 보고 달려가는 개츠비의 비현실적인 낭만이 그렇게 마음에 와 닿을 수가 없었다. 이후로 무모하고 도전적인 여행을 떠날 때마다 나는 늘 이 책을 챙긴다. 물론 앞으로도 그럴 것이다. 그의 열정과 젊음이 전달하는 에너지가, 가슴을 울리던 앞의 글귀가 여행을 좀 더 도전적이고 멋지게 만들어 줄 것이라고 믿기 때문이다.

가장 편한 여행의 동반자를 찾을 때 필요한 책

《바람이 분다 당신이 좋다》 이병률, 달, 2012
《너도, 나처럼, 울고 있구나》 문나래, 북노마드, 2013
《위대한 개츠비》 F. 스콧 피츠제럴드, 김영하 옮김, 문학동네, 2009

고전을 읽기 어려울 땐 영화부터

고전이 사람들에게 어렵게 느껴지는 이유는 여러 가지다. 그 시대 사람들의 생소한 어투, 공감하기 어려운 시대적 배경, 여러 번 읽어도 도저히 이해할 수 없는 번역투의 문체가 책의 몰입도를 떨어뜨리기 때문이다. 나의 이해력이 달려서 그런 것이 아니니 안심해도 좋다. 대부분의 사람들에게 일어나는 현상이다.

이처럼 고전이 멀게만 느껴질 때 영화로 먼저 내용을 파악하는 것도 하나의 방법이다. 어떤 사람들은 영화를 먼저 보면 그 이미지의 잔상이 독서를 방해해 원작의 감동을 영화에서 본 만큼밖에 느끼지 못한다고 말한다. 틀린 말은 아니다. 하지만 그거야 고전을 제대로 이해할 수 있을 때의 이야기고, 계속 읽어야 하나 말아야 하나를 고민한다면 경우가 좀 다르다. 고전에 대한 두려움을 극복하기 위해서라도 '읽고 싶다'는 동기 부여가 절실한 때다. 영화를 보고 마음에 들면 책을 한 번 더 펴 보게 될 테니 그것만으로도 영화를 먼저 보는 것에 큰 의미가 있다.

《위대한 개츠비》도 마찬가지다. 늘 만지작거리기만 하고 끝까지 읽지 못한 사람이라면 영화를 먼저 볼 것을 추천한다. 제1차 세계대전 이후 미국의 모습을 현대에 맞게 잘 각색하여 우리가 그 시대를 좀 더 쉽게 이해할 수 있도록 돕는다. 간혹 개츠비 개인의 고뇌를 너무 가볍게 그렸다거나 뉴욕의 화려함만을 부각했다는 혹평도 있지만 영화라는 매체의 특성상 볼거리에도 치중해야 하니 너무 까다롭게 굴지는 말자. 개츠비 역할을 맡은 레오나르도 디카프리오의 '폭풍 간지'만으로도 원작을 읽어 보고 싶은 마음이 밀려올 것이다.

여행은 일상을 위한 필요충분조건 이다

문득 어딘가로 떠나고 싶을 때

그럼에도 불구하고 직진!

-

괜히 센티멘털하고 이 세상에 나 혼자뿐인 것처럼 외로워지는 날이 있다. 2010년 9월, 나는 아무 이유도 없이 '외롭다, 떠나고 싶다'는 감상에 빠져 허우적거리고 있었다. 누가 들으면 배부른 소리라고 비난할지 모르겠지만 매일 똑같은 시간에 일어나 출퇴근하는 일상이 지겨웠다. 학기가 끝나 갈 즈음이면 고질병처럼 찾아오는 '교직에 대한 회의감'도 떨쳐 버리고 싶었다. 내게는 일주일이면 일주일, 한 달이면 한 달, 모든 일상을 일시 정지할 수 있는 '정류장'이 필요했다. 그것은 바로 여행이었다.

떠나고 싶다고 말하는 이는 많지만 정작 떠나는 이는 적다.

일상의 짐을 내려놓는 것이 그만큼 어렵기 때문일 것이다. 누구에게나, 언제나, 떠나지 못할 나름의 이유가 반드시 있다.
그래도 나는 떠나고 싶었다.

육아 일기를 가장한 여행 에세이 《바람이 우리를 데려다 주겠지!》의 저자는 그래도 떠나고 싶었다고 말한다. 하지만 당시 내 상황에 그냥 떠나는 것은 너무 무책임한 일이었다. 교직 2년 차의 쥐꼬리만 한 월급 탓에 모아 놓은 돈은 적고, 남들이 부러워하는 방학 덕분에 시간만 많은 '백수 스타일'! 거기다가 부모님은 결혼 적령기를 넘기지 않고 제발 시집이나 갔으면 하는 바람으로 따뜻한 세 끼 밥과 편안한 안식처를 제공해 주시거늘. 내가 그런 은혜와 노고를 모른 체하고 '까짓것 1년 늦게 시집가지 뭐'라는 철없는 소리를 해 댔다가는 등짝만 맞고 거리의 방랑자가 될지도 모를 일이었다. 이 모든 것을 감수할 용기도 부족했고.

누구에게나 떠나지 못할 나름의 이유는 반드시 있다. 그것이 돈이든 시간이든 직장이든. 하지만 세 살배기 아들과 함께 떠난 터키 배낭여행기를 읽고 있노라면 아주 현실적인 이유들 때문에 떠나지 못하는 내가, 그러면서도 새로운 돌파구가 필요하다고 끊임없이 칭얼대는 내가, 자기 모순의 결정체처럼 느껴졌다. 결국 이 책을 덮던 날, 나는 떠나지 않을 이유를 더 이상 찾을 수 없어 무작정 터키행

그럼에도
불구하고
직진!

비행기 티켓을 끊었다. '그럼에도 불구하고 직진!'을 외치며.

눈으로 보는 여행이 아니라 마음으로 느끼는 여행
-

나는 여행을 좋아하시는 부모님 덕분에 어렸을 때부터 이곳저곳을
많이 다녔다. 여행지에 대한 기억은 정확하지 않지만 가족과 함께
했던 여행의 즐거움과 애틋함만큼은 아직도 생생하다. 평소에는 무
섭고 무뚝뚝하지만 등산할 때마다 고사리 같은 내 손을 꼭 잡아 주
던 아빠의 따뜻함. 힘들다고 어리광을 피울 때마다 할 수 있다며 엉
덩이를 툭툭 쳐 주던 엄마의 강인함. 도토리묵을 맛있게 무쳐 주며
손녀딸처럼 예뻐해 주신 산 아래 식당 할머니의 온정. 이동할 때면
늘 누워 자야 하는 동생에게 자신의 허벅지를 베개로 내주던 오빠
의 배려. 나는 일상에서는 쉽게 깨닫지 못했던 사람 사이의 온기를
여행을 통해 느낄 수 있었다. 그러니 여행을 굳이 '볼거리'에 한정
할 필요는 없다.

"엄마, 저거 봐!"
나는 바로 그 의미를 알아채지 못했다.
"꽃들이 활짝 피었어!"
정말이었다. 아침에만 해도 굳게 입을 다물고 있던 조그만 흰 들꽃들이 일제
히 만세를 부르고 있다. 그것은 아이에게도 큰 발견이었지만 내게도 큰 발견

이었다. 아이는 아이가 보고 싶은 것을 본다. 내가 그림을 볼 때 개미를 보고, 해협의 별장을 볼 때 그 옆에 지나가는 기차를 본다. 때로는 같은 것을 보고 즐거워하기도 하지만 대체로 아이는 나와 다른 것을 '선택'한다. 나는 그 사실을 여행 초반부에 알게 되어 기뻤다. 그것은 곧 '엄마, 나는 나름대로 여행을 즐기고 있어요' 하고 말하는 것과 다름없었던 것이다. 게다가 아이는 마치 선물처럼, 내가 미처 깨닫지 못하고 있는 것들을 알게 해 주었다.

일상에서 벗어난 모든 여행은 그 자체로 경이롭다. 하지만 우리는 보통 봐야 하는 것, 먹어야 하는 것에 붙들려 여행 내내 자신을 다그치고 피곤하게 만든다. 나도 그랬다. 응가가 마렵다는 세 살배기 아이 때문에 블루모스크와 성소피아 성당을 눈앞에 두고도 화장실 투어만 해야 했던 《바람이 우리를 데려다 주겠지!》의 저자를 보면서 '비행기 표가 얼만데!'라는 안타까움이 먼저 솟구쳤다. 하지만 아이가 여행을 즐기는 방식을 통해 나는 여행의 목적을 다시 생각하게 되었다.

아이는 작은 것도 소중히 여기고 조급해하지 않는다. 그래서 어른의 눈이 미처 보지 못한 소소함을 보고, 어른 혼자였으면 놓쳤을지도 모를 소중한 순간들을 느낀다. 우리는 여행을 통해 무언가를 보고 경험하기를 바라지만, 사실 여행이란 아이처럼 세상과 함께 호흡하는 법을 배워 나가는 것이 아닐까.

이 좋은 걸 왜 안 해?

-

나는 어렸을 때부터 욕심이 많았다. 가지고 싶은 것도, 하고 싶은 것도, 즐기고 싶은 것도 남들보다 몇 배는 많았다. 드라마 〈시크릿 가든〉 주인공의 집처럼 책이 가득한 멋진 서재를 갖는 것. 평생 사랑하고 존경할 수 있는 남자를 만나 안정적인 가정을 꾸리는 것. 죽기 전에 내 이름으로 된 책을 내는 것. 깊은 속내를 터놓으며 소주 한잔 기울일 수 있는 친구들과 우아하게 늙어 가는 것. 나의 성격과 남편의 지능을 물려받은 토끼 같은 아이들과 캠핑을 다니는 것. 로또가 당첨돼 직장을 취미로 다니는 것 등등.

하지만 여기서 끝이 아니다. 결코 만만치 않은 '작은 로망'이 또 있었으니, 바로 지구 정복(?)의 꿈이었다. 어렸을 때 외국 여행을 자주 다니셨던 큰이모 댁에 놀러 갔다가 거실 한편에 걸린 커다란 세계 지도에서 눈을 떼지 못한 적이 있다. 그때, 다녀온 곳마다 빼곡하게 깃발이 꽂혀 있는 지도의 아름다운 자태를 보며 나도 커서 전 세계를 돌아다니고 싶다는 생각을 했다. 물론 그러기 위해서는 무수한 '총알'이 필요하다는 사실을 몰랐던 순수한 초등학생의 허황된 꿈이었지만 말이다.

어른이 된 지금도 나는 일상을 버리고 세계 여행을 떠나는 사람들을 동경한다. 그들에게는 여행이 일상을 '버리는' 활동이 아니라 일상 자체겠지만. 총알의 압박에도 흔들림 없는 경제력도 물론 부럽지만 그보다 사회가 정해 놓은 틀, 직장 생활이나 육아처럼 우리를 옭아매는 족쇄에서 벗어나 소신대로 살아가는 용기와 실천력이 더 부럽다. 그 추진력은 절대 돈으로 살 수 없을 뿐만 아니라 그만큼 스스로를 사랑하고 믿어야만 나오는 힘이기 때문이다.

여행자는 보통 두 가지 스타일로 나눌 수 있다. 슈트케이스를 끌고 여행하는 사람과 배낭을 메고 여행하는 사람. 그다지 길지 않은 기간 동안 호텔에 머물며 우아하고 세련된 여행을 할 계획이라면 슈트케이스가 제격이겠지만 삼질이 반 이상일지도 모를 세계 여행을 떠나는 사람에게는 슈트케이스가 오히려 거추장스럽다. 하지만 나는 여행의 기간과 장소를 막론하고 무조건 슈트케이스를 신봉하는 전자에 속한다. 배낭에 대한 아픈 기억이 있기 때문이다.

나는 야트막한 뒷산을 오르는데도 헉헉댈 만큼 저질 체력이다. 그런 내가 겁도 없이 스물일곱 살 젊음의 패기로 배낭을 메고 '2박 3일 지리산 종주'라는 대모험을 떠났다. 배낭에는 코펠, 쌀, 미니 버너처럼 먹고살기 위해 꼭 필요한 물품도 있었지만, 술이나 간식처럼 남들이 보기엔 의미 없는 것들도 꽤 있었다. 결국 내 몸만 한 배낭의 무게를 견디지 못하고 8시간 만에 어깨 살갗이 벗겨지는 고통에 굴복해 주변 아줌마, 아저씨들과 간식들을 신나게 나눠 먹었다. 그때 배낭과 나의 궁합이 그다지 좋지 않다는 것을 쿨하게 인정했다. 부작용도 만만치 않았다. 그날 이후 유독 솟아오른 어깨 근육이 웨딩드레스를 입는 날까지도 내려앉을 기미가 보이지 않았던 것. 그랬으니 나의 모든 여행은 슈트케이스로 시작해서 슈트케이스로 끝날 수밖에. 역시 첫 경험은 중요한 법이다. 하지만 그런 지독한 경험에도 불구하고 다시 한 번 '배낭 메고 떠나 볼까?'라는 생각을 하게 한, 그 어떤 여행기보다 멋있고 부럽고 내 심장을 뛰게 한 이야기가 있다. 바로 《온 더 로드On the Road》이라는 책이다.

한 번도 떠나 보지 못한 사람, 해외 여행이 유난히 어렵게 느껴지는 사람, 떠나고 싶지만 쉽게 떠날 수 없는 사람들에게 전하고 싶은 이야기들을 늘어놓는 이 책을 읽으면 늘 꿈꿔 왔던 세계 여행에 대한 갈망과 열망 때문에 흥분을 가라앉힐 수가 없다. 매일매일이 답답해 결국 자발적 실업자가 되었다는 신혼 부부, 김광석의 〈서른 즈음에〉를 듣다가 무턱대고 짐을 쌌다는 서른 살 직장인, 회사에서 하루 종일 일하는 것이 인생의 목표가 아님을 깨닫고 정말 행복할 수 있는 길을 찾아 여행을 떠났다는 독일인, 제과점을 하다가 훌쩍 여행을 떠난 50대 부부까지. 연령도 국적도 다른 사람들의 다양한 일탈 이야기를 듣고 있으니 좀처럼 떠날 수 없다는 나의 이유들이 우스워지기 시작했다.

나는 짐을 줄이기보다 필요해 보이는 것은 모두 가져가는 여행을 선호했다. 혼자 들기도 힘든 28인치 슈트케이스에 옷가지를 가득 담고, 힘들 때마다 유럽 남정네들에게 눈을 찡긋하며 SOS를 청했다. 결국 비만이 된 슈트케이스는 로마의 울퉁불퉁한 돌바닥을 견디지 못하고 부서져 버렸다. 나는 길바닥에 주저앉아 터진 슈트케이스를 펴 놓고 짐을 정리하며 이 정도도 버티지 못하는 동대문표 슈트케이스의 부실함에 서러운 눈물을 흘려야만 했다. 하지만 지리산에서 생긴 배낭 트라우마가 워낙 컸기 때문인지 슈트케이스에 대한 애정은 변하지 않았다. 나는 더 비싸고 튼튼한, 전 세계 어디에서나 AS를 받을 수 있는 브랜드 제품을 샀고 또다시 그 안에 뭔가를 가득 채워 떠났다. 20일간의 여행에 20벌이 넘는 옷과 여러 켤레의 신발, 용도가 다른 가방들을 챙겼으니 말 다했다. 함께 짐 정리를 해 주던 엄마도 두 손 두 발 다 들었다.

슈트케이스는 크큭~ 촌스러워요.

하지만 카오산 로드에 오는 사람들은 달랐다. 그들은 약속이나 한 듯 배낭을 멨다. 슈트케이스를 끌고 오는 사람은 촌스럽단다. 몇 년간 세계 여행을 하고 있는 그들의 배낭에는 정말 필요한 옷 몇 벌, 읽어야 할 책 몇 권이 전부였다. 심지어 다 읽은 책은 만나는 사람들에게 선물로 준단다. 그들은 버려야 할 것과 꼭 가지고 있어야 할 것을 정확하게 알고 있는 것이다. 마치 우리네 인생처럼 말이다.

아는 사람은 알겠지만 배낭은 슈트케이스처럼 넣으면 넣는 대로 계속 들어가는 마법의 가방이 아니다. 어깨에 직접적으로 충격을 주니 쓸데없는 물건까지 넣을 생각은 애당초 할 수가 없다. 배낭에 짐을 넣는 순간 그 무게와 책임이 오롯이 나에게 전달되기 때문이다. 말 그대로 '짐'이 된다. 슈트케이스가 촌스럽다는 17세 미국 소녀의 말을 듣고 보니 배낭의 속성 자체가 여행자가 가져야 할 마음가짐이었다. 세상은 내가 진 배낭의 무게처럼 스스로 책임지고 살아야 하는 곳이고, 여행은 마음을 비우고 떠나 설렘과 충전을 가득 담고 오는 과정이라는 사실. 슈트케이스가 주는 편리함 때문에 놓칠 뻔했던 배낭여행에 대한 깨달음. 종합 선물 세트 같은 이 책은 여행을 떠나고 싶은 마음도 자극하고 배낭여행에 대한 매력까지 전달한다. 배낭 하나 척 메고 떠나고 싶은 충동은 덤!

왜 꿈만 꾸는가……
한 번은 떠나야 한다.
떠나는 건 일상을 버리는 게 아니다.
돌아와 더 잘 살기 위해서다.

일상에 지칠 때, 몸과 마음이 힘들고 의욕이 없을 때 우리는 흔히 여행을 꿈꾼다. 하지만 무작정 떠나는 것에 대한 두려움이 발목을 잡는다. 그런데 떠나는 것이 일상을 버리는 것이 아니라 돌아와서 더 잘 살기 위한 투자라면? 그렇다면 이야기는 좀 달라진다. 여행은 한순간 즐기고 마는 것이 아니라 두고두고 추억할 소중한 경험이니까 말이다. 그러니 가끔은 좀 떠나도 괜찮다.

"내 상황에 여행은 사치야!"

내가 떠난다고 할 때 부러움의 눈빛을 쏘며 이렇게 말하는 지인도 있었다. '별다방' 커피를 끊고, 10분 일찍 일어나서 택시 대신 대중 교통 이용하고, 2인분 먹을 고기는 1인분만 먹자. 커피 마시고 스티커 붙여서 다이어리 받아 내는 정성이라면 여행 가는 건 '껌'이다. 1년만 아끼면 비행기 티켓값은 충분히 나온다. 여행을 떠나 자고 싶을 때 자고, 먹고 싶을 때 먹고, 놀고 싶을 때 놀고, 사람들 만나고 싶으면 만나고, 혼자 있고 싶으면 혼자 있으면서 나에게 주어진 시간을 내 스타일대로 설계할 수 있는 시간을 많은 사람들이 꿈꾸고 즐겼으면 한다. 그러니 비행기 표를 끊자. 바람 the wish 이 우리를 데려다 줄 테니 말이다.

문득 어딘가로 떠나고 싶을 때 필요한 책
《바람이 우리를 데려다 주겠지!》 오소희, 북하우스, 2009
《온 더 로드On the Road》 박준, 넥서스, 2006

강력 추천, 일탈 여행지 TOP 3

❶ 노르웨이

자연이 아름다운 낭만의 나라. 말 그대로 힐링 스팟인 노르웨이를 추천한다. 특히 스타방에르에 있는 펄핏 록(Pulpit Rock)은 눈비가 몰아쳐도 꼭 올라가 봐야 한다. 해발 600m의 이 아찔한 절벽에서 노르웨이의 4대 피오르 중 하나인 뤼세 피오르를 감상할 수 있다. 폭우가 쏟아지던 날 사람들의 만류에도 불구하고 젊음 하나 믿고 올라갔는데, 그 정성을 하늘이 아셨는지 비구름이 걷혀 뤼세 피오르를 볼 수 있었다. 놓쳤으면 평생 후회했을 만큼 장관이었다. 스웨덴에서 노르웨이로 넘어오는 호화 유람선 '실자 라인'을 타면 백야까지 덤으로 볼 수 있다!

❷ 프랑스, 파리

여행에 쇼핑이 빠질쏘냐. 일탈과 마음의 위로가 필요하다면 쇼핑의 천국 파리를 추천한다. 특히 루이비통, 샤넬 같은 고가의 명품을 원한다면 당장 떠나라. 비행기 티켓값 정도는 너끈히 건질 수 있다. 그리고 유레일패스 썩히지 말고 파리 근교의 몽 생 미셸에 다녀오는 것도 '강추'. 바다 위에 지어진 수도원이 신비롭고 성스럽다. 몽마르트르 언덕에 올라가서 바가지 쓴 병맥주를 마시며 '흑형'들과 노래 부르고 놀면서 일몰을 감상하는 것 또한 포인트!

❸ 터키

유럽과 아시아의 얼굴을 모두 지닌 이스탄불, 따뜻한 사람들이 사는 동화 같은 마을 사프란볼루, 기암괴석이 환상적인 카파도키아, 패러글라이딩을 하며 하늘을 날 수 있는 페티예, 천상의 아름다움을 자랑하는 파묵칼레, 타임머신을 탄 듯 고대를 느낄 수 있는 셀축 등 터키의 매력은 무궁무진하다. 무엇보다 한국인에게 친절하고 조금만 아끼면 경비도 많이 들지 않는 편이다. 페티예에서 패러글라이딩을 하며 지중해 바다를 내려다보고 있노라면 상사에게 받았던 스트레스 따위는 모두 날려 버릴 수 있다.

책 읽기에 대한 강한 동기 부여가 필요할 때

독서는 사라지지 않는 강력한 자산이다

나에게는 다독 콤플렉스가 있다

-

네이버 블로그에는 '챌린지 프로그램'이라는 서비스가 있다. 공부, 업무 등에 대해 스스로 미션을 정해서 그 결과를 블로그에 연재하는 방식이다. 나는 2014년이 되자마자 매년 했던 것처럼 100일 챌린지 프로그램을 만들었는데, 꿈도 야무지게 이름하여 '하루 한 권 책 읽기'였다. 읽는 거야 어떻게든 꾸역꾸역 하면 되지만 매일 서평을 쓰는 것은 여간 힘든 일이 아니었다. 결국 그 도전은 며칠 사이한 줌의 허망한 꿈이 되어 실패로 돌아왔다.

어렸을 때도 늘 그랬다. 매년 초 계획을 세울 때면 항상 '1년에 책 100권 읽기'와 같은 허무맹랑한 도전이 다이어리 한구석을 차지했다. 그 계획들이 지금의 독서 습관에 지대한 영향을 미쳐 결국

'다독 콤플렉스'를 만들었다. 모두 '책은 영혼을 살찌운다'라든지 '하루라도 책을 읽지 않으면 입안에 가시가 돋는다'는 진부한 문구들 때문이다. 책이란 단어에는 온갖 미사여구가 따라오니까 책 읽기 도전에 실패해 영혼이 피폐해져도, 매일 책을 읽으라 입안에 가시가 돋는 것 이상의 고통이 와도 큰 부작용처럼 느껴지지 않았다. 그러는 사이 나의 독서는 단순히 권수를 채우기 위한 맹목적인 행위가 되고 있었다. 이것이야말로 박웅현 크리에이티브 디렉터가 《책은 도끼다》에서 경계하라고 조언하는 다독 콤플렉스였다.

저는 책 읽기에 있어 '다독 콤플렉스'를 버려야 한다고 생각합니다. 다독 콤플렉스를 가지면 쉽게 빨리 읽히는 얇은 책들만 읽게 되니까요. 올해 몇 권 읽었느냐, 자랑하는 책 읽기에서 벗어났으면 합니다. 일 년에 다섯 권을 읽어도 거기 줄 친 부분이 몇 페이지냐가 중요한 것 같습니다. 줄 친 부분이라는 것은 말씀드렸던, 제게 '울림'을 준 문장입니다. 그 울림이 있느냐 없느냐가 중요한 것이지 숫자는 의미가 없다고 봅니다.

영화 〈주유소 습격 사건〉에서 한 놈만 골라 패는 주인공처럼 '오늘 손에 잡힌 책은 반드시 오늘 안에 끝장을 본다'는, 열정을 빙자한 욕심이 늘 나를 지배했다. 그러다 보니 즐거워야 할 독서가 의무처럼 느껴졌고, 책을 읽는 것인지 글자를 보는 것인지 분간하기 어려울 때도 있었다. 그러니 책은 많이 읽어도 머릿속에 지우개가 있는 것처럼 내용이 잘 기억나지 않았다. 권수를 채우기 위한 독서였으니 당연했다.

독서광 안철수 의원도 무조건적인 다독을 경계한다. 그는 인터뷰에서 책과 대화하고, 인문 교양서를 주로 읽고, 사색에 더 많은 시간을 할애해야 한다고 강조했다. 책을 많이 읽는 것보다 책을 통해 생각하는 훈련을 하는 것이 더 중요하다는 얘기다.

독서 멘토 이지성·정회일이 성공적인 독서법을 제시하는《독서 천재가 된 홍대리》에서도 진짜 독서란 읽은 후에 생각하고 실천하는 것이라고 말한다.

전 목적 있는 독서를 강조해요. 아무리 책을 많이 읽어도 읽는 것만으로 끝난다면 의미가 없죠. 독서를 통해 사고력을 키우고 자신의 삶에 적용해서 변화를 이끌어 내야 진짜 독서라고 생각해요.

물론 다독이 나쁜 것만은 아니다. 올해는 책을 100권 읽겠다고 목표를 정하면 체계적인 계획을 세워 '세월아 네월아' 하지 않고 빠릿빠릿하고 효율적으로 책을 읽을 수 있다. 틈날 때마다 읽고, 응가 하면서도 읽고, 이동하면서도 읽고. 한 장이라도 더 읽기 위해 저절로 살인적인 시간 관리를 하게 된다. 그러니 얼마나 좋은가. 읽은 책이 한 권 한 권 쌓이고 자신감이 향상되는 동시에 만족감까지 느낄 수 있으니. 하지만 문제는 다른 곳에 있다. 바로 독서의 목적과 수단이 전도되는 현상이다.

'좋은 글에서 많은 것을 느끼며 생각한다'는 독서의 목적에 '다독'이라는 수단을 이용해야 하는데, 다독에 치우쳐 책을 빨리 읽어야 한다는 압박에 시달리게 된다. 많이 읽기 위해 좋은 책보다 얇은 책, 쉬운 책만 대충 읽는 상황이 벌어지고 결과적으로 책에 대해 생각하는 시간보다 몇 권의 책을 읽었는가에 치중하는 것이다.

"독서가 취미인 사람은 많잖아."

"그렇죠."

"그런데도 자신의 삶은 별로 변화가 없는 사람도 많잖아."

사실 따지고 보면 독서의 목적을 중요시하는 두 책의 저자 모두 다독가에 속한다. 하지만 그들과 나의 차이는 바로 책 속에서 울림을 얼마나 찾느냐였다. 《독서 천재가 된 홍대리》의 대화에서 보듯 독서를 하는 사람은 많지만 독서로 인생이 바뀐 사람은 많지 않다. 읽어도 생각하지 않으면 의미가 없고, 행동하지 않으면 삶에 변화가 오지 않기 때문이다. 읽는 행위보다 중요한 것은 바로 그 후의 생각과 태도. 그래서 독서는 자기와의 싸움이다.

독서량에 대한 동기 부여가 필요한 사람에게는 《독서 천재가 된 홍대리》를, '울림이 있는 책'이나 '고전' 읽는 법을 배우고 싶은 사람에게는 《책은 도끼다》를 추천한다. 전자는 다독에 초점을, 후자는 양서 읽기에 초점을 두며 서로 상반된 이야기를 하는 것 같지만 사실 따지고 보면 모두 깊이 있는 독서를 앞다투어 제안한다. 질보다 양에 익숙한 우리들의 독서 방향에 한 줄기 빛이 되어 줄 것이니 속는 셈 치고 한번 읽어 보기를 권한다.

책 읽기에 대한 강한 동기 부여, '독서 캠프'
-

나는 어렸을 때 독서 감상문을 쓰라는 숙제가 그렇게 싫었다. 선생님이 나누어 준 감상문 양식을 보면 도입에는 읽게 된 동기를, 중간에는 짧은 줄거리와 감상을, 그리고 결론에는 늘 깨달음과 성찰이 있어야 했다. 그냥 표지가 예뻐서 읽은 책의 감상문을 쓸 때는 동기를 꾸며야 했고, 재밌게 읽었을 뿐인데 꼭 잘못을 뉘우치고 반성해야 했다. 무슨 고해 성사도 아닌데 말이다. 그래서 나의 치부를 남들에게 보여 줘야 하는 독서 감상문에 대한 거부감이 생겼고 독서와 감상문이 세트처럼 돌아다니자 점점 책 읽기에 대한 흥미마저 잃어갔다.

비싼 돈을 들여 학원을 보내면 아이들은 땡땡이를 치고 PC방이나 당구장에 간다. 누가 가라고 하지도 않았는데 알아서 잘도 간다. 이유는 간단하다. 재미있기 때문에. 아이들은 그곳에서 온몸으로 즐거워한다. 바로 이 즐거움이 어떤 행위로 나아가는 고리가 된다. 독서도 마찬가지다. 어렸을 때부터 책 많이 읽으라고 거실에 부담 백배인 전집을 들여놓는 대신, 따라다니면서 '읽어야 한다'고 잔소리하는 대신, 책 읽는 즐거움을 몸소 느끼게 해 주면 된다. 그러면 시키지 않아도 자연스럽게 읽는다. 재미를 유도하는 게 먼저인 것이다.

특히 '나는 이미 늦었어'라고 생각하며 독서를 포기하는 중·고등학생에게는 더 늦기 전에 독서의 즐거움을 안겨 주어야 한다. 그래서 나는 몇 년 전부터 방학 때마다 '도서관으로 떠나는 독서 캠프'를 진행하고 있다. 말 그대로 책 읽으면서 놀자는 거다. 놀아야 즐겁고, 즐거워야 독서고 뭐고 씨알이 먹힐 게 아닌가. 물론 처음에는 학생들의 호응을 얻지 못했다. 눈밭에서의 스키 캠프도 아니고, 친구들끼리 밥 해 먹고 신나게 뛰어노는 야외 캠프도 아니니 말이다. '도서관' 혹은 '독서'라는 단어는 학생들에게 그다지 반가운 단어가 아니기 때문에 거부 반응부터 없애야 했다. 결국 나는 책 읽기 자체보다 동기 부여에 초점을 맞췄다. 그리고 책으로 신나게 놀 궁리를 하기 시작했다.

첫째 날 – 정답은 없다. 가로세로 퍼즐 만들기

신문이나 잡지에는 기사 내용을 토대로 만든 가로세로 퍼즐이 있다. 어렸을 때부터 승부욕이 강했던 나는 퍼즐의 빈칸을 완벽하게 채우고 싶은 욕심에 잡지를 처음부터 끝까지 열심히 읽곤 했다. 그 기억을 떠올려 남학생들의 승부욕을 자극하기 위해 독서 퍼즐 프로그램을 시작했다. 네 명이 한 조가 되어 책을 읽은 후 각자 문제를 만들고, 그것들을 모아서 하나의 퍼즐을 만드는 것이다. 가로세로 퍼즐과 다른 점이라면 스스로 문제를 만들어 낸다는 정도? 친구들과 함께 하기에, 정답이 정해지지 않았기에 아이들은 재미있게 그 시간을 즐길 수 있다.

둘째 날 – 따라 해 보자. 독서 골든벨

학생들이 일부러 시간을 내서 참여하는 캠프인 만큼 방학 중에 고전 한 권씩은 꼭 읽었으면 했다. 하지만 무턱대고 책만 던져 주면 당연히 베개나 수면제로 이용할 것임을 모를 리 없었던 나. 생각 끝에 학생들이 재미있게 따라 할 만한 TV 프로그램을 차용해 '독서 골든벨'을 시작했다. 선정 도서들은 《동물농장》, 《호밀밭의 파수꾼》처럼 비교적 얇고 쉬운 책들이었다. 독서 캠프 시간에 읽은 부분까지만 문제를 냈고, TV에서처럼 학생들은 화이트보드에 답을 적었다. 아이들에게 골든벨은 시험이 아니었다. 그저 놀이였을 뿐. 그러니 답을 맞히고 틀리고는 별로 중요하지 않았다. 문제를 듣고 내용에 대한 기억을 더듬어 가는 표정과 서로 웃고 떠들면서 즐기는 모습을 보고 있으니, 그 어렵다는 고전도 아이들에게는 더 이상 장애물이 아닌 것처럼 느껴졌다.

셋째 날 – 서로 떠들자. 좋은 구절 찾기

책을 반드시 끝까지 읽어야 하는 것은 아니다. 단 한 줄이 평생의 보물이 되기도 한다. 완독에 대한 부담감 때문에 선뜻 책에 손이 가지 않는 것이다. 인상에 남을 한 줄의 문장을 찾고자 하는 마음으로 책을 읽는 것도 독서의 요령이다.

독서 원리주의자의 꼬장꼬장한 잔소리를 담고 있는 《독서력》에서는 인상에 남을 한 줄의 문장을 찾기 위해 책을 읽는 것도 독서의 요령이라고 말한다. 그래서 캠프 셋째 날에는 책을 읽으며 발견한 좋은 구절을 발표하는 시간을 계획했다. 한번은 좀 욕심을 내서 《데미안》으로 좋은 구절 찾기를 했는데 한 아이가 꼽은 구절이 마음에 와 닿아 나도 다시금 책을 폈던 적이 있다.

새는 알에서 나오려고 투쟁한다.
알은 세계이다.
태어나려는 자는 하나의 세계를 깨뜨려야 한다.

《데미안》을 두 번째 읽는다는 그 아이는 이 구절을 앞세우며 이야기를 꺼냈다. 알을 깨고 성장하는 것은 10대의 의무가 아니라 평생의 화두라는 말과 함께, 자신이 원하는 미래를 찾기 위해서는 현재에 안주하려는 태도를 파괴하려는 간절한 마음과 노력이 있어야 한다며 이야기를 이어 갔다. 책을 읽고 토론하면서 또래 친구들의 생각을 듣는 시간은 정말 중요하다. 서로의 생각을 공유하면서 책 속에서 놓쳤던 부분을 다시 생각하고, 삶의 방향까지도 고민하게 되니까 말이다. 그리고 생각에는 답이 없으니 주눅 들 이유도 없다. 그저 자유롭고 재미있을 뿐. 특히 중·고등학생들은 또래 집단의 생각에 큰 영향을 받기 때문에 이런 시간은 여러모로 의미 있다.

넷째 날 – 눈으로 즐기자. 원작을 바탕으로 한 영화 감상

마지막 날에는 읽은 책을 원작으로 한 영화를 함께 본다. 이때 선정하는 책은 주로《집으로 가는 길》,《트레버》(캐서린 라이언 하이디, 뜨인돌, 2008),《위대한 개츠비》인데 각각 〈블러드 다이아몬드〉, 〈아름다운 세상을 위하여〉, 〈위대한 개츠비〉라는 영화와 관련이 있다.

　4부에서 자세히 소개할《집으로 가는 길》은 소년병의 이야기를 통해 현대사회에서 전쟁이 만들어 내는 비극을 좀 더 깊이 생각했으면 하는 바람으로 선정한 책이다. 아이들은 책의 내용이 실화라는 사실에 놀라고, 다이아몬드를 얻기 위해 소년병들에게 무자비한 희생을 강요하는 사람들의 이기심에 또 한 번 놀라는 것 같다. 상상조차 못 했던 장면은 영화 〈블러드 다이아몬드〉를 통해 해결할 수 있다(이 영화는 잔인함 때문에 '19세 미만 관람 불가'로 지정돼 있어서 책과 연결해 꼭 필요한 부분만 편집해서 보여 준다). 이 방식은 미처 다 읽지 못한 부분에 대한 호기심을 불러일으켜 나머지 책장을 스스로 펴 볼 수 있는 동기를 부여한다. 무엇보다 재미가 있고, 원작에 대한 이해도 빨라진다.

뭔가를 열심히 하면 그 전과는 전혀 다른 자신이 될 수도 있다는 것을 요즘에야 실감하고 있었다. 시작은 독서였다. 그러나 가장 중요한 것은 독서를 하는 자기 자신이었다.

《독서 천재가 된 홍대리》에는 위와 같은 글이 나온다. 뭔가를 열심히 하면 다른 사람이 될 수 있다는 자신감. 그것이 바로 독서에서 온다고. 처음 독서 캠프에 참여한 아이들 대부분은 자신에 대한 신뢰가 부족해 독서로 뭔가 이룰 수 있을까를 계속 의심했다. 하지만 캠프를 통해 인생의 영원한 장애물일 것 같던 책을 거부감이 들지 않는 매체로 재인식하고, 도서관을 예전처럼 어렵고 가기 싫은 공간으로 여기지도 않는다. 다른 책을 더 추천해 달라고 하고, 또 다른 고전에 도전하고 싶다며 자신감을 내비치는 아이들을 보고 있으면 나도 모르게 가슴이 벅차오른다.

'독서력이 있다'는 것은 독서 습관이 배어 있다는 뜻이다. 별 부담 없이 책을 잡을 수 있고 일상 속에서 자연스럽게 읽을 수 있는, 독서가 습관화 된 힘, 바로 이것이 독서력이다.

처음으로 읽은 책이 서재에 빼곡히 꽂혀 있는 전집이었다면, 매일 듣는 소리가 '비싼 책이니까 꼭 읽어야 한다'는 엄마의 잔소리였다면 나는 아마 중압감에 눌려 제목만 실컷 구경하다 그 비싼 책들을 중고 서점으로 보냈을 것이다. 하지만 《독서력》에서 말하는 것처럼 책에 대한 즐거움이나 좋은 인상이 동기를 부여하고, 그런 동기로 책을 읽는 습관이 모여 독서력을 만드는 법. 학생들에게 독서 캠프를 통해 그런 독서력을 전달했듯이 내 아이에게도 독서의 즐거움부터 전해 주는 지혜로운 엄마가 되고 싶다. 으리으리한 전집 앞에서 쉽지 않은 도전일 테지만 말이다.

책 읽기에 대한 강한 동기 부여가 필요할 때

《책은 도끼다》 박웅현, 북하우스, 2011
《독서 천재가 된 홍대리》 이지성·정회일, 다산라이프, 2011
《독서력》 사이토 다카시, 황선종 옮김, 웅진지식하우스, 2009

독서에 필요한 나름대로의 수칙

❶ 고전을 읽자

고전이라 불리는 책들 중 한 번에 쉽게 읽히는 책은 별로 없다. 읽고 의미를 곱씹는 과정을 세 번 정도는 반복해야 온전히 내 것이 된다. 그러니 한 번 읽고 힘들다고 포기하지 말고 계속해서 도전하자. 밑져 봐야 본전이라는 생각으로. 고전이 좋은 책이라는 데에는 다 이유가 있으니까. 단, 얇은 책부터 읽어 보길 추천한다. 그리고 시리즈는 부작용을 일으킬 수 있음을 기억하자.

❷ 책을 지저분하게 읽자

밑줄을 긋고 메모하고 포스트잇도 붙여 가면서 책을 지저분하게 읽자. 한 권을 다 읽었는데 정작 머릿속에는 아무것도 남지 않는 경우가 허다하다. 좋았던 구절에 밑줄을 긋고 인상 깊었던 문구들을 따로 메모하면 머릿속에 오래 남는다. 나중에 다시 펴 보았을 때 열심히 읽은 느낌이 들어 책에 대한 애착이 커지는 것은 덤이다.

❸ 늘 책을 들고 다니자

현대인들은 책 읽을 시간을 따로 내기가 참 힘들다. 책 좀 읽으려고 하면 시간이 없고, 시간이 있을라치면 책이 없다. 늘 준비하는 자에게 복이 있나니. 가방이 좀 무겁더라도 가벼운 책 한 권 정도는 들고 다니자. 지적으로 보이기 위한 코디를 따로 신경쓸 필요가 없다. 버스나 지하철에서 멍하게 스마트폰이나 보고 있는 것보다 백배 스타일리시하니까.

직장 생활이 힘에 부칠 때, 춘이 외롭고 힘들 때, 위로 받고 싶을 때, 시간에 쫓기 살 때, 잘해야 한다는 부담 이 커질 때, 낡은 편견을 까 싶을 때#

3

사회가
힘들게
하는 날

우리는
모두
'미생'이다

직장 생활이
힘에
부칠 때

직장인이 된 우리, 행복할 수는 없을까?

-

"술 한잔 할까?"

평소라면 이 말에 오케이를 연발하며 후드 티셔츠에 모자를 폭
뒤집어쓰고 약속 장소에 나갔겠지만 오늘은 왠지 주춤해진다. 이미
해가 저물고 하늘이 노을로 빨갛게 물들었기 때문에? 너무 늦어서?
아니다. 월요일의 압박이 벌써부터 나를 엄습하고 있기 때문이다.

직장 생활을 하는 친구들과 술을 마시다 보면 "그때가 참 좋았
는데……"라며 생애 가장 행복했던 학창 시절이 되돌릴 수 없는 과
거임을 한탄할 때가 많다. 고등학교만 졸업하면 평생 부모님의 간
섭에서 벗어나 고삐 풀린 망아지처럼 자유를 만끽할 줄 알았더니
만, 직장 생활을 시작하면서는 잠시나마 찾았던 자유를 다시 잃어

버리고 이제는 자유 사수에 대한 흥미마저 시들한 모양이다. 이런 푸념을 듣고 있으면 나까지 덩달아 울적해지고 친구의 애절한 고백에는 가슴이 짠해진다. 어른이 되는 과정인걸까.

지긋지긋하지만 아무것도 책임지지 않아도 되는 중·고등학생 시절의 안전한 울타리를 벗어나 시간을 쪼개 가며 신나게 놀던 대학생 시기도 거친 후, 차갑고 건조한 사회에서 '직장인'으로 산 지도 꽤 오래되었다. 128:1의 높은 경쟁률을 뚫고 들어간 교직에 대해서는 자부심도 있었고 교사로서의 보람도 컸다. 하지만 그것도 한때. 시간이 지날수록 말 안 듣는 학생들과 부대끼는 것도, 마음 맞지 않는 사람들과 같은 공간에서 일해야 하는 것도, 7시 30분이라는 출근 시간을 지키는 것도 모두 힘들고 짜증스럽게 느껴졌다. 크게 보람도 흥미도 없는 사회생활. 똑같이 반복되는 일상. 살아 있다기보다는 마치 기계의 부속품 같아서 자존감이 급락하는 현실. 왜 우리는 취직을 못 해 안달이다가도, 직장에 들어가고 나서는 우울하다, 힘들다, 때려치우고 싶다 말하는 걸까? 직장인이 된 우리, 행복할 수는 없을까?

'네버 엔딩 야근'에 대처하는 우리의 자세

–

"야, 너 언제 와?"

"아, 몰라. 퇴근하려는데 갑자기 과장이 보고서 정리해 놓고 가래. 그래서 지금 하고 있는데 언제 끝날지 모르겠어. 이 새끼는 매번 퇴근하기 전에 이런다!"

7시에 만나기로 했던 친구의 대답은 간결하면서도 슬펐다. 직장인에게는 이런 경우가 아무리 흔하디흔한 일상이라지만 '불금' 퇴근 직전에 일 폭탄이라니. 언제 도착할지 모르겠다고 낙담하며 이를 꽉 깨물던 친구는 내게 나긋이, 하지만 한 자 한 자 꼭꼭 씹어 말했다.

"야, 라이터 준비해."

9시가 훌쩍 지난 시간에야 도착한 친구는 2차 장소로 이동하던 중 사람이 한적한 거리의 전봇대 아래에 잠시 멈춰 섰다. 그러고는 주머니에서 꾸깃꾸깃한 A4 용지 한 장을 꺼내 내가 준비해 둔 라이터로 불을 붙이는 게 아닌가. 불에 활활 타고 있는 그 종이에는 친구를 매번 괴롭힌다던 그 과장의 이름 세 글자가 빨간색 궁서체로 쓰여 있었다.

모든 직장인들의 로망은 칼퇴근이다. 회사에 사표를 내던지고 싶은 이유 1위가 야근이라는 통계 자료만 보아도 직장인들의 칼퇴근 열망을 어느 정도 짐작할 수 있다. '직장인들의 고질병은 퇴근하면 낫는다'는 말까지 도는 요즘, 불금 퇴근 시간에 일을 던지다니. 그 과장은 눈치도 없고 간만 크다. 그러니 그런 일 당해도 싸다고 본다, 난.

어쨌든 이렇게 직장인들이 칼퇴근을 원하다 보니 인터넷에는

당신을 괴롭히는
상사 또는 부하 직원의
이름을 쓰세요.
(준비물: 빨간색 펜, 라이터)

'직장 생활 뽀개기'라는 제목으로 나름의 칼퇴근 비법들이 돌아다니고 있다. 하지만 이리 보고 저리 뜯어봐도 이건 도저히 현실 적용 불가다. 너무도 순진한 방법이라 코웃음이 절로 난다.

1. 내 할 일 모두 마치기
2. 상사 먼저 퇴근시키기
3. 입사 때부터 칼퇴근하기
4. 중요한 일로 명분 세우기

　　내 할 일 모두 마쳐도 상사 눈치 보면서 집에 못 가는 게 회사 생활이고, 사원이나 대리들하고는 승진에 대한 간절함의 급이 다른 상사를 먼저 퇴근시킨다는 건 본인의 칼퇴근보다 훨씬 힘든 일이다. 입사 때부터 칼퇴근하면서 상사를 길들이려고 하다가는 앞으로의 회사 생활이 험난해질 테니 걱정이 앞서고, 중요한 일로 명분을 세운다는 것도 한두 번이지 매번 칼퇴근을 책임질 수는 없다. 이런 황당한 방법을 쓰다가는 직장 생활을 '뽀개기'는커녕 직장에서 흔적도 없이 '빠개지는' 결과를 초래할 것이다.

　　드라마 〈직장의 신〉의 미스 김처럼 "퇴근 시간입니다만"이라고 당당하게 말할 수 있다면 얼마나 좋겠냐만 그건 드라마에서나 가능한 얘기다. 현실에서는 6시가 되면 파티션 위로 고개를 빼꼼 내밀고는 집에 가고 싶다는 눈짓을 보내던 미어캣들이 결국 부장님과 함께 저녁 메뉴를 고른다. 인정하기 슬프지만 우리 사회의 직장 문화는 몇몇의 특수 직업(?)을 제외하고는 칼퇴근이 용인되지 않는 분위기다. 피할 수 없으면 즐겨야지 어쩔 수 있나. 절이 싫으면 중이 떠나야 하는 법이니까.

칼퇴근 유형은 네 가지로 분류할 수 있다. 이순신형, 갈릴레오 갈릴레이형, 이승복형, 김구형. '나의 퇴근을 아무에게도 알리지 말라'며 부장님이 식사하러 가셨을 때 몰래 도망가는 사람은 이순신형이요, '그래도 나는 퇴근한다'며 할 일도 안 하고 그냥 내빼는 사람은 바로 갈릴레오 갈릴레이형이다. '죽어도 야근이 싫어요'라고 외치며 당당하게 퇴근하는 사람은 이승복형이고, '나의 첫 번째 소원은 퇴근이요, 두 번째 소원도 퇴근이다' 하며 퇴근 5분 전부터 시계만 뚫어지게 바라보는 사람은 김구형. 이 가운데에서 나는 칼퇴근이 가능한 축복받은 직업을 가졌기에 감행할 수 있는 이승복형에 속한다. 그런데 《미생》의 주옥같은 문장을 읽고 나니 직장 생활에서 칼퇴근이 능사가 아님을 깨달았다.

"허겁지겁 퇴근하지 말고……
한 번 더 자기 자리를 뒤돌아본 뒤 퇴근하면
실수를 줄일 수 있을 거야."

사장이 영업 3팀을 격려하러 사무실에 왔을 때, '자신이 신입 사원 때부터 익혀 온 습관'이라며 인턴 사원인 장그래에게 넌지시 건네는 격려의 한마디. 이 장면에서 많은 생각들이 머릿속에 둥둥 떠다녔다. 나는 퇴근 시간이 가까워 오면 시계만 바라보고 있다가 땡! 하기 무섭게 나올 생각만 했지 자리를 정리하고 내일 해야 할 일들을 준비한 후에 퇴근하는 습관은 생각조차 하지 않았기 때문이다. 하지만 내일을 준비하는 이런 작은 습관이 성과를 만들고 그 성과가 결과를 이루는 게 아닐까? 나의 모습을 자연스레 들여다보게 한 《미생》은 절대 시시껄렁한 만화가 아니다. 직장과 인생에 대한 메시지를 전달해 주는 인생 교과서인 셈이다.

남의 돈 벌어먹기 진짜 힘들다

-

아침에 콩나물시루처럼 지옥철에 갇혀서 출근해야지, 하루 종일 딴 짓 말고 일해야지, 윗사람한테 아부도 해야지, 회식은 업무의 연장이니 술도 늘어져라 마셔야지……. 이러니 "남의 돈 벌어먹기 진짜 힘들다"는 말이 입에서 자연스럽게 튀어나온다. 물론 출근해서 주어진 일을 하는 것은 월급을 받는 대가니 열심히 하는 게 당연하지만, 《열 받는 날의 응급 대처법》에서처럼 가끔 성격에 맞지도 않는 윗사람한테 딸랑거리며 아부를 해야 한다고 생각하면 앞이 캄캄하다.

그도 그럴 것이 이사 라인이라는 확실한 라인으로 입사한 팀장이다 보니 이사에 대한 아부가 장난이 아닌 것이다. 3팀장이 지나가는 자리에는 딸랑딸랑 종소리가 들린다며, 이사를 위해 충성을 바치는 늙은 소라며 워낭 소리라고 부르는 것이다. 어느 정도의 아부야 사회생활을 하는 직장인이라면 다들 기본으로 장착하고 있는 스킬이지만 3팀장의 아부는 다른 팀에게 지대한 민폐를 끼친다는 것이 포인트다.

학교는 이런 '워낭 소리'가 다른 직장에 비해 더하면 더했지 결코 덜하지 않다. 직장이야 상사한테만 딸랑거리면 되지만 학교는 학생들에게도 아부를 해야 하는 현실에 마주친다. 굴욕도 이런 굴욕이 없지만 어쩔 수가 없다.

내가 학교 다닐 때만 해도 엄하지만 수업을 잘하고 빡세게 공부시키는 선생님을 좋아했다. 졸기라도 하면 신고 있던 '쓰레빠'를 벗어서 때리거나 군대식으로 연대 책임을 물어 엎드려뻗쳐를 시키니 억울하기도 했다. 하지만 지금 생각하면 '그 선생님 덕분에 내가 이자리에 있어' 하는 훈훈한 감동이 밀려온다. 하지만 지금의 교실은 어떤가. 옛날 스타일대로 거칠게 수업했다가는 당장 항의 전화가 빗발칠 것이다.

이런 까다로운 서비스업도 없다. 자는 학생은 함부로 깨우면 안되지, 학생들 기분 맞춰 줘야 하지, '따박따박' 말대꾸해도 제대로 혼내지도 못하지(혼냈다가는 인권 침해다 뭐다 해서 경찰 오기 일쑤다). 때때로 '원수를 사랑하라'는 성경 속 한 구절이 떠오를 때마다 내가 성직자가 될 자질을 갖춰 가는 듯한 기분이 든다. 이러니 선생님들 입에서는 "정말 못 해 먹겠다!"는 말이 나올 수밖에. 남들은 칼퇴근해서 좋겠다, 방학 있어서 좋겠다며 부러워하는데도 정작 교사들 커뮤니티 게시판에는 "오늘 사직서를 내려고 합니다", "이직하려는데 어떤 직업이 좋을까요?", "학교 가기가 너무 싫어요" 같은 글들이 실시간으로 올라온다. 남의 돈 벌어먹기는 누구에게나 힘든가 보다.

나는 '내가 좋아하는 일을 함으로써 자유를 얻고, 내가 하는 일을 좋아함으로써 행복해진다'는 글귀를 좋아한다. 그래서 평생 하고 싶은 일을 하면서 행복하게 살기 위해 교사가 되었다. 그런데 선생님의 자격으로 학교란 공간에 와 보니, 예상과 좀 달랐다.

남학교의 젊은 여선생이어서 그랬을까. 첫해에 받았던 교원 평가 의견란에는 외모, 성희롱 발언이 그득했다. 흥분한 나는 교원 평가의 폐해를 알려야 한다며 〈PD수첩〉에 제보할 생각까지 했다. 물론 "애들이 그런 걸 가지고 뭐"라며 다들 이해해야 한다는 분위기여서 한풀 꺾였지만, 의견을 쓰며 키득거렸을 녀석들을 생각하면 아직도 속이 부글부글 끓는다. 수업의 질과는 상관없이 생활 지도를 책임지는 선생님에 대한 평가는 나쁘고, 착하고 인기 많은 선생님은 후하게 평가하는 이 '거지 같은' 현상. 교원 평가를 앞둔 10월에는 정말 가관이다. 수업 태도가 엉망인 학생들을 혼낼라치면 "선생님, 교원 평가 때 봐요"라며 킥킥대니 말이다. 속에서는 정말 천불이 난다. 자율 학습실 책상에는 주제별로(?) 여선생님들 성^性적 조직도를 그려 놓질 않나, 멀어서 누군지 모를 거라는 생각으로 5층 창문에서 "왕가슴!"이라고 소리 지르질 않나(쿨한 동료 선생님은 '껌딱지'보다 백배 낫다며 나를 위로했다), 수업 시간에 무슨 말만 하면 인권 침해로 신고한다고 협박하질 않나. 학생들의 이런 행동을 보다 보면 가끔은 수업이고 뭐고 말도 섞기 싫어질 때가 있다. 수업 들어가는 것 자체가 곤혹인 반도 있고.

"사람을 미워하면 안 돼. 잘못이 가려지니까.
잘못을 보려면 인간을 치워 버려.
그래야 추궁하고 솔직한 답을 얻을 수 있어."

직장 생활을 하다 보면 사람이 미워질 때가 있다. 회사에 가기 싫은 이유가 과장 때문일 수도 있고, 부장 때문일 수도 있다. 인간관계란 나만 잘한다고 되는 게 아니어서 더 문제다. 하지만 나는 교실에 들어가기 싫어질 때마다, 학생들 얼굴이 보기 싫어질 때마다 《미생》의 김대리가 장그래에게 했던 충고를 생각하며 마음을 다잡곤 한다. 냉정하게 판단하기 위해서, 교사로서의 본분을 잃지 않기 위해서 인간 자체에 대한 미움을 떨쳐 버려야 한다고 말이다.

우리는 모두 미생이다

-

미생은 바둑 용어다. 바둑은 두 사람이 서로 번갈아 가며 바둑판에 돌을 놓아 누가 집을 많이 가지는가를 겨루는 놀이인데, 세력을 키우기 위해 전투를 벌이고 집을 확보하거나 깨부수다 보면 한 치 앞도 예상할 수 없을 정도로 심장이 쫄깃해진다. 여기서 세력이란 최소 두 집 이상이 되어야 만들어지는데 이것을 '완생'이라 하고, 아직 완전하게 살아 있지 못하고 놔두면 곧 죽을 세력을 가리켜 '미생'이라고 부른다. 사회라는 거대한 바둑판에서 매일매일을 아등바등 살아가고 있는 직장인들은 모두 미생에 가깝다고 볼 수 있다.

야근 제일 많이 하는 것도 대리~ 팀장한테 제일 많이 깨지는 것도 대리~ 클라이언트가 제일 많이 괴롭히는 것도 대리~ 회식 자리 분위기 띄우는 것도 대리~ 술 취한 사장, 이사, 팀장 대리 불러 주는 것도 대리~ 회사에서 가장 만만한 건 바로 대리다.

월급은 통장을 스칠 뿐 남는 것은 하나도 없지, 어느 조직에나 존재한다는 사이코 때문에 머리가 지끈지끈하지, 부장님 숨 쉬는 소리조차 싫어진다는 직장 권태기는 하루가 멀다 하고 찾아오지.

그렇게 2~3년 사회 생활을 겪다 보면 우리 사회가 왜 자본주의 사회인지를 뼈저리게 깨닫게 된다. 알고 보면 우리 모두는 완전하게 살아 있지 않은, 하루하루를 힘겹게 살아가는 미생들인 것이다. 늘 완생을 꿈꾸는.

그렇다면 항상 눈이 충혈돼 있는 《미생》의 오과장은 완생일까? 일을 똑 부러지게 처리하는 인턴 사원 안영이는? 그들도 알고 보면 승진할 때가 이미 지났는데 같은 자리에 머물러 있고, 상사에게 까이고 기획서도 보류된다. 또 그 위의 상사들은 자기들끼리 밥그릇 싸움하느라 바쁘다. 어쩌면 직장 생활에서 완생이란 아예 불가능한 희망인지도 모른다. 《열 받는 날의 응급 대처법》의 동네북 대리도, 계약 연장을 앞두고 전전긍긍하는 계약직 직원도, 늘 최고의 자리에 있을 것 같았지만 단번에 잘려 짐 챙기는 상사도 모두 순간순간 최선을 다하며 완생으로 나아가는 미생들이다. 이러한 수많은 미생들이 고군분투하며 오늘의 대한민국을 만들어 내고 있다.

"턱걸이를 만만히 보고 매달려 보면 알게 돼.
내 몸이 얼마나 무거운지.
현실에 던져져 보면 알게 돼.
내 삶이 얼마나 버거운지."

'인생 교과서', '직장 생활의 교본'이라 불리는 《미생》을 끝까지

다 읽은 날. 나는 평생을 불평 없이 묵묵히 일하셨던 아버지가 생각 났고, 사회라는 바둑판 위에서 상사에게 미친 듯이 까여 가며 새벽 근무를 하고 있는 남편에게 고마워졌다. 그래서 폭풍우가 휘몰아치는 현장에 있는 두 미생에게 문자 메시지를 보냈다.

"힘내요. 사랑해!"

직장 생활이 힘에 부칠 때 필요한 책

《미생》 윤태호, 위즈덤하우스, 2012~2013
《열 받는 날의 응급 대처법》 안희숙, 보이소, 2010

출근길 지하철에서 금맥을 찾는 방법

 ❶ 비슷한 시간, 같은 위치에서 타는 사람들을 잘 기억한다

퇴근 시간은 그렇다 치더라도 출근 시간에는 같은 시간, 같은 위치에서 지하철을 타는 사람들이 꽤 많다. 자꾸 보면서 얼굴을 익히고 그들이 어디서 내리는지를 기억하는 게 관건이다.

 ❷ 자는 사람 앞에 서지 않는다

자는 사람도 유형이 있는데 그냥 조는 사람과 고개가 완전히 넘어가서 이미 이 세계 사람이 아닌 듯 보이는 사람이 있다. 후자 앞에 서면 그야말로 망한다. 그러니 자는 사람 앞에는 아예 서지 않는 게 상책.

 ❸ 학생들은 멀리 가지 않는다

보통 중·고등학생은 지역별로 배치를 받기 때문에 오랜 시간 지하철을 타지 않는다는 점을 기억하자. 가끔 예외도 있긴 하지만 성공률 90% 이상을 자랑한다.

 ❹ 일타 쌍피, 자리와 자리 사이에 선다

한 명 앞에 서는 것보다 앉을 수 있는 확률이 올라간다. 내리는 사람의 동선을 제대로 계산하지 못하면 옆 사람에게 자리를 빼앗길 수 있으니 내 주변에 다른 사람이 가까이 서지 못하도록 공간을 확보하자.

인생은 퀴즈쇼가 아니다

청춘이 외롭고 힘들 때

조금 늦어도, 조금 느려도 괜찮아

-

내 인생은 늘 뒤처졌다. 대학 입학도 늦었고, 대학 때 반수다 휴학이다 하면서 노느라 졸업도 늦었다. 그리고 자의 반 타의 반으로 백수 생활을 하느라 취업도 늦었고, 졸업하자마자 결혼하겠다고 큰소리는 탕탕 쳤는데 연애 사업에 난항을 겪다 보니 결혼도 늦었다. 그래서 친구들은 지금 애가 둘인데 나는 한시도 엄마가 옆에 없으면 안 되는 신생아와 매일같이 사투를 벌이는 '전투 육아' 중이다.

그래서 남들은 내게 늦었다고 말하는데, 그렇다고 인정하면 내 20대의 노력과 열정이 모두 물거품이 되어 인생의 낙오자가 되는 것만 같아 《나는 다만, 조금 느릴 뿐이다》라는 책 제목처럼 그저 내 인생이 남들에 비해 조금 느린 것이라 말하고 싶다.

물론 늘 느렸던 것은 아니다. 초등학생 때부터 달리기 하나는 단연 1등이었다. 항상 앞자리에 앉을 만큼 키가 작아서 남들보다 두 배 열심히 발을 굴리며 이 악물고 달렸다. 눈치도 엄청 빨랐다. 엄마가 화가 난 것 같으면 조용히 방에 들어가 책을 펴고 '범생이' 모드로 변신했다. 게다가 수학 문제는 다른 애들보다 기똥차게 빨리 푸는 바람에 수리 영역 시간에는 같은 문제를 두 번씩 풀기도 했다. 10대에는 이렇게 빨랐다. 그러니 억울해할 필요는 없을 것 같다. 20대에는 좀 느렸지만 10대 때는 좀 빨랐던, 나는 제로섬의 인생을 살고 있으니 말이다.

나의 고군분투 취업 성공기

-

김연수 작가는 《청춘의 문장들》에서 청춘을 '꽃 시절'에 비유하며, "이미 져 버린 꽃을 다시 살릴 수만 있다면 그 시절로 돌아가고 싶다"고 말한다. 이처럼 힘들고 고달팠을지언정 누구나 청춘을 그리워하기 마련이다. 청춘에 대한 그리움을 집약해 시도 때도 없이 "그때가 좋을 때야"라고 얘기할 정도로.

반짝반짝 빛나는 미래만 상상했던 내게 사회로 내쳐진 나의 청춘은 어둡고 우울해 보이기만 했다. 특히 '하고 싶은 일'과 '잘할 수 있는 일'이 일치하지 않을 수 있다는 놀라운 사실을 인정하는 데는 그리 오랜 시간이 걸리지 않았다. 졸업 후 100통이 넘는 이력서가 감감 무소식으로 돌아왔을 때쯤, 밤을 새워 가며 쓴 자필 자기소개서가 어쩌면 인사 감독관을 거치지도 않은 채 문서 파쇄기에 들어갔을지도 모른다는 불안감을 느꼈을 때쯤, 자기소개를 쓰면서 생긴 손가락의 물집이 겨우 가라앉았을 때쯤 나는 마주한 현실을 깨닫기 시작했다.

4년제 대학, 심지어 대학원을 졸업하고서도 취업난에 허덕이는 게 오늘날 청춘들의 현실. 길을 찾기 위한 방황은 수많은 청춘들이 공통적으로 경험하는 일이다. 누구나 인생의 정답을 찾고 싶어 하지만 실제로는 그러기가 어렵다. 사실 인생에 정답이 어디 있겠나. 퀴즈쇼도 아닌데. 하지만 길이 아예 없는 것은 아니다. 열정과 노력이 있으면 어느 순간 정답은 아니더라도 가야 할 길이 흐릿하게나마 보이는 법이다. 기나긴 삽질 속에서 취업의 쥐구멍을 찾아낸 나만의 노하우는 바로 다음과 같다. 하나도 놓치지 말길. 다 뼈가 되고 살이 된다.

한 우물만 파지 마라

인생이 내가 원하는 방향으로만 가면 얼마나 좋겠냐마는 현실은 절대 그렇게 녹록지 않다. 특히 20대에게 세상은 벽처럼 단단해서 엄청난 무력감을 느끼게 한다. 그러니 당연히 아프고 외롭고 힘들다. 청춘들에게 그들이 부딪히게 될 현실을 알려 주고 어떻게 살아갈 것인가를 묻는 《퀴즈쇼》의 민수도 그랬다. 가방끈은 길지만 일할 곳이 없고, 살던 집에서는 쫓겨나고, 심지어 편의점 아르바이트도 잘리며, 자기 몸뚱이 하나 누울 자리만 겨우 있던 고시원에서마저 내쫓긴다. 이렇게 쫓겨나고 쫓겨나서 벼랑 끝까지 몰리는 것이 오늘날 20대의 삶이다. 그러니 이런 현실을 하루라도 빨리 받아들이고 내가 나갈 수 있는 방향을 고민해야 한다.

누군가는 한 우물을 파라고 얘기한다. 하지만 이 조언은 7, 80년대에나 적용 가능한 말이다. 그때는 우물 파는 사람이 별로 없고 자원은 넉넉했으니, 꾸준히 한 우물을 파면 결국 물을 퍼 올릴 수 있었다. 하지만 지금은 다르다. 누가 더 여러 우물에 발을 담그고 있느냐가 관건이다. 한 우물만 열심히 팠는데 물이 나오지 않으면 그땐 누가 책임질 텐가. 나의 판단 실수니 그 누구에게도 책임을 물을 수 없다. 그러니 여러 우물을 파야 한다. 이 우물이 마르면 다른 우물로 옮겨 갈 수 있게. 물론 비슷한 분야로 말이다.

"말은 그만하고 느끼란 말이야. 자네는 말이 너무 많아. 감각을 날카롭게 벼리고 촉수를 곤두세워 자기 주변에서 무슨 일이 벌어지고 있는지를 알아야 해. 그리고 온몸으로 느껴야 돼. 느끼지 못하는 순간, 인간은 벌써 죽은 거야. 죽어 버리는 거야. 파리를 보라구, 파리. 얼마나 민감하고 예민한가. 조용히 요리조리 움직이면서 때를 노리잖아."

《퀴즈쇼》에서 회장님이라 불리는 곰보빵 할아버지가 민수에게 하는 말은 다름 아닌 우리 청춘들에게 하는 충고다. 파리보다 못한 인간이 되지 않기 위해 주변에서 일어나는 모든 일에 끊임없이 관심을 두고, 요리조리 움직이며 때를 노리는 것. 나는 이 책을 처음 읽었던 20대에 이것이야말로 21세기의 청춘에게 필요한 기본 자세임을 직감했나 보다. 그때 붙인 포스트잇이 아직도 이 페이지에 붙어 있는 걸 보면 말이다.

나는 한 우물만 파다가 제 풀에 지친 사람들을 많이 봤기에 오히려 여러 우물을 파며 파리처럼 예민하게 때를 노렸다. 문헌정보학과 국어국문학을 복수 전공한 데다가 교직 이수까지 해 두 개의 교사 자격증을 취득했고, 백수 시절에는 혹시라도 도움이 될까 싶어서 독서 지도사, 논술 지도사, 한자 자격증을 땄다. 꾸준히 영어와 수학 과외를 하며 머리 굴리는 훈련도 했다. 이처럼 다양한 노력 끝에 지원한 사립 학교는 마침 국어 교사 자격증과 사서 교사 자격증을 함께 취득한 사람을 구하고 있었다. 1차 시험은 일반 상식 테스트였는데 과목이 국어, 영어, 수학, 국사, 한문이었다. 국어야 전공이고, 영어와 수학은 과외를 하면서 감을 잃지 않았으며, 한문은 자격증이 있으니 수월했다. 국사는 고등학교 때의 기억을 더듬으며 열심히 찍었고.

누군가는 내게 운이 좋았다고 얘기하지만 한 우물만 파지 않고 문어발처럼 여러 우물에 발을 담근 덕분이었다. 누가 알았겠나? 이런 날이 찾아올 줄. 늘 때를 노리며 준비했던 여러 우물이 내게는 기회가 되었고, 그 기회가 지금의 나를 만든 것이다.

현장 경험이 중요하다

"우리는 단군 이래 가장 많이 공부하고, 제일 똑똑하고, 외국어에도 능통하고, 첨단 전자 제품도 레고 블록 만지듯 다루는 세대야. 안 그래? 거의 모두 대학을 나왔고 토익 점수는 세계 최고 수준이고 자막 없이도 할리우드 액션 영화 정도는 볼 수 있고 타이핑도 분당 삼백 타는 우습고 평균 신장도 크지. 악기 하나쯤은 다룰 줄 알고. 우리 부모 세대는 그중에서 단 하나만 잘해도, 아니 비슷하게 하기만 해도 평생을 먹고살 수 있었어.

그런데 왜 지금 우리는 다 놀고 있는 거야? 왜 모두 실업자인 거야? 도대체 우리가 뭘 잘못한 거지?"

《퀴즈쇼》민수의 독백처럼 우리는 지금까지 가장 똑똑한 세대로 손꼽힌다. 가방끈이 길어도 너무 길다. 요즘 교직에 지원하는 사람들만 봐도 학벌이 장난이 아니다. 석사는 기본이요, 박사도 종종 있는 실태. 나처럼 가방끈 짧은 학사 출신은 여기저기에서 치이기 마련이다. 그러니 그들보다 현장 경험이 월등히 많아서 수업에 능숙하거나, 아니면 아무도 건드리지 못할 '백'이 있어야 한다. 그래서인지 명문대 졸업생도 아닌 내가 그 치열한 경쟁에서 살아남았다고 말하면 주변 사람들은 "학교에 기부금을 얼마나 냈길래?" 하는 개

넘 없는 질문을 던지곤 했다.

　태어날 때부터 특정 직업이 천직인 사람은 별로 없다. 대부분은 후천적 노력으로 이루어진다. 나는 대학교 내내 한 학기도 빼놓지 않고 과외를 했고, 방학 때는 학원 강사로 아르바이트를 했다. 그러다 보니 학생들을 대하는 노하우, 당황스러운 순간의 대처 능력이 다른 사람들보다 뛰어났다. 원래 성격이 좀 뻔뻔스럽기도 하지만. 특히 강의할 때의 목소리나 시선 처리는 연습하면 좋아지기 마련. 노하우가 몸에 배어 있었기에 자연스럽고 당당하게 수업 시연을 하고 높은 점수를 받을 수 있었다. 사실 최종 면접까지 올라온 경쟁자는 나보다 학벌도 좋고 어리고 예쁜 여자분이었는데, 나중에 들리던 말에 의하면 수업 시연에서 당락이 결정되었다나 뭐라나. 몸에 밴 현장 경험은 그 무엇보다 값진 결과로 이어지는 법이니, 대학생 때 놀면서 남는 시간에는 희망하는 업종과 비슷한 분야에서 일해 볼 것을 추천한다.

뻔뻔한 자기소개서를 써라

나의 자기소개서를 본 지인은 지금껏 아무도 없다. 나를 아는 사람이라면 "네가? 이런 뺑쟁이!"라고 코웃음을 칠지도. 내 자기소개서의 콘셉트는 '이래도 날 안 뽑고 배기나 보자'였다. 요약하자면, 나는 대한민국 교육계 최고의 인재이며 창의적이고 열정적인 교사의 표본, 즉 교육계에 혜성처럼 등장한 인재였다. 그래서였는지 최종 면접까지 올랐던 어느 학교의 이사장님은 "자기소개서가 참 훌륭하던데……"라며 말을 시작했다. 어차피 상대방이 나를 판단하는 시간은 길어야 1시간, 짧으면 5분. 현대 사회는 자기 PR 시대니 최대한 포장하여 겉으로 보았을 때 최상인 상태로 만들어야 한다. 없는 사실을 있는 것처럼 써서는 절대 안 되지만 높은 경쟁률을 뚫고 승리를 쟁취하기 위해 원서도 내고 시험도 보고 면접도 보는 건데, 마음에 조금 찔리는 것쯤은 참자. 자기소개서는 뻔뻔한 게 최고다.

다시는 만나지 못할 청춘, 있는 그대로 사랑해라
-

안 아픈 척, 안 힘든 척, 다 괜찮은 척……
세상의 속도에 맞추기 위해,
그렇게 어른처럼 보이기 위해 달려온
당신에게 보내는 담담한 위안과 희망

《나는 다만, 조금 느릴 뿐이다》의 표지 글을 읽는 순간 가슴이 뜨끔했다. 내가 그랬으니까. 늘 '척'하면서 살아왔으니까. 성격이 급한 나는 막 달려가다가 돌부리에 걸려 넘어져 울기도 하고 힘들다고 징징대기도 했으며 세상은 왜 내 맘대로 안 되느냐고 푸념도 했다. 그렇게 힘들면 좀 쉬었다 가면 되고, 가끔은 조금 돌아 가는 것도 나쁘지 않은데. 뭐가 그리 급했는지 일단 달려갔다가 내가 원했던 길이 아니면 금세 의기소침해져서 '나는 안 되나 보다' 하고 낙담하곤 했다.

우리는 누구나 내가 가지지 못한 타인의 것을 부러워한다.

그런데 나는 그 많은 타인의 것들 중,

굳이 내가 절대 가질 수 없는 것만을 딱 집어 부러워했던 건 아닐까?

그래야 핑계 댈 수 있으니까.

그래서 나는 안 되는 거라고, 내가 잘 못하는 건 다 그래서라고,

스스로를 속이기도 쉬우니까.

　자꾸 막다른 길에 들어서자 '젊음이 재산'이라는 사람들의 말에 '젊음이 죄'라고 답하며 한없이 바보처럼 행동했다. 부잣집 딸내미들이 졸업과 동시에 잘난 남자에게 취집* 가는 것을 보며 너무 쉽게 모든 것을 얻는 그들의 삶을 마냥 부러워했다. 그리고 좋은 학벌과 능력으로 대기업에 척척 입사하는 친구들을 보며 '나는 머리가 나쁘다', '학벌이 안 좋아서 안 된다'는 자기 합리화로 별것도 아닌 일에 쉽게 좌절하고 주저앉아 버렸다. 그러한 행동과 사고는 습관이 되어 갔다. 만약 그때 《나는 다만, 조금 느릴 뿐이다》를 만났

* '취업'과 '시집'을 합성한 말로, 취업이 힘드니 결혼이나 하자며 급히 결혼으로 눈 돌리는 여성들의 행태를 지칭한다.

다면 나에게 분노의 느낌표 대신 쉼표를 가만히 건넸을 텐데. '나만 그런 것은 아니었구나' 하고 안도하며 용기를 낼 수 있었을 텐데. 아쉬운 마음이 가득하다.

그래서 나는, 포기 또한 재능이고 용기인 것만 같다. 사랑에 있어서도, 살아감에 있어서도. 내가 원하는 답은 아니라 하더라도 최적의 답은 어쩌면 '포기' 안에 있을지도 모르니까.

이 책에는 불필요한 긴장감이 나를 숨 막히게 할 때 찾고 싶은 느슨한 문장과 마음의 여유를 갖게 하는 문구들이 가득하다. 이에 더해 조금 느려도, 조금 흔들려도, 조금 망설여도 괜찮다는 진심 어린 충고는 지푸라기라도 잡고 싶은 청춘들에게 큰 위로가 될 것이다. 결국 청춘들이 고민하는 많은 일들이 누구에게나 일어나는 일이라고 인정함으로써 현실을 그대로 받아들이고 한발 뒤로 물러서서 객관적으로 보게 한다. 그러니 외롭고 힘든 청춘의 불편한 마음을 사르르 녹여 주기에 충분하다.

《청춘의 문장들》에서는 청춘을 "들고양이처럼 재빨리 지나가고 그 그림자는 오래도록 영혼에 그늘을 드리운다"고 표현한다. 나의 청춘을 돌이켜 보면 그때는 길이 보이지 않아 매일 고민하고 외

로워하며 힘들어했다. 하지만 고통이 끊이지 않을 것 같던 그 청춘
도 어느새 지나가고 지금은 오히려 먼지처럼 가벼웠던 당시의 고
민들을 그리워한다.

사실 도서관에서 2,000원짜리 라면과 700원짜리 삼각 김밥으
로 배를 채우면서 취업 준비를 하던 그 시절에는 미래에 대한 상상
만으로 가슴이 벅찼다. 그런 상상은 희망을 꿈꾸게 했고 그 희망이
나의 20대에 힘을 줘 지금의 나를 만들었다. 그러니 많은 청춘들이
지금 자신 앞에 놓인 상황과 싸워 이겨 내야 한다는 압박감을 갖거
나 힘든 현실에 굴복해 생각 없는 삶을 살기보다는 자신의 인생을
조금 멀리서 바라봤으면 하는 바람이다.

평생 한 번뿐인 청춘. 인생에서 다시는 만나지 못할 시기니, 지
금 자신의 청춘을 사랑하고 그 시간을 즐기자. 언젠가는 그때를 그
리워하며 추억하는 날이 올 것이다. 지금의 나처럼.

청춘이 외롭고 힘들 때 필요한 책
《나는 다만, 조금 느릴 뿐이다》 강세형, 쌤앤파커스, 2013
《퀴즈쇼》 김영하, 문학동네, 2010

청춘이라면, MUST DO IT LIST

❶ 신문을 봐라

대학생 때는 노는 것도 중요하지만, 세상이 어떻게 돌아가는지 대충은 알아야 사회에서 살아남을 수 있다. 신문사마다 정치색이 다르기 때문에 두 가지 이상의 신문을 읽는 게 좋지만, 형편 껏 알아서 해라. 나는 평소 신문을 보던 습관 덕분에 한 시간에 걸친 사회, 경제, 정치, 교육 분야의 심층 면접에서 가뿐히 살아 남았다. 처음에는 빽빽한 글씨와 갱지가 비호감이지만 자꾸 보면 은근히 매력적인 게 신문이다.

❷ 성적 관리를 해라

대학생 때는 열심히 놀아야 한다. 하지만 졸업 후 취업 시장의 문턱에서 나자빠지지 않으려면 적당한 성적 관리도 필요하다. '학점 세탁'은 계절 학기 때가 가장 쉬운데, 평소 점수 받기 어려운 과목 중 절대 평가 수업이 있다면 꼭 수강하자. 바보짓만 안 하면 A는 받는다. 시험 때 헛소리 빼고 아는 건 모두 열심히 써 내라. 교수님도 인간인지라 어느 정도의 점수는 줄 것이다. 그리 고 4.5 만점에 4.4~4.5는 피하는 게 좋다. 너무 독하고 인간미 없다고 회사에서 기피한단다. 3.5~4.0 정도가 이상적이다.

❸ 연애를 해라

경험과 습관은 무섭다. 대학교 때 연애는 제쳐 두고 공부만 하던 애들은 취업해서도 일만 하다 늙어 간다. 해 봤어야 연애도 하 지. 취업하고 나면 이리저리 계산하느라 사람 만나기가 더 힘들 다. 그나마 순수한 마음일 때 조조 영화도 보고, 런치 세트로 점 심도 먹고, 학교 식당에서 밥도 사 먹으면서 학생일 때만 즐길 수 있는 데이트를 해라. 연애가 어려우면 MT라도 자주 가거나 미팅이나 소개팅을 죽도록 하면서 그 시간을 즐겨라. 지나면 다 그림의 떡이다.

불안, 젊음에 주어진 특권

-

대학 졸업 후 잠시 머뭇거렸던 1년은 내 인생의 황금기(?)였다. 하고 싶은 일이 뭔지도 모른 채 사회에 나와 삶을 낭비하고 싶지 않았던 나는 나 자신에게 '자발적 백수'라는 명분을 하사하며 기꺼이 자유로운 영혼이 되었다. 어렸을 적 꿈은 딱 붙는 H라인 스커트를 입고 한 손에는 아메리카노를 든 채 우아하게 출근하는 커리어 우먼이었는데……. 취직하지 않아도 아르바이트를 풀가동하면 입에 풀칠하는 데 문제없다는 '근자감' 때문인지, 빨리 돈 벌어야 한다며 취업 시장으로 등 떠밀지 않는 부모님 덕분인지, 나는 졸업하자마자 화려한 백수 생활에 돌입할 수 있었다.

친구들이 어스름한 새벽에 일어나 만원 버스에 실려 직장으로 향할 때 나는 침대에서 이불을 둘둘 말며 굴러다니다 느지막이 일어나 영어 회화 학원과 헬스클럽으로 갔다. "외국인 친구나 사귀어 보려고"라는 그럴싸한 핑계를 댔지만 사실은 게으른 나에 대한 최소한의 규제이자 불안한 미래에 대한 임시방편적 대책이었다. 뚱뚱하고 영어도 못하는 백수는 '없어' 보이니까. 단지 그런 이유였다. 친구들은 맥주 한잔에 하소연을 늘어놓으며 나의 자유로움을 부러워했지만, 당당해 보였던 나도 사실은 어디에도 안주하지 못하는 처지 때문에 힘들었다. 그래서 가끔은 아무리 각박한 사회생활이라 해도 매일 갈 곳이 있고 할 일이 있는 규칙적인 삶이 더 나아 보이기도 했다.

나는 아무 곳, 아무것에도 얽매이지 않은 채로 불안하면서도 자유롭게 1년이란 시간을 보냈다. 하지만 지금은 날 위해 마련된 책상에서 한때 부러워하던 '규칙적인 일'을 하고 있다. 평일 낮에 홀로 거리 이곳저곳을 돌아다니면서 또래를 마주치기가 어려워 불안했던 그때와 달리 만원 버스에 시달리며 직장 생활을 해 보니, 게으르고 자유로웠던 그 생활이 또다시 그리워진다.

《나만 위로할 것》은 불안하거나 위로가 필요할 때 자주 펼쳐 보는 책이다. 눈 내리는 평범한 일상과 아이슬란드의 고독한 매력을 담은 감성적인 사진들은 당장이라도 이곳을 떠나고 싶게 만든다. 떠나고 싶은 '이곳'이 물리적 공간이든, 정신적 공간이든 말이다.

혼자지만 누군가와 함께 있는 것처럼 든든하고, 누군가를 그리워하거나 열렬히 사랑하는 감정도 느끼고, 외로운데 사랑하는 기분이고, 사랑하고 있는데 외롭고……. 이런 복합적인 감정을 따라 저자와 함께 여행을 하다 보면 스스로를 쓰다듬고 다독이며 미소 짓고 있는 나를 발견할 수 있다. 그러니 굳이 다른 누군가에게 위로를 구할 필요가 있을까.

"젊음은 용기라네. 그리고 낭비이지.
비행기가 멀리 가기 위해서는 많은 기름을 소비해야 하네.
바로 그것처럼 멀리 보기 위해서는
가진 걸 끊임없이 소비해야 하고 대가가 필요한거지.
자네 같은 젊은이들한테 필요한 건
불안이라는 연료라네."

나는 겉으로는 대범해 보이지만 실은 불안을 잘 느끼는 소심한 A형이다. 그래서 가끔 초조하고 불안에 대한 두려움이 커질 때마다 아이슬란드의 수도 레이캬비크에 사는 온실 화원의 할아버지가 김동영 작가에게 해 준 위의 말을 곱씹곤 한다. 다른 사람의 삶을 마냥 부러워하고 동경하다 보면 내 현실이 불안해지기 마련이다. 하지만 불안은 젊음의 특권 중 하나이기 때문에 불안을 느끼면서도 계속 새로운 것에 도전하고 노력한다면 더 큰 성장을 이룰 수 있다고 나는 굳게 믿는다. 배부르고 등 따습다는 이유로 현실에 안주하는 평범한 30대와는 도전의 깊이가 다를 테니. 불안은 성장을 위한 연료인 것이다.

모든 것에는 다 때가 있다

–

내가 세상에서 가장 듣기 싫은 말은 "너는 참 운이 좋아"다. 나의 현재가 아무 노력 없이 일궈 낸 무임승차로 전락하는 느낌이 들어서 너무 싫다. 그런데 아이러니하게도 내 주변에는 이런 말을 하는 친구들이 꽤 많다.

좀 더 많은 것을 가지고 싶었고,

좀 더 많은 일을 하고 싶었으며,

좀 더 많은 길을 걷고 싶었다.

그리고 좀 더 멋진 사람이 되는 것.

하지만 그러기에는 너무 평범했고 참을 수 없이 무기력했다.

《나만 위로할 것》의 문장처럼 멋진 사람이 되고 싶었다. 하지만 나의 20대는 실패투성이였고 그야말로 참을 수 없이 무기력했다. 고3 때 모의고사 성적만 믿고 대학 축제를 열심히 다닌 덕분에 수능에서는 고배를 마셔야만 했다. 서울에 있는 대학이 아니면 대학 갈 생각을 말라는 아빠의 말이 어렸을 때부터 세뇌된 탓인지 입학 원서도 쓰지 않고 바로 재수를 결정했다. 그리고 친구들이 외모를 꾸미고 미팅을 하면서 대학 생활을 즐길 때, 나는 추리닝에 모자를 뒤집어쓰고 고시생 냄새 나는 도서관에서 문이 열릴 때부터 닫힐 때까지 공부했다.

물론 100% 공부만 하지는 않았다. 친구들이 위로 차 방문하면 손님에 대한 예우를 한답시고 신나게 놀았고, 점심 먹고 들어와서는 낮잠을 자야 머리가 맑아진다며 엎드려 문 닫을 시간까지 계속 잔 적도 있었다. 어쨌든 나의 20대는 자의 반 타의 반으로 교양 있게 도서관에서 시작되었다.

하지만 나의 역량은 거기까지였던 걸까. 두 번째 수능에서도 시험지에 비가 내렸다. 그래도 하나밖에 없는 딸이 삼수하는 것까지는 볼 수 없었는지 부모님은 점수에 맞춰서 대학에 가는 데 동의하셨다. 물론 이는 나의 착각이었다. '그동안 공부한 게 너무 아까워. 넌 할 수 있어!'라는 부모님의 과대 평가 덕분에 입학 후에도 '학벌 세탁'을 위해 수능을 한 번 더 보는 기염을 토했다. 하지만 한번 놀아 본 맛이 있어서 그런지, 휴학이라는 보험을 들어 놔서 그런지 점수는 여전히 나오지 않았다. 그리고 딸의 한계를 인정하신 부모님은 그제서야 나를 놓아주셨다. 수능 시험장에 세 번이나 들어가서 트라우마가 생긴 것일까. 이제는 학생이 아니라 감독관인데도 불구하고 수험장에만 들어서면 심장이 벌렁거린다.

대학에 붙으면 고생 끝 행복 시작, 대학에 떨어지면 인생도 끝난다고 생각했지만 과연 그랬는가. 대학에 붙어도 또 다른 경쟁의 세계가 우리를 기다리고 있었고, 대학에 떨어져도 삶의 길은 많았다. 대학에 떨어진 뒤 정말 하고 싶은 일을 찾은 사람도 많다. 즉 우리는 20대를 거치며 'all or nothing'의 흑백 논리를 떠나 인생에서 최선이 아니면 차선이 있음을, 실패가 곧 끝이 아님을 알게 되면서 실패를 받아들일 수 있게 된다.

《서른 살이 심리학에게 묻다》를 읽으며 '옳다구나!' 하고 무릎을 쳤다. 우리 부모님께서 이 책을 읽으셨더라면, 그깟 대학이 뭐라고 나를 가혹하고 살벌한 공부의 늪으로 빠뜨리진 않았을 텐데 싶었다. 왜 어른들은 윷놀이 판처럼 '모 아니면 도'라는 식으로 'in 서울 아니면 out 서울'로 우리 인생을 규정짓는지. 남들이 알 만한 대학에 들어간다고 인생이 달라지거나 해결되는 것도 아닌데 말이다.

악의 구렁텅이에서 빠져나와 자유의 몸으로 찾은 대학 캠퍼스는 충격이었다. 여중, 여고, 여대. 전생에 나라라도 팔아먹었나 보다. 대한민국 인구의 반이 남자라는데 왜 내 인생은 남정네 하나 없이 이리도 외롭고 쓸쓸한 것일까. 심지어 교수님마저도 여자들뿐이라니. 싱그럽고 활력 넘치는 대학 생활에 대한 기대는 깡그리 무너졌고, 정신 건강을 위해 남녀 공학인 친구네 학교에 더 많이 가기 시작했다. 대가는 학점 세탁을 위한 도서관 방콕. 방학을 반납하고 온종일 도서관에서 살다시피 하며 계절 학기를 수강했다. 시작이 순탄치 않아서였을까, 동기 부여가 안 된 상태에서 등 떠밀려 대학에 가서였을까. 엉망진창이던 대학 생활은 결국 아무런 결실도 맺지 못한 채 그렇게 씁쓸하게 끝이 났다.

그러나 쓸모없는 시간은 없다. 당신의 이성은 떠나라고 하지만 마음속 어딘가에서 주저하는 소리가 계속 들린다면 아직 주변 여건이 무르익지 않은 건 아닌지, 마음의 준비가 덜 된 건 아닌지 살펴봐야 한다. 다시 한 번 내면의 목소리에 귀를 기울여야 하는 것이다. 지금 당신이 해야 할 일이 무엇인지 그 답은 당신 안에 있을 테니까.

나를 알기 위해 가진 1년의 공백기. 연예인도 아니고 말이 좋아 공백기지, 사실은 백수나 다름없었다. 그 시간 속에서 나는 스스로에게 무엇을 좋아하는지, 어떤 일을 하고 싶은지 물었다. 대학 생활처럼 실패하고 싶지 않았기 때문이었다. 그리고 현재와 미래 모두 행복하기 위한 첫 번째 과정으로 내 마음을 읽는 연습을 시작했다. 물론 아침에 출근하고 저녁에 퇴근하는 사람들을 보면서 '나는 도대체 뭘 하고 있는 걸까. 허비하고 있는 지금 이 시간만큼 사회에서 낙오되는 것은 아닐까' 하는 두려움에 휩싸이기도 했다. 하지만 《서른 살이 심리학에게 묻다》에서 말하는 것처럼 쓸모없는 시간은 없다는 확신 덕분에 좀 더 시간을 두고 부딪쳐 보자며 용기를 내고,

100번이 넘는 입사 지원에 모두 낙방해도 다시 도전하자고 나를 다독일 수 있었다.

사람들은 결과만 가지고 내게 운이 좋다며 내 고민과 노력을 일축하기도 하지만 지금의 내가 있을 수 있었던 건 오롯이 내 마음을 들여다보고 내면의 목소리에 귀 기울이는 '쓸데없는' 시간을 가졌기 때문이었다. 그것이 남들이 얘기하는 백수든, 뭐든 간에.

그러니 다른 사람보다 조금 늦어졌다고 불안과 두려움에 떨지 않았으면 한다. 나는 대학 입학도, 졸업도, 취업도 다른 사람들에 비해 늦었지만 내가 하고 싶은 일을 하면서 잘 먹고 잘 살고 있다. 결국 속도보다 방향을 잘 잡기 위한 고민의 시간이 중요한 법이다.

33살이 된 지금

23살 때가 아름다웠다는 걸 알고 있듯

또다시 10년이 지나 43살이 되었을 때

33살의 우리를 생각하며 아름다운 시절이었다고 말할 수 있기를······.

나의 20대는 불안했지만 발전 가능성이 있었고, 실패하더라도 다시 도전할 수 있는 용기가 있었다. 그래서 10년이 지난 지금은 자유로움과 실패에도 좌절하지 않았던 당시의 굳은 심지가 너무나도 부럽다. 누구든 지난 시간에 대한 아쉬움과 동경이 있으니, 분명 더 나이가 들면 30대인 지금의 권태로운 일상, 삶에 안주한 채 지지고 볶으며 살고 있는 이 일상도 아름다웠노라고, 행복했노라고 말할 날이 올 것이다. 결론적으로 지금의 삶은 늘 아름답고 행복한 것이니까. 그러니 《나만 위로할 것》의 조언처럼 인생 걱정은 떨쳐 버리고, 누군가에게 '날 좀 위로해 줘' SOS 치면서 궁상떨지 말고, 나 스스로의 마음을 돌아보며 현재를 즐겼으면 한다.

"너무 걱정하지 마. 너무 많이 쌓여 버겁다면 한 번 정도는 가진 걸 모두 털어 버리고 새롭게 시작하면 되니까. 매해 겨울 눈이 쌓이고 쌓이듯 너의 모든 것도 다시 금방 쌓일 거야."

인생의 성공은 꿈꾸는 자에게 있다

-

"선생님, 저 요즘도 '꿈 노트' 써요. 자잘한 꿈들이기는 하지만 하나씩 이뤄 가는 재미가 쏠쏠해요."

며칠 전 졸업을 앞둔 재학생이 인사를 하러 찾아왔다. 대학, 군대, 여자 친구 등 미래에 대한 이야기를 신나게 늘어놓던 그 아이가 문득 이렇게 말하는 게 아닌가. 나처럼 꿈 노트를 쓰고 있다고.

요즘 매가리 없이 도살장으로 끌려오는 동물처럼 등교하는 학생들이 굉장히 많다. 의욕을 불태워 주려고 "도대체 앞으로 어떻게 살려고 그래?" 하며 쓴소리 한번 던지면 "그러게요"라며 슬픈 표정으로 말문을 막는다. 그런 아이들을 보면, 괘씸함보다는 안타까운 마음이 크다. 그래서 나는 아이들에게 《꿈꾸는 다락방》(이지성, 국일미디어, 2007)을 추천해 왔다. 《시크릿》이 '긍정적으로 생각하면 성공할 수 있다'고 막연하게 희망을 준다면 《꿈꾸는 다락방》은 어떻게 생각하고 행동해야 할지에 대한 적극적인 해답을 주는 책이다.

자신의 꿈을 시각화하는 것이 꿈을 향한 첫 번째 행동 지침. 실제로 나의 수첩은 늘 시시껄렁하면서도 재미있는 꿈으로 가득 차 있었다. 장학금 타기, 유럽 여행 비행기 표 '지르기', 목소리가 멋있는 남자 만나기 등 원하는 것들을 나열하고 행동으로 옮겼더니 거짓말처럼 결과물들이 하나씩 나오기 시작했다. 그래서 꿈이 없는 학생들에게 이 책을 추천하며 꿈 노트를 쓰라고 이야기하곤 했다. 꿈 노트의 성공 신화를 신나게 얘기하면 대부분의 학생들은 그런 나를 사이비 종교 신도처럼 봤는데, 실제로 꿈 노트를 쓰고 있다는 아이를 만나니 신기할 따름이었다. 그것도 아주 반듯하게 미래를 설계해 나가면서 말이다.

서른 살이 넘어 진정 자신이 원하는 것이 무엇인지 알았다면 꿈꾸기를 두려워하지 마라. 당신이 진정 좋아하는 일로 성공하고 싶다면, 그 바람을 행동으로 옮긴다면, 그리고 실패를 두려워하지 않는다면 그 꿈은 분명 이루어질 것이다. 비록 가는 길이 험난하고 때론 넘어져 다칠 수도 있지만, 인생에서의 성공은 꿈꾸는 자의 몫이다.

장학금 타기

유럽 여행 비행기 표 지르기

목소리가 멋있는 남자 만나기

열렬히 사랑하기

‘꿈은 꿈일 뿐이다’라는 인식이 콕 박혀서인지 사람들이 꿈이라는 단어를 점점 사용하지 않는 것 같다. 가끔은 꿈을 꾼다는 것 자체가 사치처럼 느껴지기도 한다. 하지만 꿈꾸는 데 돈 드는 것도 아닌데, 좀 허황되면 어떻고 사치스러우면 어떤가. 꿈이니까 허황될 수 있고, 꿈이니까 사치스러워도 괜찮다. 반드시 이뤄 내야 한다는 부담감을 떨쳐 버리고 꿈꾸기를 두려워하지 않았으면 한다. 인생의 성공은 꿈꾸는 자의 몫이니까.

위로를 받고 싶을 때 필요한 책
《나만 위로할 것》 김동영, 달, 2010
《서른 살이 심리학에게 묻다》 김혜남, 갤리온, 2008

위로가 되고 스트레스가 풀리는 노래

❶ 요즘 너 말야 _제이레빗

'쉬운 일은 아닐 거야. 어른이 된다는 건 말야.
모두 너와 같은 마음이야. 힘을 내 보는 거야!'
조곤조곤 속삭이는 가사가 마음을 살살 위로해 준다.

❷ 수고했어, 오늘도 _옥상달빛

힘든 하루를 버텨 낸 나에게
이 한마디를 건네 보자.
"수고했어, 오늘도."

❸ I don't care _2NE1

나만 신경 쓰기에도 벅찬 세상.
남 신경 쓰지 말고
나 하고 싶은 대로 하고 살자고!

❹ The reason _Hoobastank(후바스탱크)

완벽한 사람은 없으니 제발 퍼펙트맨 강박에서 벗어나자.
이 센티멘털하고 찐득찐득한 음악은
듣기만 해도 스트레스가 풀린다.

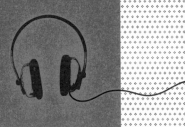

시간의 주인이 될 것인가, 노예가 될 것인가?

시간에 쫓기며 살 때

철저한 계획표의 함정

-

세상에는 아주 중요하지만 너무나 일상적인 비밀이 있다. 모든 사람이 이 비밀에 관여하고, 모든 사람이 그것을 알고 있지만, 그것에 대해 깊이 생각하는 사람은 거의 없다. 사람들은 대개 이 비밀을 당연하게 받아들이고, 조금도 이상하게 생각하지 않는다.

이 비밀은 바로 시간이다.

중학생 때부터였던가. 누가 가르쳐 주지도 않았는데 나는 시험 한 달 전쯤 연습장에 커다랗게 표를 그려 시험 대비 계획표를 만들었다. 계획에서 조금 엇나가더라도 만회할 수 있는 여유까지 둔, 나이에 어울리지 않는 아주 체계적인 계획표였다.

아주 어렸을 때부터 나는 《모모》에서 말하는 것처럼 시간에 대한 비밀스런 강박이 있었다. 친구들은 그런 나의 꼼꼼함과 치밀함에 혀를 내둘렀는데, 시험 기간에 단 한 번도 빠뜨리지 않고 계획을 짜던 버릇은 이후 모든 일에 계획표를 만드는 습관으로 굳어졌다. 그런데 그 일이 무엇인지, 어떤 성향의 일인지, 내가 할 수 있는지에 대해 검토하기보다는 일을 하기 위한 시간을 확보하는 데 열중하기 시작했다. 그렇게 한 조각 한 조각 시간을 절약하면서 언젠가 그 시간들이 나에게 보상처럼 돌아올 거라 믿었다. 그래서 늘 시간을 재단하고 재촉하며 하루하루를 보냈다.

쫓기는 삶의 증거, 시간 강박

—

며칠 전, 대학생이 된 제자가 인사를 하겠다고 학교로 찾아왔다. 대학 생활, 여자 친구 이야기를 재미있게 나누다가 문득 나와 같은 전공을 선택한 그 녀석의 시간표가 궁금했다. 그가 내민 건 주 5일 오전 9시부터 오후 5시까지를 학교에서 보내는 시간표라 매우 우울해 보였다. 나는 녀석에게 충고랍시고 나의 수강 신청 에피소드와 노하우를 잔뜩 꺼내 얘기하기 시작했다. 나의 시간 강박은 대학생 때도 여전히 진행 중이었나 보다.

난 오전 11시부터 오후 3시 사이에 모든 수업을 넣고 단 10분의 쉬는 시간도 허락하지 않는, 인간미는 없지만 아름다운(?) 시간표를 짜곤 했다. 그래서 수강 신청 기간에는 이 직사각형 시간표를 사수하기 위해 PC방을 전전했다. 이런 황금 시간대 수업으로 시간표를 완성하려면 정확한 수업 정보는 물론이고 정원에서 내쳐지지 않을 직관력, 그리고 남들에게 뒤지지 않는 빠른 속도의 랜선이 필요했다. 혹시라도 성공하지 못했을 경우 교수님께 이 수업이 왜 내게 필요한지를 말해야 하는 설득적 말하기 기법도 요구되었다.

그런 식으로 직사각형의 시간표를 만들기 위해 전공과 상관없는 수업을 하나둘 넣기 시작했고, 결국 졸업에 필요한 전공 이수 학점이 부족해 학교를 한 학기 더 다녀야 했다. 지금 생각하면 바보도 이런 바보가 없다. 《모모》에서 말하는 것처럼, 나는 시간을 절약한다면서 실제로는 전혀 엉뚱한 것을 아끼고 있었던 셈이다.

하지만 시간을 아끼는 사이에 실제로는 전혀 다른 것을 아끼고 있다는 사실을 눈치챈 사람은 아무도 없는 것 같았다. 아무도 자신의 삶이 점점 빈곤해지고, 획일화되고, 차가워지고 있다는 것을 알아차리지 못했다.

시간을 절약하는 습관 자체는 매우 바람직하다. 하지만 목표를 이루기 위해 더 중요한 일이 무엇인지 보지 못하는 것이 문제다. 처음에는 아픈 사람을 치료하고 어려운 사람을 도와주는 의사가 목표였지만 어느새 돈 많이 버는 의사가 되는 것으로 꿈이 변질되는 경우가 있다. 그처럼 시간을 알차게 활용하기 위해 직사각형 시간표를 계획했지만 결국에는 전공과 상관없는 과목을 수강하느라 한 학기를 통째로 날려 버리는 주객전도의 사태가 일어난 것이다. 목표가 변질되면서 시간의 가치도 떨어져 내가 그토록 아끼려던 시간은 심지어 모두 사라져 버렸다. 대학 생활이 혀를 내두를 정도로 재미없었던 이유도 바로 이런 시간 강박 때문이었다. 원래 대학 생활이라는 게 공강 때는 동아리 방에서 친구들과 놀기도 하고 밥도 먹으면서 시간을 보내야 하는데, 나는 그런 시간들이 모두 낭비라고 생각했으니 말이다. 과정을 즐기며 목표에 이르는 길이야말로 시간을 가장 가치 있게 활용하는 방법이 아닐까?

회색 신사들에게 빼앗기고 있는 시간을 되찾는 법

–

시간 강박에 의한 계획표 짜기는 여행에도 적용되었다. 나는 여행도 즉흥적으로 떠나기보다 철저한 계획하에 떠나는 것을 좋아했다. 아니, 철저한 계획을 세워야만 떠날 수 있었다는 표현이 더 정확할 것이다. 100GB 외장 하드에 여행 계획서 폴더가 따로 있는 것만 봐도, 그 계획서들이 여행사의 여행 상품을 풀어 놓은 것처럼 디테일한 것만 봐도 그 강박을 한눈에 알 수 있다. 대학생 때 여행 계획 공모전에 뽑혀 공짜 여행도 많이 다녔고, 친구들 사이에서는 늘 내가 여행 계획 담당자였다. 남자 친구가 여행 가자고 하면 "계획서부터 써 와!"라며 로맨틱한 제안에 찬물을 끼얹기도 했고.

지금 나의 반쪽이 된 남편이 거제도 여행을 제안했을 때도 나는 예외 없이 여행 계획서를 요구했다. 그저 몸 가는 대로 떠나 자유롭게 느끼는 것이 진짜 여행이라고 믿었던 남편은 여행 계획서에 아래와 같은 서문을 내던지며 나의 계획 강박을 조금씩 벗겨 냈다.

어느덧 가을 바람이 불고 있다. 2011년 남은 시간의 무게는 한 해 동안 우리가 지나온 시간보다 가벼워졌다. 매서운 추위를 뚫고 찾아온 봄의 풋풋함과 여름내 무더웠던 기억들을 이제 선선한 가을 바람에 말려 파란 하늘에 차곡차곡 정리해야 할 시간이다.

갈대밭에서 맞을 아침에 감사함을 느낄 것이며, 남해 바다 위로 지는 석양 노을에 경건함을 느낄 일이다. 내 사랑에게 느끼는 마음이 그러하듯이……

손발 오그라드는 이런 멋진 서문을 접한다면 어느 누가 '그린라이트'를 켜지 않을 수 있을까. 그는 여행 중에 '여행이란 시간에 맞춰 복작거리며 이동하는 것보다 누구와 함께인지, 어떤 감정을 느끼고 있는지를 아는 게 훨씬 소중하다'는 자신의 생각을 전했다. 그저 즐기라고, 그게 진짜 여행이라는 말과 함께.

그동안 나의 여행은 본전을 뽑겠다며 새벽부터 일어나 돌아다니고, 다크 서클을 드리우며 하루를 마무리하는 패턴이었다. 하지만 그와 여행을 하면서, 분주하게 돌아다니지 않아도 즐겁고 경치 좋은 곳에서 차 한잔을 하면서도 행복과 자유로움을 느낄 수 있음을 깨달았다.

나는 여태 '시간을 아끼면 곱절의 시간을 벌 수 있다', '시간은 돈과 같다. 그러니 절약하라'고 속삭이는 《모모》 속 회색 신사들의 꼬임에 넘어간 것처럼 여행에서조차 속도의 무한 경쟁으로 나를 밀어 넣었다. 하지만 생각해 보면, 옆도 뒤도 돌아보지 않고 악착같이 절약했던 시간들보다 잠시 나를 내려놓고 즐겼던 시간들이 더 기억에 남는다. 그러니 삶을 꽃피우고 온기를 더하는 자유롭고 따뜻한 시간들이 더 소중하다는 것을 인정하지 않을 수 없다.

하지만 시간은 삶이며,
삶은 가슴속에 깃들어 있는 것이다.

모모는 나만 생각하면서 정신없이 살기보다 조금씩 느린 걸음으로 스스로를 돌아보고, 친구와 수다를 떨며 커피 한잔의 여유를 누리고, 걷다가 그 자리에 멈춰 서서 하늘도 쳐다보고, 바람 속에 손도 한번 뻗어 보며 살라고 말한다. 시간의 노예가 되지 말고 시간의 꽃을 지키면서 살라고 말이다. 이 책을 읽으면 늘 삶과 시간에 대한 여유를 되돌아보게 된다. 지금 이 순간 중요한 것에 신경이 쏠려서 정작 필요한 것, 시간을 가슴으로 느끼고 즐기는 것에 소홀해

진 건 아닌지. 너무 많은 것을 들고 가려다가 떨어뜨리고 만 소중한 무언가가 있지는 않은지. 그리고 시간의 압박보다 휴식이 더 필요한 건 아닌지를 말이다.

시간의 양면성, 크로노스와 카이로스
-

문제를 하나 내 볼까 한다. 다음은 무엇을 말하고 있는 걸까?

세상에서
가장 길면서도 가장 짧은 것,
가장 빠르면서도 가장 느린 것,
가장 작게 나눌 수 있으면서도 가장 길게 늘일 수 있는 것,
가장 하찮은 것 같으면서도 가장 회한을 많이 남기는 것,
그것이 없으면 아무것도 할 수 없고,
사소한 것은 모두 집어삼키고,
위대한 것에게는 생명과 영혼을 불어넣는 그것,
그것은 무엇일까요?

정답은 바로 '시간'이다. 《시간을 파는 상점》의 주인공 온조는 이렇게 말한다. 시간의 주인이 되느냐에 따라 시간은 짧을 수도 길 수도 있고, 어떻게 시간을 활용하느냐에 따라 작게 나누는 동시에 길게 늘일 수도 있다고. 시간이 없으면, 의욕이 넘치고 돈이 많다

하더라도 우리는 아무것도 할 수 없다. 시간의 상대성이라고 해야 할까, 양면성이라고 해야 할까? 시간은 물리적인 시간, 즉 1시간, 1분, 1초와 같이 객관적으로 수치화되는 크로노스^{Chronos}와 의미 있는 시간, 즉 주관적인 시간을 뜻하는 카이로스^{Kairos}로 나눌 수 있다. 이와 같은 시간의 특성을 잘 이해하고 활용하는 사람만이 시간의 노예가 아닌, 주인이 될 수 있다.

어렸을 때부터 우리 엄마들은 시간을 의미 있게 사용하지 못하는 자식들에게 "무슨 일이든 다 때가 있다"고 말했다. 학창 시절에는 '학생 신분에 어울리게 공부나 열심히 해!'라는 잔소리로 해석했지만, 조금만 마음을 열고 생각해 보면 알게 된다. 학생이 누릴 수 있는 그 시간을 맘껏 즐기라는 의미일 수도 있고, 오늘 할 일을 내일로 미루지 말라는 인생 선배의 충고일 수도 있다는 걸. 그럼 '오늘'이라는 시간은 도대체 어떻게 사용해야 할까? 하루 24시간을 1,440분으로 나누고 8만 6,400초로 나누어 1분 1초도 허비하지 않도록 촘촘하게 계획을 세워야 할까? 《시간을 파는 상점》은 이런 질문에 대한 답을 주며 잡을 수 없는 존재인 시간, 즉 카이로스를 흥미롭게 다룬다.

"엄마는 늘 시간이 있을 거라고 생각했어. 마음만 먹으면 얼마든지 있을 거라고. 그런데 그 시간은 어떤 예고도 없이 사라져 버렸어. 늘 바쁘다고 하면서 필요 없는 시간들을 너무 많이 소비하면서 시간 없다고 한 거라는 것을 알

있어. 엄마는 다시 그렇게 시간을 보내고 싶지 않아. 엄마는 소중한 사람들과 많은 시간을 함께하고 싶어. 그게 결국 엄마를 행복하게 해 줄 거라고 믿어."

우리는 시계나 달력 같은 도구로 시간을 측정한다. 하지만 같은 24시간이라도 찰나의 시간으로 생각하는 사람이 있고, 소중하고 긴 시간으로 느끼는 사람이 있다. 결국 시간이란, 얼마나 가슴으로 느끼고 의미 있게 보내느냐에 따라 다른 것이다.

이 책에서 온조의 엄마는 늘 있을 거라 생각한 시간이 예고도 없이 사라져 버릴 수 있으니, 가능할 때 소중한 사람들과의 행복한 시간을 조금이라도 더 보내야 한다고 말한다. 그렇게 시간의 소중함을 알게 되어서였을까? 온조는 자신의 시간을 누군가의 시간을 돌려놓기 위한 일에 쓰기로 한다. 바로 '시간을 파는 상점'이라는 카페를 만들어 어떤 일이든 대신 해 주는 것. 고등학생이 이런 생각을 하다니, 온조는 정말 발칙하면서도 재미있는 아이다.

시간은 '지금'을 어디로 데려갈지 모른다. 분명한 것은 지금의 이 순간을 또 다른 어딘가로 안내해 준다는 것이다. 스스로가 그 시간을 놓지 않는다면.

온조는 다른 사람을 위해 자신의 시간을 쓰면서 시간의 소중함을 새삼 깨닫는다. 모든 사람에게 공평하게 주어진 시간이지만 내게 속한 그 순간들을 사랑하고, 소중한 사람들과 함께 보낼 수 있음에 감사해야 한다는 것을 말이다. 그러니 바쁘다는 핑계로 누군가와 함께 보낼 수 있는 시간을 미루지 말자. 함께 공부하고 함께 웃고 함께 슬픔을 견디는 일상을 소중히 여겨야 한다.

우리는 '현재'라는 시간을 잡아 보려 매일 격렬하게 몸부림치지만, 정말 중요한 것은 이 시간을 얼마나 잘게 쪼개 쓰느냐가 아니라 얼마나 소중하게, 또 어떻게 쓰느냐가 아닐까? 무엇이든 때가 있다는 말은 너무 진부하지만, 현재의 오늘을 값지게 살기 위해 꼭 기억해야 할 말이 아닐까 생각해 본다.

네 절정은 지금이 아니다, 앞으로 다가올 시간들이 너의 절정이다.

시간에 쫓기며 살 때 필요한 책

《모모》 미하엘 엔데, 한미희 옮김, 비룡소, 1999
《시간을 파는 상점》 김선영, 자음과모음, 2012

여유로운 시간을 보낼 수 있는 장소

❶ 강릉 정동진

겨울 바다가 보고 싶은 날이 있다. 나를 삼켜 버릴 것만 같은 까만 파도가 그리워지는 날. 그럴 땐 바다로 가자. 바다를 보면서 나의 일상을 반추하고, 똑같은 동작으로 밀려갔다 들어오는 파도를 보는 것만으로도 위로받을 수 있다.

서해보다는 서슬 퍼런 파도가 있는 동해를 추천한다. 추운 겨울이라 걷기 힘들다면 바로 앞에 있는 '썬 카페'에 앉아 2층 통유리창을 통해 바다를 바라보는 것도 꽤 괜찮다. 따뜻한 아메리카노와 함께. 아주 로맨틱하면서도 여유로운 장소다.

❷ 영월 별마로천문대

밤하늘에서 별 보기란 하늘의 별 따기만큼이나 어렵다. 그런데 영월에 있는 별마로천문대에서는 밤하늘을 수놓은 별들을 마음껏 관측할 수 있다. 영월은 쾌청일수가 192일이나 되기 때문에 다른 곳보다 별 보기가 훨씬 수월하다. 아름다운 별들을 보고 있노라면 눈이 호강할 뿐 아니라 마음의 여유까지 듬뿍 얻게 될 것이다. 별자리 관측은 봄·여름보다 가을·겨울이 좋고, 현장에서도 예약은 가능하지만 남는 자리가 없으면 하염없이 기다려야 하거나 관람을 포기하고 돌아가야 하니 방문 전 예약은 필수다.

❸ 부산 감천문화마을

한국의 산토리니 혹은 마추픽추라고 불리는 부산의 감천문화마을. 1950년대 6.25전쟁 피난민이 집단 거주하면서 형성된 지역인데 부산의 역사를 그대로 간직하고 있다. 옹기종기 모여 있는 골목길에는 금 간 담벼락과 빛바랜 페인트, 엉성한 빨랫줄과 낡은 슬레이트 지붕 등이 있어 옛 시간의 향수를 고스란히 느낄 수 있다. 좋아하는 음악을 들으며 혼자 천천히 걸을 것을 추천한다. 많은 생각을 하게 만드는 곳이다. 하늘전망대에서 내려다보는 전경도 굿. 전망대 아래의 '감내 카페'에서 시원한 레몬에이드로 여행을 마무리하면 베스트다.

진짜
인생은
삼천포에
있다

잘해야
한다는
부담감이
커질 때

타자의 욕망으로 얼룩진 인생

-

우리의 진짜 문제는 세상을 버리지 못하는 것이 아니라 세상에 끌려다니는 자신의 욕망을 버리지 못하는 것입니다. 그 욕망을 먼저 버려야 합니다. 그런 다음 정말 내가 원하는 스스로의 욕망을 찾아내는 것입니다. 심리학에서는 이것을 '주체의 욕망Desire of Subject'이라 합니다. 지금껏 나를 가동시켰던 세상의 욕망은 '타자의 욕망 Desire of Alterity'입니다.

《포기하는 용기》는 세상이 요구하는 끊임없는 욕망 중에서 남의 욕망을 구분해 포기하는 지혜가 우리를 홀가분하게 만든다고 말한다.

타자의 욕망으로 얼룩진 인생에 '그런 삶 따위는 개나 줘 버려!'라고 소리치는 동시에 부드럽게 뒤통수를 치며 인생을 한 번쯤 뒤돌아보게 만드는 책이랄까. 서른의 어느 날 나는 이 책을 한 줄 한 줄 읽어 내려가면서 내 인생도 어쩌면 타자의 욕망으로 가득한 건 아닐까 갑자기 두려워지기 시작했다.

중학교 1학년 수학 수업은 늘 긴장되는 시간이었다. 치아가 절반이나 빠진 할아버지 선생님은 늘 다섯 개의 문제를 내고 다 푼 사람은 노트를 들고 나오라고 하셨다. 가장 빨리 푼 학생의 노트에는 '1등'이란 글씨를 쓰면서 환하게 웃어 주고 "잘했어요"라며 머리를 쓰다듬어 주셨다. 하지만 두 번째로 나간 학생에게는 영혼 없는 칭찬을, 3등이 넘어가면 무미건조한 표정으로 "다음부터는 잘하세요!"라는 멘트를 날리시곤 했다.

나는 1등에게만 허락된 그 칭찬을 듣고 싶어 가장 빨리 풀어야 한다는 압박에 시달렸다. 누군가가 나보다 먼저 나가지는 않을까 하는 불안감에 휩싸여 문제를 완전히 이해하지도 못한 채 기계처럼 계산하고 있는 나를 발견하는 것은 흔한 일이었다. 문제를 풀었다는 성취감보다 1등을 해서 선생님께 칭찬받는 기쁨이, 친구들 앞에서 1등으로서의 우쭐한 기분을 느끼는 것이 먼저였다. 경쟁 사회에서 1등이 아니면 아무런 의미가 없다는 것을, 1등이 아니면 인정해 주지 않는다는 것을 나는 열네 살 나이에 너무 빨리 알게 되었다.

《포기하는 용기》의 저자가 말하는 것처럼 그야말로 내 인생 최초의 비극이 시작된 것이다.

저는 인간 최초의 비극이 이것이라고 생각합니다. 가장 먼저 인식된 개체가 자신이 아니라 타자라는 사실 말입니다.

하지만 절대 경쟁 사회인 스포츠의 세계에서 우승보다 '스포츠를 통한 자기 수양'을 꿈꾸는 팀이 있었다. 바로 《삼미 슈퍼스타즈의 마지막 팬클럽》에 나오는 프로 야구단 삼미 슈퍼스타즈. 실화를 바탕으로 한 이 소설에서 그들은 우승에 별 신경을 쓰지 않는다. 재미있고 즐거우면 그만이다. 지극히 평범한 그들은 프로들에게 속수무책으로 깨지면서 야구 역사에 엄청난 기록을 남겼다. 시즌 최저 승률, 최다 실점, 최다 연패, 최다 득점 차 패배, 최저 수비율, 1이닝 최다 피안타, 1게임 최다 피안타, 팀 최다 홈런 허용, 최단 시간 경기, 국내 최초 노히트 노런, 시즌 최다 병살타, 82년 후기 5승 35패 등. 가히 지기 위해 태어난 팀이라 할 만하다.

야구보다 야구장(더 구체적으로는 야구장에서 먹는 치맥)을 더 좋아하는 '잿밥녀'인 내가, 태어나기도 전에 탄생한 야구팀에 대해 알게 된 것은 순전히 이 책 덕분이다. 야구에 대해 아는 거라곤 잠실과 목동에 큰 야구장이 있다는 것과 두산에 키는 작지만 잘생긴 웅

원 단장이 있다는 것쯤? 아, 하나 더! 지금의 남편과 처음 만난 그 날, 잠실 야구장에서는 두산과 기아의 경기가 열렸다는 것까지. 그러니 아무리 봐도 삼미 슈퍼스타즈는 나의 관심 대상일 리 없었다. 그것도 늘 꼴찌 기록을 갈아 치우던 슈퍼 꼴찌 팀이라면 더더욱. 하지만 스포츠와 자기 삶에 대한 그들의 태도는 타인의 욕망으로 얼룩진 나에게 상당히 신선하면서도 매력적이었다.

삼천포로 빠져라

-

'프로는 능력으로 말한다', '프로만이 살아남는다' 같은 슬로건이 강조하는 것처럼 경쟁 우선주의 사회에서는 프로가 되지 않으면 살아남기가 힘들다. 김연아나 박태환, 장미란 등 프로들을 치켜세우며 프로가 얼마나 훌륭한 사람들인지, 얼마나 빛나는 존재인지를 포장하는 모습을 보고 있노라면 특히 스포츠계에서는 최고가 아니면 안 된다는 생각이 자연스레 든다.

우리의 현실과 《삼미 슈퍼스타즈의 마지막 팬클럽》에서 그리는 프로 야구의 세계는 별반 다르지 않다. 최고가 아니면 욕을 먹고 쉽게 잊힌다. 그래서 '치기 힘든 공은 치지 않고 잡기 힘든 공은 잡지 않는다'는 마인드로 경기에 임하는 삼미 슈퍼스타즈는 팬들로부터 외면당하고 그야말로 쌍욕을 먹는다. 하지만 그들의 목표는 팬을 위한 우승이 아니라 야구를 통한 자기 수양이었다. 그러니 치기 힘든 공은 쿨하게 보낸 후 다음 공을 치면 그만이고, 잡기 힘든 공을 굳이 달려가서 잡을 이유가 없다. 누군가는 프로가 되기 위해 꼼수를 부리면서까지 안간힘을 쓰는데, 그들은 그런 상대방을 보면서 공을 치지도 달리지도 않는 '노히트 노런'이라는 어마어마한 반항을 한다. 프로가 되지 않으면 도태된다고 생각하는 이 사회에서 소신껏 야구를 즐긴 것이다. 욕을 먹으면서도 남의 시선에 얽매이지 않고 자신이 추구하는 야구를 해낸 그들의 초연함이 남을 더 신경 쓰며 살아온 나의 인생에 찬물을 확 끼얹는 기분이었다. 그 찬물에는 내 인생에 대한 안쓰러움이 묻어나 있었다. 스스로의 욕망에 충실하지 못했던 삶에 대한 위로랄까.

2013년에 《B급 언어》라는 책을 출간하고 나서 나는 생각지도 못했던 많은 관심을 받았다. 신문사와 공중파 방송에서 인터뷰 요청이 쇄도했고 각종 원고 청탁은 물론 이곳저곳에서 강연 섭외까지. 나를 원하는 곳이 많다는 것은 늘 최고를 꿈꾸던 나에게 반갑고 기쁜 일이었다. 하지만 시간이 지나면서 슬슬 불안해지기 시작했다. 사람들은 있는 그대로의 나보다 과대평가된 나를 원한다는 사실을 알게 되었기 때문이다.

평소라면 친구들과 수다를 떨며 보낼 시간을 인터뷰를 하는 데 쏟아붓고, 퇴근 후에는 늘 서재에 틀어박혀 글을 썼다. 들어온 공을 당장 쳐 내야 한다는 부담감과 지금 치지 않으면 기회가 다시 오지 않을지도 모른다는 불안감 때문이었다. 그러다 보니 인정받아 얻는 즐거움보다 다른 사람에게 보이는 모습을 신경 쓰느라 생기는 불편함과 괴로움이 점점 더 커졌다. 나는 글을 쓰는 데 천부적인 재능이 있는 사람도 아니고 그저 개인 블로그에 끄적거렸을 뿐인데, 아마추어에게 프로의 향기를 원하니 마냥 괴로웠다. '당장 들어온 공을 칠 능력이 부족하면 다음 공을 기다리면 되는데. 그러면 좀 더 즐겁게 그 시간들을 보낼 수 있지 않을까?'라는 생각을 하니 삼미 슈퍼스타즈의 삶이 그렇게 위대해 보일 수가 없었다. 많은 사람들이 그들을 기억하는 이유도 바로 이 때문이 아닐까.

필요 이상으로 바쁘고, 필요 이상으로 일하고, 필요 이상으로 크고, 필요 이상으로 빠르고, 필요 이상으로 모으고, 필요 이상으로 몰려 있는 세계에는 인생이 존재하지 않는다.
진짜 인생은 삼천포에 있다.

우리는 일이 갑자기 엉뚱하거나 잘못된 길로 나갈 때 '삼천포로 빠진다'는 말을 하곤 한다. 부정적인 의미로 말이다. 그런데 《삼미 슈퍼스타즈의 마지막 팬클럽》에서는 진짜 인생이 삼천포에 있다고 말한다. 너무 바쁘고, 빠르고, 몰려 있는 세계에서는 진짜 인생을 찾을 수 없으니 늘 최고로 인정받아야 한다는 압박에서 벗어나 조금은 느슨해지라는 것이다. 조금은 생각 없이 하고 싶은 대로 살라는 이 말이 의외로 따뜻한 위로가 된다.

9회 말 투 아웃 투 스트라이크 볼 셋에서 들어온 그 볼이 '스트라이크'라며 '끝장'이라고 생각할 때, "그건 볼이니 진루해. 1루로 나가서 쉬라고!" 하며 하찮은 인생을 격려하고 응원하는 이 소설. 나가서 쉬고, 자고, 뒹굴며 노는 것이야말로 진짜 인생이라고 말하는 이 소설이 누구도 말하지 않는 '날라리 조언'을 해 줘서 더 반갑고 신선하다. 들어오는 공을 무조건 치기보다는 어떤 공을 칠지에 대한 고민이 필요한 우리에게 야구를 통해 인생의 방향을 알려 주는 날라리 인생 지침서. 프로가 되기 위해 무리해서 아침형 인간이 되려는 사람들에게, 주어진 24시간을 돈 버는 일에만 열중하고 있는 청춘들에게, 프로다움을 역설하며 경쟁 또 경쟁을 강요하는 사회가 지긋지긋한 아저씨들에게, 잃어버린 '게으를 권리'를 찾아 헤매는 이 땅의 아줌마들에게 이 책을 추천한다.

그런 삶, 포기하세요!

-

"선생님은 학창 시절에 좋은 성적표를 받았을 때, 누군가가 칭찬하지 않아도 나 스스로에게 만족하는 편이었나요, 아니면 부모님이나 다른 누구의 칭찬이 꼭 필요했나요?"

나의 성격 유형을 파악하겠다던 동료 선생님이 내게 했던 질문이었다. 나는 곰곰이 생각하다가 말했다.

"전 누군가의 칭찬이 반드시 필요했어요. 인정받고 싶어서 열심히 한 거거든요!"

성격에는 5세 이전의 결핍이 그대로 반영된다고 한다. 나는 지금도 남들에게 인정받고 싶은 욕구를 잠재울 수 없어서 늘 일을 벌여 놓고 쉴 틈 없이 살아간다. 이것은 내가 5세 이전에 타인의 인정을 받지 못했다는 의미인데, 한마디로 나는 아주 어렸을 때 칭찬이 결여된 삶을 살았던 것이다. 그래서 삼십 대가 된 지금도 무언가를 해냈을 때 누군가가 옆에서 박수를 쳐 주고, 인정해 주고 칭찬해 주기를 바란다. 인정을 받기 위해 나를 좀 더 채찍질할 때도 있다. 삶 자체를 즐기기보다 남의 시선에 더 신경 쓰는 삶. 내가 살아 봐서 아는데, 진짜 피곤한 삶이다.

나를 인정하기 위해 우리에게 필요한 것은 세상이 원하는 것이 아닙니다. 나 자신만이 인정할 수 있는 '그것' 하나를 갖추면 충분합니다. 누구의 인정도 바라지 않고, 세속적 보상이 없어도 스스로와의 약속을 지켜 낸 사람, 즉 자신을 지켜 낸 사람만이 자신을 인정하고 사랑할 수 있습니다.

《포기하는 용기》의 저자는 나에게 "그런 삶, 포기하세요!"라고 말한다. 성공을 위해 살지 말라고. 타자로 인해 형성된 욕망을 맹목적으로 따라가지 말라고 말이다. 이 욕망이 진짜 나의 욕망인지, 타

잘 포기하세요

자의 욕망인지를 구분하며 자신의 감정에 집중하라고 조언하는 동시에 현실의 괴로움을 현명하게 넘어설 수 있는 방법으로 '포기'를 권한다. 잘해야 한다는 부담감을 조금 벗어던지고 마음을 비우라는 것이다. 더 행복해지기 위해.

나는 꿈과 목표를 위해 늘 뭔가를 움켜쥐고 하나도 포기하지 않으려 지독하게 애써 왔다. 그래서 다른 사람들이 보기엔 너무 바쁘고, 힘들고, 빠른 삶을 사느라 늘 고단했다. 그런데 저자는 현실의 접시에 뭔가를 더 얹는 대신 욕망의 접시를 비우고 포기하는 자세가 진짜 용기이며 삶의 지혜라고 충고한다. 아등바등 사는 삶에서 과연 무엇을 내려놓아야 하는지에 대한 힌트를 주는 책. 이 책을 읽고 있으면 내가 진정으로 원하는 나는 어떤 모습인지 곰곰이 생각해 보게 된다.

잘해야 한다는 부담감이 커질 때 필요한 책
《포기하는 용기》 이승욱, 쌤앤파커스, 2013
《삼미 슈퍼스타즈의 마지막 팬클럽》 박민규, 한겨레출판, 2003

행복한 결혼을 위해 포기해야 할 것들

❶ 남자의 외모

어렸을 때는 잘생긴 남자와 만나는 친구들이 부러웠다. 같이 다니기도 좋고 뭘 해도 폼이 나니까. 하지만 결혼은 연애가 아니다. 집안일 해야지, 애는 울어 대지, 남편의 잘생긴 얼굴 뜯어먹고 살 만큼 한가하지 않다. 게다가 잘생긴 남자는 다른 여직원들이 작업 걸까 봐 회사에 보내 놓고도 불안하다. 그리고 나 또한 그에 상응하는 외모를 가꾸기 위해 늘 노력해야 하니 이 얼마나 파곤한 삶인가. 그냥 같이 다니기에 창피하지 않을 정도면 된다.

❷ 남자의 과거

어떤 여자를 만났는지, 데이트는 어떻게 했는지 등 남자의 과거를 궁금해하는 사람들이 있다. 그저 단순한 호기심이라면 문제없지만 보통 이렇게 꼬치꼬치 물어보는 여자들은 다 마음속에 차곡차곡 쌓아 놓는다. 언젠가는 터뜨릴 비상 폭탄으로. 과거에 얽매이는 사람은 현재에도 절대 행복할 수 없다. 나이 삼십 줄에 과거 없는 남자가 어디 있겠는가? 그게 더 비정상이다. 행복한 현재를 위해서라도 과거에 대한 관심은 과감히 포기해라.

❸ 시어머니가 어머니가 될 수 있다는 기대

YOUR MOM

세상이 참 좋아져서 시어머니를 '엄마'라고 부르는 며느리 종족도 늘어났다. 약간의 보수 성향이 있는 나에게는 참 괴이한 현상이다. 아무리 시어머니가 엄마가 됐다고 하더라도 친정 엄마만 하겠는가. 그러니 시어머니에게 친정 엄마만큼의 배려와 이해를 바라는 것은 스스로 괴로움을 불러일으키는 처사다. 어느 정도의 차이를 인정하고 사는 게 훨씬 속 편하다.

평범한
일상을 뒤집는
유쾌한 발상

낡은 편견을 깨고 싶을 때

사회가 힘들게 하는 날

게으른 관찰과 섣부른 결론

-

〈상식〉

모두가 고개를 끄덕이는 생각.
하지만 뒤집으면 식상.
상식과 식상은 동전의 앞뒷면.
우리는 늘 상식이라는 핑계를 대며
식상하기 짝이 없는 고정관념을 눈감아 준다.
게으른 관찰과 섣부른 결론.
고정관념은 늘 이 두 개의 먹이를
뜯어먹으며 우리 몸속에 기생하고 있다.

_〈머리를 9하라〉(정철, 리더스북, 2013) 중

게으른 관찰과 섣부른 결론으로 생긴 고정관념이 점점 한쪽으로 치우치면 그 생각은 편견이 된다. 우리가 사는 지구상에는 인종이나 음식, 문화 등과 관련된 수많은 편견들이 존재하는데, 깊이 생각할 시간, 분석한 후에 행동할 여유가 없어 지레짐작하는 과정에서 생겨난다.

일상에 널리 퍼져 있는 편견 중 하나는 혈액형에 관한 것인데 "B형 남자여서 그래"라든지, "아~ 걔 AB형인 것 같았어"와 같은 말들이 그 예다. '더치페이 하는 남자는 쪼잔하다'는 생각 또한 남자들의 분노를 일으키는 편견일지도 모른다. '핀란드 사람들은 자일리톨 껌을 씹는다'도 마찬가지인데, 나는 이 말을 철석같이 믿고 자일리톨 껌을 여행 기념품으로 사기 위해 핀란드의 온 마트를 헤집고 다닌 적이 있다. 우리나라 제과 회사가 껌을 많이 팔기 위해 만들어 낸 이야기라는 사실은 한참 뒤에야 알았다. 우리는 많은 사람들이 옳다고 생각하는 바에 근거해 편견을 만들고, 이런 편견은 고정관념이 되어 독특하고 넓은 프레임의 사고와 점점 멀어진다. 21세기가 원하는 창의적인 인재상과 정반대로 말이다.

동화책은 유치해

동화 작가를 꿈꾸는 내 친구는 언젠가부터 나에게 동화책 한 권씩을 선물하기 시작했다. '유치하게 무슨 동화책? 글자도 몇 줄 없는 데다가 읽고 나면 남는 것은 하나도 없고, 글 잘 못 읽는 어린애들이나 보는 책 아니야?'라고 생각했는데, 이보나 흐미엘레프스카의 《두 사람》을 읽으면서 동화책에 대한 편견을 하나씩 버리게 되었다. 곁에 두고 반복해서 읽을수록 의미가 다르고 생각할 거리를 주는 매력에 빠졌고, 그때부터 나의 동화책 사랑은 시작되었다.

아저씨의 일은 생각을 모으는 거야.
예쁜 생각, 미운 생각, 즐거운 생각, 슬픈 생각, 슬기로운 생각, 어리석은 생각, 시끄러운 생각, 조용한 생각, 긴 생각, 짧은 생각.
아저씨에겐 모든 생각이 다 중요하단다.

또 다른 동화책 《생각을 모으는 사람》은 생각들을 흙 속에 심으면 알갱이의 상태로 사방에 흩어져 꿈꾸는 사람들의 이마에 내려앉아 새로운 생각으로 자라난다는 이야기다. 생각을 모으는 일을 하는 부루퉁 아저씨는 세상의 모든 생각이 다 소중하다고 말한다. 물론 아저씨도 사람인지라 싫어하는 생각이 따로 있지만 그 생각들이 마음을 다칠까 봐 내색은 하지 않는단다. 수많은 '생각'에 대해 다시 한 번 생각하게 만드는 동화책이다. 몇 페이지 안 되는 이 책을 오랜 시간 음미한 후 나는 수많은 생각을 똑같이 소중하게 여기는 부루퉁 아저씨의 모습이 우리가 가져야 할, 특히 교사로서 내가 가져야 할 모습이 아닌가 곰곰이 생각하게 되었다.

　다른 생각을 존중해야 다양성의 세상에서 긍정적으로 살 수 있을 텐데, 자기애가 지나친 나는 나와 다른 것이 틀리다고 생각하는 경향이 있었다. 생각이 다른 사람들을 '비정상'으로 치부할 때도 많았으니 말이다. 분명 남의 생각을 수용하고 받아들이는 게 중요하다고 배웠는데, 어른이 되면서 그 사실들을 조금씩 잊어 가는 것은 아닐까 하는 생각이 든다. 그리고 서른두 살에 다시 동화책을 펼쳐 보며 인생에서 가장 당연하면서도 소중한 생각들의 의미를 곱씹어 보았다.

한 번만 뒤집어 생각하면 인생이 즐거워진다

-

삶의 방식에 정석이란 존재하지 않는다. 개개인의 삶이 수학 공식처럼 일정한 방식으로 딱딱 떨어지지도 않을 뿐더러 생활 환경이나 마음가짐에 따라 바뀌니 당연하다. 그런데도 정석이란 말은 여기저기에 달라붙어 우리의 행동을 천편일률적으로 제한한다. 그러니 우리 인생은 다른 사람의 인생과 크게 다를 바 없고 재미도 없다. 남들과 다른 나만의 재미있는 삶을 창조하기 위해서는 평범한 일상을 뒤집는 유쾌한 발상들이 필요하다. 인생에 대한 반듯한 정의를 뒤집고 비틀어 삶 속에 새로운 생각들을 심어 주는 《내 머리 사용법》의 짧고 기발한 글들처럼 말이다.

〈더치페이〉

더치페이는 사람 냄새가 나지 않아서 싫은가?
그럼 자네가 계산하게.

　사람과 사람이 만나다 보면 돈 쓸 일이 생긴다. 밥을 먹고 차도
마셔야 하니 당연한 일이다. 학생 때는 자연스럽게 더치페이를 했
는데 사회인이 되어 돈을 벌게 되면 계산대 앞에 설 때마다 '누가
계산하지?'라는 걱정이 앞선다. 물론 내가 재벌 집 딸이라면 매번
계산하겠지만 하늘은 그런 축복을 주시지 않았고, 비슷한 처지에
혼자 다 계산하자니 뭔가 손해나는 기분이다. 그렇다고 어렸을 때
처럼 더치페이를 하자니 왠지 계산적인 것 같다는 고정관념 때문
에 또 고민이다.
　이런 나의 고민을 한 방에 날려 준 글이 있으니 바로《내 머리
사용법》의 〈더치페이〉였다. 사람 냄새가 안 난다는 핑계로 더치페
이를 망설이고 있다면 그냥 내가 계산하면 된다는 촌철살인의 한
마디. 그렇다. 얼마 되지 않는 돈 가지고 손익을 따지는 것부터가
사람 냄새 안 나는 일인 것을, 나는 누가 정하지도 않은 고정관념에
틀어박혀 별 쓸데없는 고민을 하고 있었던 것이다. 사람 냄새 나게
내가 내면 그만인데.
　몇 년 전만 해도 소수의 지인들만 불러 파티처럼 진행하는 '하

우스 웨딩'이나 형식적이고 딱딱한 주례사를 거부하고 스토리텔링으로 식을 진행하는 '주례 없는 결혼식'은 그야말로 새롭고 독특한 문화였다. 사실 남들이 이런 결혼을 한다면 정말 멋지다며 두 손 모아 축하하겠지만 막상 내가 그 주인공이 되려니 용기가 나지 않았다. '축의금으로 본전 찾기'라는 미션에서 담담해질 마음의 여유와 낡은 관습에 익숙해진 부모님을 설득해 낼 자신이 없었기 때문이다. 결국 나는 남들과 똑같이 몇백 명을 수용하는 예식장에서 진부한 주례사를 들으며 1시간 반 동안 공장에서 찍어 내는 듯한 결혼식을 치렀다. 남들과 같은, 일반적인 과정을 따라가야 잘 사는 것이라는 생각이 나를 지배했기 때문이다. 나의 머리는 기존의 틀에 얽매여 제대로 작동하지 못했다.

〈생각에 대한 생각〉

'생각'을 한자로 써 보세요.

잘 생각나지 않으세요? 생각이 날 리 없습니다. 생각은 한자어가 아니니까요. 그런데 누군가가 '生角'이라고 썼다면, 미안하지만 틀렸어 너는 함정에 빠졌어 라고 말해야 할까요? 어쩌면 '생각'은 '生角'일지도 모릅니다. 남들 사는 대로 둥글둥글 사는 게 아니라 뿔처럼 뾰족뾰족 각을 세우며 사는 것, 그것이 진짜 생각일지도 모릅니다. 로댕의 생각하는 사람이 100년 동안 똑같은 자세로 앉아 있는 이유도 100년 동안 똑같은 생각만 하고 있기 때문일 겁니다.

《내 머리 사용법》의 글들을 읽다 보면 삶에 대한 새로운 시각을 얻게 된다. 생각은 실제로 '生角'일지도 모른다는 말이나 경력을 거꾸로 읽으면 역경이듯이 그냥 얻어지는 경력은 없다는 주옥 같은 멘트, 빨주노초파남보를 확인하려 하는 사람들은 무지개를 볼 수 없다는 글 등은 생각하며 사는 날보다 아무 생각 없이 사는 날이 훨씬 많은 우리에게 세상을 새롭게 볼 기회를 준다. 그리고 이러한 시선은 인생을 좀 더 즐겁게 한다.

내 주변에서 유일하게 하우스 웨딩과 주례 없는 결혼식의 2단 콤보로 주위를 놀라게 한 사람은 바로 친오빠였다. 100명 정도의 조촐한 하객들과 함께한 하우스 웨딩. 예식장에서 나눠 주는 뻔한 혼인 서약서 대신 서로의 진심을 담은 세상에 단 하나뿐인 편지를 읽는 두 사람을 보며, 주례 대신 양가 부모님과 두 사람의 오작교 역할을 한 분의 축사를 들으며 진정한 결혼의 의미를 되새길 수 있었다.

그야말로 남들과 차별화된 멋진 결혼식이었다. 주례는 없었지만 남들이 우려한 것처럼 가볍지 않았고, 소수의 사람들이 축복한다고 덜 축복받는 결혼식도 아니었다. 어쩌면 축의금 내고 밥만 먹고 가는 일반 결혼식보다 훨씬 더 진심으로 축복받는 결혼식이 아니었을지. 화려한 조명은 없었지만 두 사람이 함께 손을 잡고 걷던 버진 로드 Virgin Road 는 내 인생에서 본 가장 아름다운 길이었다. 그렇다. 남들 눈 신경 쓰지 않고 조금만 다르게, 한 번만 뒤집어 생각하면 인생은 지금보다 훨씬 감동적이고 즐거울 것이다. 본인뿐만 아니라 모두에게 말이다.

발상의 전환이 가져온 문학

-

서로가
소홀했는데

덕분에
소식듣게돼

_하상욱 단편 시집 〈애니팡〉 中에서

시 〈애니팡〉을 통해서 하상욱 시인을 처음 알게 되었다. 집들이에 온 후배가 "언니, 이 시 알아요?"라며 휴대폰을 건네주는데 나는 그 짧은 글의 묘한 느낌을 알아채고는 한참을 웃었다.

그날부터 그의 단편 시집 《서울 시》를 정독하기 시작했다. 나는 국어국문학을 전공했지만 시나 소설에 푹 빠져 있던 문학소녀는 아니었다. 솔직히 말해 문과였으나 이과적 두뇌, 특히 수학에 엄청난 두뇌 회전력을 갖고 있는 문·이과계의 반인반마半人半馬, 켄타우로스였달까. 그랬으니 소설이나 시 한 편 읽는 것보다 수학 문제 하나 더 푸는 것을 좋아했다. 시를 읽는다는 것은 등 따숩고 배부른 사람들에게나 먹힐 법한 '부유한 독서 취향'이라는 고정관념이 강해 대학교 때는 현대시 강독 시간이 가장 괴롭고 힘들었다. 그런 내가 하루 만에 시집 한 권을 다 읽었다. 그것도 엄청나게 놀라운 집중력으로.

여운을 남기는 위트가 잔뜩 담긴 이 시집을 누가 상상이나 했을까. 랩도 아닌데 라임을 맞추고, 길지 않아서 금방 읽을 수 있는 데다가 숨은 의미를 파악할 필요 없이 절로 킥킥 웃음이 나는 시를. 시집 한번 읽을라치면 목욕재계는 않더라도 경건한 장소에서 마음을 다잡아야만 할 것 같은데, 이 시들은 마음이 안 잡힐 때 읽어도 되고 짬짬이 시간을 내어 읽을 수도 있다. 그리고 그냥 피식 웃을 수 있을 만큼 경쾌하다. 그야말로 발상의 전환이고 현대인들의 감성을 자극하는 맞춤형 문학이랄까.

이게 시냐면서 시의 품격이 분명하게 지켜져야 한다는 목소리도 일었지만, 하상욱의 《서울 시》는 사람들에게 엄청난 호응을 일으켰다. 곧 쓰레기통에 버려질 다 쓴 치약에 '잠재력'이라는 의미를 부여하며 일상적인 소재에 생명을 불어넣어 공감을 시도한 문학. 한 번도 특별하다고 생각한 적 없는 일상적인 사물에 대한 위트 있는 애정이 사람들의 마음과 입가의 미세한 근육을 움직인다.

문학이란 사상이나 감정을 언어로 표현한 예술이라고 한다. 이 정의만큼 문학은 꼭 무겁고 진중해야만 하는 걸까? 난 아니라고 본다. 머리 식히려고 잠깐 읽는 시도 내가 어떻게 느끼느냐에 따라 정말 다른 의미로 전달될 테니까. 보통의 시처럼 예쁘고 아름답지는 않지만, 단어 하나 또는 문장 하나로 현대인의 심금을 울리고 생각을 깬 새로운 시 장르의 출현. 나는 이 책이 반갑다.

낡은 편견을 깨고 싶을 때 필요한 책

《생각을 모으는 사람》 모니카 페트, 김경연 옮김, 풀빛, 2001
《내 머리 사용법》 정철, 리더스북, 2009
《서울 시》 하상욱, 중앙북스, 2013

자꾸 가고 싶어지는 이색 도서관

❶ 서울에서 가장 예쁜 정독도서관

도서관이 예쁘다는 말에 반문하는 사람들도 있겠지만 내가 가장 좋아하는 도서관은 서울 중심부에 있는 정독도서관이다. 입구에 펼쳐진 큰 분수대와 연못, 원두막 그리고 꽃나무들이 사계절의 정취를 물씬 느끼게 한다. 지하철 3호선 안국역에서 내려 도서관까지 올라가며 돌담길과 아기자기한 가게들을 보는 재미도 쏠쏠한데, 마치 소풍 가는 것처럼 설렌다.

❷ 한강이 훤히 보이는 광진정보도서관

1996년 옛 광나루터에 개관한 광진정보도서관은 우리나라에서 유일하게 한강변에 위치한 도서관이다. 도서관에서 바라보는 강변의 운치가 정말 좋은데 특히 문화동과 도서관동을 잇는 구름 다리에서 통유리 창을 통해 바라보는 풍경은 단연 최고다. 책상도 한강을 향해 배치되어 있으니 책을 읽으면서 강과 어우러진 도시의 은은한 경관까지 함께 즐길 수 있다. 비싼 돈 내고 고급 스카이 라운지에서나 느낄 수 있는 정취를 이곳에서는 공짜로, 시간 제한 없이 느낄 수 있다.

❸ 책이 있는 놀이터, 느티나무도서관

도서관은 조용해야 한다는 고정관념을 깨고 책이 있는 놀이터로 변신한 느티나무도서관. 이곳은 용인시에 자리한 작은 사립 공공 도서관인데 즐길 거리가 무궁무진하고 자유로운 분위기가 특징이다. 문턱이 없어서 아이들이 안전하게 다닐 수 있는 온돌 마루가 있고, 겨울이면 따끈한 방바닥을 굴러다니며 만화책을 볼 수 있는 다락방도 있다. 책꽂이 옆에는 그네가 있어서 그네를 타면서 책 읽는 아이들도 있다. '여기라면 아이들이 도서관에 대한 편견 없이 자유롭게 책을 즐길 수 있겠구나' 하는 확신이 든다.

우정에 대한 회의가 생길
문득 엄마 생각에 뭉클할
가족이 평생의 숙제처럼 여
질 때, 삶의 방향을 진지히
고민할 때, 내 삶에 만족히
못할 때#

4

나, 그리고
우리를
생각하는 날

중요한 건 눈에 보이지 않는 거야

우정에 대한 회의가 생길 때

나는 지금까지 잘 살아온 걸까

-

얼마 전 휴대폰을 새로 바꾸면서 500명 가까운 사람들의 연락처가 저장돼 있다는 사실을 알았다. 한 명 한 명 이름을 살펴보니 예전에는 친했지만 지금은 연락이 뜸한 사람들이 대부분이었다. 앞으로 연락할 일이 없을 것 같은 사람들의 번호를 하나씩 지워 나가다 보니 순식간에 100여 명의 연락처가 삭제되었다. 그러고 나서 다시한 번 훑어보는데 지우지 않은 사람들 중에서도 상당수가 통화 버튼을 눌러 안부를 묻기 불편한 사람들이었다. 100명의 연락처를 지우면서도 가슴이 먹먹하고 쓸쓸했는데 남은 400명의 연락처를 보고 있으니 마음이 더 헛헛해졌다. '나는 지금까지 잘 살아온 걸까' 하는 의구심이 고개를 들었다. 선뜻 대답할 수 없었다.

이루어질 수 없는 우정은 없다

-

대학 시절의 친구들보다 초·중·고등학교 때 친구들이 더 편한 것은 사실이다. 그런데 전자보다 후자가 더 쉽게 잊히기도 한다. 사회생활을 하느라 각자의 삶이 바쁘고, 결혼을 하면서 자신의 가정에 더 충실하다 보니 어쩔 수 없다. 너의 잘못도 나의 잘못도 아니다. 상황이 그러할 뿐.

나는 결혼을 하면서 친정에서 2시간 정도 떨어진 곳에 터를 잡아 동네 친구들과 만날 기회가 자연스럽게 줄었다. 처음에야 배려한답시고 서로의 중간 지점쯤으로 약속 장소를 정했지만 매번 맞추는 것도 조금씩 불편해지기 시작했다. 약속을 잡는 것 자체가 스트레스 요인이 된 것이다. "어디서 볼까?"라는 메시지를 읽고도 오랜 시간 답을 하지 않을 때, 그저 망설이며 서로의 배려를 기대하는 모습을 보며 나는 깨달았다. 우리에게 너무나 높은 벽이 생겼다는 것을. 슬프게도 그 벽은 거리를 빙자한 마음의 벽이었다.

"우리가 영원히 친구로 남게 되면 좋겠다. 우린 영원히 친구가 될 수는 있지만, 함께 있을 순 없어. 너는 육지에서 살아야 하고, 나는 바다에서 살아야 하니까. 그래도, 난 절대로 널 잊지 않을 거야."

《아모스와 보리스》는 육지 동물인 쥐 아모스와 바다 동물인 고래 보리스의 우정을 담은 동화책이다. 그들의 공통점은 포유류라는 것 말고는 아무것도 없다. 사는 곳도 다르고 사는 방식도 다르다. 그런데 그들은 서로를 도우며 우정을 배우고 영원한 친구가 되기로 약속한다. 누군가는 말할지도 모른다. 이건 동화 속 이야기일 뿐이라고. 그래서 가능한 일이라고. 그렇다. 정말 말도 안 되는 일이라고 나도 생각한다. 하지만 이 동화책을 읽은 아이들 중에는 나와 같은 생각을 하는 아이가 한 명도 없었다. 이미 세상의 때를 탄 나는 '친구가 되기 위해서는 같은 육지 동물이거나 바다 동물이어야 해'라는 나름의 기준을 정해 놓은 것이다. 하지만 우정에 대한 편견이 없는 순수한 아이들은 누구나 친구가 될 수 있다는 것을 인정한다. 그러니 그들은 동화책에 시비를 걸지 않는다.

머리가 큰 후 우리는 우정에도 조건과 환경을 따진다. 이 사람이 나에게 득이 될지 아닐지를 따지며 연락처를 교환하고, 주고 나면 꼭 받아야 한다는 머릿속 계산이 감정을 지배하기도 한다. 실제로 내가 지운 연락처의 주인들 중 대부분은 내 결혼식에 오지 않은 사람들이었다. 경조사에 참석하지 않는 사람이라면 굳이 연락하면서 지낼 필요가 없다는 나만의 논리로 그들은 내 연락처에서 지워졌다. 결혼식에 올 수 없었던 중요한 이유가 있었는지도 모르지만 나는 그걸 알려고도, 알고 싶어 하지도 않았다. 득이 되지 않는 사람들이니 내 휴대폰에서, 그리고 마음속에서 지워 버려야 한다고 결론 내렸을 뿐.

하지만 《아모스와 보리스》의 두 동물은 어떤가. 보리스는 아무런 대가 없이 아모스를 구해 주었고 아모스도 보리스가 죽을 위기에 처했을 때 기꺼이 도와주었다. 서로에게 대가를 바라지 않는 순수한 마음. 상대방을 위해 자신을 조금 희생할 수도 있는 배려. 진짜 우정이란 이런 것이 아닐까. 나는 그동안 우정을 너무 계산했던 것은 아닐까?

보리스는 코끼리 머리 위에 서 있는 아모스를 돌아보았어. 거대한 고래의 두 볼 위로 눈물이 흘러내렸지. 조그만 쥐의 눈에서도 눈물이 흘렀고. 아모스가 찍찍댔어. "안녕, 보리스!" 보리스도 천둥처럼 소리를 질렀어. "안녕, 아모스!" 보리스는 파도 속으로 사라졌어. 아모스와 보리스는 서로 만날 수 없다는 것을 알고 있었지. 하지만, 서로를 절대로 잊지 않으리란 것도 알고 있었어.

아모스와 보리스가 우정을 나누는 장면은 참 인상적이었다. 평화로운 바다를 배경으로 모든 면에서 정반대인 두 동물이 등을 맞댄 채 여유로운 미소를 짓고 있는 모습. 그 장면은 바다의 어떤 풍랑에도 끄떡없는 우정과 서로에 대한 신뢰를 보여 주었다. 그리고 다시는 만날 수 없을 그들의 이별 장면을 지켜보며 난 한없이 마음을 동동거렸다.

'몸이 멀어지면 마음도 멀어진다'는 말을 끔찍이도 믿었던 나는 친구들과의 물리적 거리가 멀어졌을 때 심리적 거리마저 멀어지는 상황을 어쩔 수 없다며 방관했다. 그런데 너무나 다른 환경과 모습으로 지내 왔기에 결코 가까워질 수 없을 것 같던 이 두 동물의 우정을 지켜보고 있자니, 서로를 믿고 배려하는 진실한 마음이 무엇보다 소중하다는 것을 새삼 깨닫게 된다.

상처 받지 않을 만큼의 적당한 거리를 두라고?

-

'애니어그램'이라는 성격·기질 분석법이 있다. 간단하게 말해 성격을 파악하기 위한 테스트 정도로 생각하면 된다. 깊이 들어가면 수십 수백 가지의 성격으로 분류되지만 일반적으로는 9개의 유형으로 나뉜다. 그중 본인의 유형만 정확히 알아도 보다 나은 삶을 살 수 있다고 한다. 그래서 나는 친오빠의 권유로 애니어그램 공부를 시작했다. 나를 잘 알면 다른 사람도 더 잘 이해할 수 있고, 그러면 사람들과의 관계를 원만하게 유지하는 데도 큰 도움이 되리라 생각했기 때문이다.

검사 결과 나는 3유형, 즉 성취욕이 강한 독수리 유형이었다. 이 유형은 꿈이 크고 성공하고자 하는 욕구가 강한 사람에게 나타나는데, 사회적인 지위와 개인의 성취를 중시하며 융통성과 적응력이 뛰어나다고 한다. 반면 기회주의적이고 자기중심적이기 때문에 주변 사람들과 깊은 관계를 맺기보다 스스로의 욕구에 유독 충실하다는 것이 단점이다. 그리고 두루두루 많은 사람들에게 인정받고 좋은 관계를 유지하려 하며, 자신의 감정을 드러냄으로써 사람들과의 관계가 불편해지는 것을 극도로 꺼리기 때문에 늘 어느 정도의 거리를 두고 사람들을 대한다고도 한다. 그런 것 같다. 나는 친구들 사이에 일정한 거리를 유지하며 상처 받지 않기 위해, 불편한 관계가 되지 않기 위해 무던히 노력했다. 서로를 존중하되 넘으면 안 되는 선은 지키는 사이. 그런데 아이러니하게도 상처 받지 않을 만큼의 거리를 유지하려는 노력이 오히려 사람들과 더 멀어지게 만들었다. 그래서 결국 연락처에 있는 많은 사람들 중에서 쉽게 통화 버튼을 누를 수 있는 사람이 몇 안 되는 상황을 초래했다.

"넌 아직까진 내게 수많은 아이들과 다를 게 없는 꼬마야. 그러니 나에겐 네가 필요 없어. 물론 너도 내가 필요 없겠지. 너에겐 내가 다른 수많은 여우와 똑같은 여우에 지나지 않을 테니까. 하지만 만일 네가 나를 길들이면 너와 난 이 세상에 하나밖에 없는 존재가 될 거야……."

《어린 왕자》에서 자신을 길들여 달라고 말하는 여우의 이 대사를 나는 참 좋아한다. 여우에게는 어린 왕자가 다른 수많은 소년들 중 하나일 뿐이고, 어린 왕자에게도 여우는 다른 수많은 여우들 중

하나일 뿐이다. 서로를 필요로 하지 않는다. 하지만 상대방에게 길들여지면 서로가 세상에서 유일한 존재가 된다는 여우의 말은 '친구와 미적지근한 관계를 유지하라'고 재촉하던 나의 마음에 조금씩 변화를 이끌어 냈다.

서로에게 유일한 존재가 되는 관계. 그것이 바로 우정이지만 나는 어쩌다 받을지도 모를 작은 상처에 두려움을 느끼고 있었다. 부탁을 거절당할까 봐 친구에게 기대지 않고 모든 걸 혼자 해결하려고 노력했고, 내가 의지하지 못하니 친구가 나에게 기대면 더더욱 부담스러웠다. 심지어 불합리하다는 생각도 들었다. 그래서 조금씩 그런 상황을 피했고, 결국 적당히 미적지근한 관계를 유지하는 것이 오랫동안 친구와 호흡할 수 있는 유일한 길이라고 단정하게 되었다.

공허한 계산, Give & Take

-

여자가 친구들과의 관계를 정리하게 되는 시기는 바로 결혼을 할 때다. 이쯤 되면 결혼식에 초대할 사람과 초대하지 않아도 될 사람이 명확히 구분되고, 초대하지 않아도 될 사람과 초대해도 오지 않은 사람들은 바로 관계 정리의 대상이 된다. 실제로 해 보면 안다. 나는 결혼을 하면서 '30년 동안 인생을 헛살았구나'라는 생각까지 했으니.

친한 친구들에게 가장 서운했던 때도 바로 결혼 준비를 할 때다. 친한 친구들은 대부분 나보다 일찍 결혼한 편이다. 그러다 보니 웨딩 촬영이다, 들러리다, 함 들어오는 날이다 뭐다 해서 나에게 도움을 청하는 경우가 많았다. 거절을 잘 못하는 성격인 나는 그런 부탁에 늘 오케이로 답했고 그녀들의 결혼식 날에는 친구들이 웨딩 카를 타고 떠나는 순간까지 식장에 남아서 뒷일을 도왔다. 친구의 행복을 함께 나눌 수 있어서 기뻤고 그게 당연하다고 생각했다.

하지만 문제는 바로 내가 결혼을 준비할 때였다. 절친한 친구가 아기 때문이라는 핑계로 웨딩 촬영에 못 온 것은 물론이요, "식장에 남편하고 같이 갈 거라서 좀 힘들 것 같아"라는 변명으로 신부 가방을 들어 줄 들러리도 피했지, 결혼식 날조차 늦게 오는 바람에 신부 대기실에서 사진도 같이 못 찍었다.

물론 친구의 사정도 이해가 안 되는 바는 아니지만 '나를 배려하고 생각했다면 조금 더 신경 써 줄 수 있었을 텐데……'라고 생각하자 마음속에서 분노가 '욱' 하고 올라왔다. 우정에는 조건도, 대가도 없어야 한다지만 나는 주는 게 있으면 받는 것도 있어야 한다는 현실적인 여자라 그런지 서운함이 쉽게 가시지 않았다. 그런 행동들은 '나를 소중히 여기지 않아서'라는 결론으로 이어져 이후로 그 친구가 무언가를 부탁할 때마다 나름대로의 핑계를 대며 거절하기 시작했다. 아주 소심한 복수였던 셈이다.

"내 비밀은 아주 단순해. 중요한 것은 눈으로 보는 게 아니야. …… 사람들은 이 진실을 잊어버렸어. 하지만 넌 잊어선 안 돼. 언제나 네가 길들인 것에 마음을 주려고 노력해야 해."

눈에 보이는 것들에 집착하며 친구를 마음속에서 조금씩 밀어냈던 나. 하지만 자신의 장미꽃이 유일한 존재가 아니라는 사실에 슬퍼하는 어린 왕자에게 여우가 건넨 이 문장을 읽을 때마다 곁에 있는 친구를 돌아보게 된다. 어린 왕자는 자신의 장미가 소중한 이유가 작은 일들을 함께 겪으며 쌓아 온 시간 때문임을 깨닫고 그가 사랑하는 장미를 보호할 책임을 되새긴다.

사실 나에게 그 친구가 소중했던 이유도 마찬가지였다. 친구라고 불리는 사람들은 많았지만 우리가 함께 보낸 시간은 다른 어떤 친구와의 추억보다 남달랐다. 결혼식으로 한창 예민할 때라 친구의 행동이 눈에 거슬리고 이루 말할 수 없이 속상했지만, 정말 중요한 건 눈에 보이지 않는 법이다. 내가 준 것과 받은 것을 비교하며 공허한 계산에 매달리고 괴로워할 것이 아니라, 눈에 보이지는 않지만 나를 생각하는 친구의 마음을 좀 더 살폈어야 했다. 행동만으로 친구의 마음까지 모두 판단할 수는 없으니까 말이다.

길들인다는 것은 상대방의 삶에 깊숙이 파고들 만큼 정서적으로 돈독해짐을 의미한다. 어떤 대가도 없이 헌신적으로 장미를 보

살피는 어린 왕자의 자세야말로 우리가 만들어 가야 할 우정의 모습이 아닐까. 주고받는 계산으로 우정의 깊고 얕음을 재는 나를 되돌아보게 하는, 어른으로 성장하면서 눈에 보이지 않는 우정의 가치를 잊지는 않았나 생각하게 하는《어린 왕자》! 그래서 읽을 때마다 새롭다.

우정에 대한 회의가 생길 때 필요한 책

《아모스와 보리스》윌리엄 스타이그, 우미경 옮김, 시공주니어, 1996
《어린 왕자》생텍쥐페리, 김경주 옮김, 허밍버드, 2013

진한 우정을 다룬 영화

❶ 언터처블 – 1%의 우정(2011)

상위 1%의 귀족남 필립과 하위 1% 무일푼남 드리스의 우정을 그린 영화로, '진짜 우정은 이런 거야'라는 메시지를 전한다. 드리스는 필립의 질서 정연한 삶에 웃음과 즐거운 일탈을 주고, 필립은 정돈되지 않은 드리스의 날것 그대로의 삶이 정돈될 수 있도록 도와준다. 그들은 서로 달라서 상대방의 부족한 부분을 채워 줄 수 있었고, 서로에게 진심을 표현하였기에 상대방의 진심도 알아볼 수 있었다.

마음이 따뜻해지고 싶은 날, 웃음과 감동이 필요한 날, 못된 기운이 나를 지배하고 있는 날 이 영화를 보자. 해독 주스처럼 몸 안의 나쁜 기운을 쭉쭉 빼 줄 것이다.

❷ 굿바이 마이 프렌드(1996)

호기심이 왕성한 에릭과 어린 시절 수혈로 에이즈에 감염된 덱스터. 이 두 소년은 덱스터의 병을 치료할 약을 찾기 위해 모험을 감행하기도 하고, '죽은 척' 장난도 하면서 눈물 나도록 감동적인 우정을 나눈다. 에릭이 덱스터에게 우정의 상징으로 준 운동화의 의미를 곱씹다 보면 나와 친구들의 관계에 대해 생각하게 된다. 나는 얼마나 많은 운동화를 나눠 주었을까? 그들의 아름답고도 슬픈 우정은 눈물과 더불어 나를 되돌아보는 기회까지 제공한다.

엄마의
내일은
어떤 모습일까?

문득
엄마 생각에
뭉클할 때

나를 바꾸는 존재

-

올해 초 감기를 아주 심하게 앓았다. 평소에는 철도 씹어 먹을 기세지만 어느 순간 얼굴이 붉어지고 건기침을 하더니 체온이 순식간에 40℃를 넘어가고 있었다. 신종 플루 검사에 양성 반응이 나왔고, 결국 B형 독감이라는 진단을 받았다. 겨울이 다 가기 전부터 S/S 패션쇼를 하며 싸돌아다닌 결과로 올 것이 온 것이었다.

고열을 동반한 목감기는 숨 쉬기조차 어렵게 만들었다. 열을 내리려 물수건을 올려놓으면 온몸이 으슬으슬 떨렸고, 그렇다고 또 내려놓으면 덥다고 변덕을 부렸다. 근육이 욱신거려 화장실까지 걸어가기가 힘들었고, 얼마나 기침을 했는지 갈비뼈에도 통증이 느껴졌다. 열을 드라마틱하게 내려 준다는 독감계의 독보적 존재 타미

플루도 처방받고 해열제, 코감기 약 등 필요한 약은 모두 있었지만 먹고 싶지 않았다. 온몸을 두들겨 맞은 것처럼 아픈데도, 열이 펄펄 끓는데도, 천식 환자처럼 기침을 하는데도 끝까지 약을 안 먹고 버텨 보려 했다.

내 배 속에 예쁜 아기가 있기 때문이었다. 난 엄마니까 말이다.

엄마에게도 엄마가 필요해

-

나는 역마살이 꼈는지 어렸을 때부터 여행을 참 좋아했다. 거창하게 여행이라 하지 않아도 돌아다니는 것 자체를 즐겼다. 그래서 결혼도 여행을 좋아하는 사람과 했고 신혼 때는 세면도구와 카메라 하나만 챙겨서 주말마다 무계획 여행을 떠나곤 했다. 그런 우리에게 여행의 즐거움을 나눌 2세가 생겼다. 그야말로 축하할 일이었다. 하지만 인생은 제로섬이라 하던가. 포기해야 할 것들이 하나둘씩 생겨나기 시작했다. 평소 좋아하던 술자리도, 스트레스가 쌓일 때마다 남편과 함께했던 치맥의 즐거움도 나는 모두 포기해야 했다. 몸은 점점 무거워졌고 잠은 쏟아졌으며 빨빨대며 돌아다닐 체력까지 잃었다. 급기야 자존심과도 같았던 9cm 힐에서 내려와 땅꼬마로 환생해야 했으니 말 다했다.

물론, 아무도 이런 행동을 강요하지 않았다. '그래야 한다'는 무언의 가이드라인만 있었을 뿐. 평소 같으면 "가이드라인 따위 필요 없고 내 인생은 내가 설계한다"며 막무가내로 행동했겠지만 이번 만은 달랐다. 배 속에 있는 아기를 위해 예비 엄마의 지침을 자발적으로 선택한 것이다. 그러면서 애 셋쯤 낳아 키워 본 사람처럼 친구들에게 으스대기 시작했다.

"엄마가 된다는 건 정말 대단한 일이야."

아마 우리 엄마들이 들었다면 코웃음을 쳤을 테다.

너는 엄마와 부엌을 따로 생각해 본 적이 없었다. 엄마는 부엌이었고 부엌은 엄마였다. 엄마가 과연 부엌을 좋아했을까? 하는 의문을 가져 본 적이 없었다.

4년 전 《엄마를 부탁해》를 처음 읽었다. 늘 자식을 묵묵히 보살펴 주던 엄마가 실종되면서 가족들이 엄마의 존재를 새로이 느끼는 과정을 담은 이야기다. 인터넷에 '엄마'라는 단어를 치면 헌신이나 희생이라는 단어가 연관 검색어로 나오는 것처럼, 나도 어릴 때는 희생을 엄마의 당연한 의무처럼 생각했다. 그래서 엄마가 자신의 현재를 포기하면서 나의 미래를 한 땀 한 땀 채워 주는 것에 대한 고마움은 전혀 느끼지 않았다. "왜 이것밖에 못해 줘?" 하고 원망하거나, "알 것 없어"라며 소외감만 안겨 줬다. 그런데 결혼을 하고 엄마가 될 준비를 하면서 이 책을 다시 읽자 엄마에 대한 궁금증이 터져 나왔다.

'우리 엄마, 예전에는 어떤 사람이었을까?'

'엄마는 뭘 좋아했을까?'

'엄마의 꿈은 무엇이었을까?'

내가 기억하는 엄마는 슈퍼우먼이었다. 집안일이면 집안일, 내조면 내조, 못하는 게 없었고, 오빠와 나의 학창 시절에는 운전기사 노릇까지. 몸이 열 개여도 모자랐겠지만 단 한 번도 불만을 내뱉는 모습을 본 적이 없다. 알뜰한 살림꾼이었던 엄마의 옷은 늘 똑같았고 세련되게 단장하는 날도 많지 않았다. 하지만 자식들 먹는 것, 공부시키는 것에는 조금도 아끼지 않아 오빠와 나는 남부럽지 않을 만큼 건강하고 반듯하게 자랐다. 오로지 자식들을 위해 한 평생을 희생해 온 엄마. 유일한 바람이 자식들 잘 자라는 것이었던 우리 엄마가 《엄마를 부탁해》 속의 엄마와 너무 닮아서일까. 이제는 제목만 봐도 뭉클해진다.

내가 엄마로 살면서도 이렇게 내 꿈이 많은데 내가 이렇게 나의 어린 시절을, 나의 소녀 시절을 나의 처녀 시절을 하나도 잊지 않고 기억하고 있는데 왜 엄마는 처음부터 엄마인 것으로만 알고 있었을까.

사실 우리 엄마는 '억척스럽다'는 단어와는 거리가 먼 사람이었다. 여행을 좋아해서 주말이면 어린 나의 손을 잡고 등산을 갔고,

방학 때면 늘 가족 여행을 떠났다. 가끔은 턴테이블에 LP판을 올려 놓고 크게 음악을 듣던 분위기 있는 여자이기도 했다. 내 피아노 반주에 맞춰 통기타를 치며 노래를 불렀고, 사진 찍는 취미가 있어 고급 필름 카메라도 여러 대 소장하고 있었다. 어찌 보면 내가 지금 여행을 좋아하는 것, 음악을 좋아하는 것, 사람을 좋아하는 것 모두 엄마의 영향을 받았다고 해도 과언이 아니다.

엄마에게도 엄마가 아닌 시절이 있었다. 그녀만의 인생, 처녀 시절, 그리고 이루고 싶었던 꿈도 분명 있었을 것이다. 그런데 자식들을 위해 자신의 욕망은 모두 내려놓고, 가족들을 위해 허리띠를 졸라매며 사느라 기타와 필름 카메라에는 오랫동안 먼지가 쌓였다. 엄마가 없으면 안 되는, 엄마의 희생이 필요한 가족들을 위해 여행은 잠시 보류. 자식들 뒷바라지를 위해 개인적인 취미 활동은 무기한 연기. 그렇게 엄마의 꿈은 엄마가 됨으로써 일시 정지되었다.

하지만 엄마에게도 엄마가 필요하다. 늘 본인보다 가족이 우선이었던 엄마가 자신의 삶을 보다 행복하게 즐기기 위해서는. 이제 우리가 그 역할을 할 때다.

엄마의 내일

–

여행은 어디로 가는지도 중요하지만 누구와 함께 가는지도 매우 중요하다. 어떤 사람과 가느냐에 따라 여행지에서의 감흥도 다르고, 하루 일정을 마친 후 숙소에서 나누는 이야기도 다를 것이며 그로 인한 추억 또한 달라지기 때문이다. 그래서 혼자 여행을 떠난 적도 있고, 친구들과 간 적도 있다. 그런데 엄마와 단둘이 여행할 생각은 단 한 번도 하지 않았다. 분명 나와 다른 감성, 다른 걸음걸이일 것이며 무엇보다 세대 차이를 느낄지도 모르는 엄마와의 여행이 그리 만만하지는 않을 거라 예상했기 때문이다.

아주 친한 친구나 사랑하는 연인이 여행 도중에 크게 싸워 돌아오는 비행기를 따로 타는 것을 여러 번 봤다. 그들이야 서로 남남이니까 그렇게 여행에서 돌아오더라도 상관없지만 엄마와의 여행에서 그런 사태가 벌어진다면? 생각만 해도 끔찍하다. 그리고 호텔 패키지 여행이야 좀 낫겠지만 나의 삽질 가득한 배낭여행을 엄마와 함께한다는 것은 감히 상상조차 할 수 없었다. 하지만 《엄마, 일단 가고 봅시다!》의 저자는 우선 '지르고' 봤단다. 엄마와 함께 세계 배낭여행을.

활짝 웃으며 앞사람의 춤을 따라 추는 엄마. 소심하던 엄마의 동작이 점점 커진다. 엄마가…… 여행을 즐기고 있다! 바로 이 순간이다. 내가 엄마와 함께 여행을 하고 싶었던 이유. 거창할 필요가 있나? 그저 엄마가 '노는' 모습을 보고 싶었다. 좀 더 정중히 표현하자면 엄마가 아무런 걱정 없이 어린아이처럼 순간을 즐기는 모습을 보고 싶었다.

나 역시 한 번도 엄마가 제대로 '노는' 모습을 본 적이 없다. 그저 친구분들과 놀러 가서 이렇게 저렇게 즐기다 왔다는 이야기만 들었을 뿐. 내게 엄마는 언제나 내 이야기에 귀를 기울이고, 등을 토닥이고, 어떤 문제든 해결해 주는 '어른'이었다. 그런데 이 책을 읽고 나니, 나도 갑자기 엄마의 숨겨진 모습들이 궁금해졌다. 내 '유흥 유전자'가 엄마에게서 온 것이 분명하다면(아무리 봐도 아빠는 아니다) 엄마의 노는 모습도 꽤 볼만할 텐데 말이다.

"엄마는 살면서 처음으로 내일이 막 궁금해져."
한 번도 생각해 보지 못했다. 엄마가 되기 전에는 당신에게도 소망하는 내일과 기대하는 미래가 있었을 텐데, 엄마가 된 이후로는 자신을 내려놓은 채 온전히 누나와 나만을 위해 살았다는 사실을.

오늘을 살아 내는 데 모든 신경을 곤두세웠던 엄마를 떠올리니 이 부분이 마음에 와 닿았다. 나에게 내일의 꿈과 계획이 있었던 것처럼 엄마에게도 내일이 있었을 텐데……. 내일에 대한 설렘 없이 현재에 충실할 수밖에 없었던 엄마의 위치와 의무감이 가슴을 먹먹하게 했다. '엄마'라는 뭉클한 조미료가 더해져서 그런지, 아니면 읽는 내내 우리 엄마를 생각하며 과도하게 감정 이입을 해서인지 다른 여행기를 읽을 때보다 훨씬 진한 농도의 감동이 밀려왔다. 그리고 나의 엄마에게도 이렇게 묻고 싶어졌다.

"엄마, 내일은 뭐가 하고 싶어?"

자식이 어렸을 때는 엄마가 자식을 지키고 염려한다. 하지만 나이가 든 엄마는 어느 순간 자식에게 모든 걸 의지한다. 그러니 나는 엄마를 지키고 염려해야 한다. 이 짠한 사실을 깨닫기 위해 나는 엄마와 여행을 떠난 건 아니었을까.

《엄마, 일단 가고 봅시다!》를 읽은 후, 그동안 귀찮고 바쁘다는 핑계를 대면서 엄마와의 여행을 외면했던 시간들이 아쉬웠고, 엄마에게 많이 미안해졌다. 이 책의 저자처럼 무작정 일을 저지르는 것도 나쁘지 않다는 생각이 든다. 책을 읽으며 어렵게 얻은, 엄마와 함께하는 여행에 대한 용기가 부디 사라지지 않았으면 좋겠다. 지금 당장은 아니더라도 언젠가는 꼭 엄마와 함께 여행을 떠날 수 있게 말이다.

잊어버리는 것과 잃어버리는 것

-

잊어버리는 것과 잃어버리는 것은 다르다. 단어의 생김새도 다르지만 의미도 다르고 쓰이는 상황도 완전히 다르다. 우리는 무언가를 잊어버리면 그저 잊는 것으로 마무리한다. 머릿속에서 지워 버리기 때문에 다시 찾지 않는다. 아니, 찾을 필요가 없다. 그래서 엄마가 우리에게 베푼 사랑이나 헌신, 희생은 쉽게 잊는다. 지금 와서 기억하자니 받은 사랑이 부담되고 새삼스러워 그저 잊어버리려고 노력하는지도 모른다. 반면에 무언가를 잃어버리면 꼭 찾고야 만다. 머릿속에서 지워지지 않은 채 계속 남아 있기 때문이다. 지하철에서 물건을 잃어버리면 유실물 센터에 전화를 걸어 어떤 물건인지, 언제 잃어버렸는지 이야기하며 접수하고, 택시에 두고 내린 휴대폰은 기사 아저씨에게 요금을 더블로 얹어 주면서까지 찾아낸다. 값으로 매기자면 물건이야 비싸 봤자 돈 백만 원이다. 하지만 엄마의 사랑과 존재는 얼마로 값을 매겨야 할까? 너무 대단해서 값을 매길 수가 없다더니, 우리는 오히려 공짜인 줄 알고 가치조차 부여하지 않는다. 그러니 자꾸 잊는 것이다.

언니, 단 하루만이라도 엄마와 같이 있을 수 있는 날이 우리들에게 올까? 엄마를 이해하며 엄마의 얘기를 들으며 세월의 갈피 어딘가에 파묻혀 버렸을 엄마의 꿈을 위로하며 엄마와 함께 보낼 수 있는 시간이 내게 올까?

지금의 나는 든든한 버팀목이 있는 따뜻한 가정에서 엄마의 희생과 헌신, 사랑을 받고 자랐기 때문에 존재한다는 것을 잊지 말아야 한다. 그리고 엄마와 함께할 수 있는 시간이 언젠가는 사라질 거라는 사실도.《엄마를 부탁해》의 주인공들처럼 엄마와 같이 보낼 수 있는 시간을 모두 잃어버리기 전에, 뒤늦게 눈물을 흘리며 후회하기 전에 엄마에게 받았던 배려와 무한한 사랑을 그대로, 그 이상 돌려드리고 싶다.

오늘은 엄마가 더 보고 싶다.

문득 엄마 생각에 뭉클할 때 필요한 책

《엄마를 부탁해》 신경숙, 창비, 2008
《엄마, 일단 가고 봅시다!》 태원준, 북로그컴퍼니, 2013

엄마가 생각나는 영화

❶ 인어 공주 (2004)

과거 스무 살이던 엄마와의 짜릿한 만남을 그린 영화로 엄마의 젊은 날을 생각하게 한다. 조금 밋밋하지만 애잔해서 눈물을 흘리다 보면 가슴이 절로 따뜻해진다. 대사로 다 전해지지 않는 사이사이의 감정들이 굿이고, 제주도의 멋진 배경이 영화의 아름다움을 더한다. 엄마와 함께 보기에도 좋은 영화다.

❷ 애자 (2009)

상상도 하지 못한 엄마의 이별 통보. 내가 딸이라면 어떤 기분일까? 무뚝뚝한 성격 때문에 평소 엄마에게 사랑하는 마음을 표현하지 못한 딸들에게 추천한다. 장례식장에서 "지금 가면 못 오나, 안 가면 안 되나"라는 딸 애자의 대사에서는 눈물이 주르륵. 가식적인 모녀 이야기가 아니라 현실적이고 솔직해서 더 슬픈 영화다. 휴지 꼭 준비할 것.

❸ 수상한 그녀 (2014)

어려운 시절, 남편 없이 아들과 억척스럽게 살아온 어머니상을 잘 보여 주는 작품이다. 영화 내내 웃음을 자아내는 장면들이 많아 재미있게 보다가도 엄마가 또다시 자식을 위한 선택을 하는 장면에서는 잠시 울컥하기도 한다. 순도 100%의 기분 좋은 영화. 무엇보다 부모님의 지나온 삶에 대해 생각해 볼 수 있어서 추천하고 싶은 영화다.

이 세상의 아버지들은 모두 외롭다

—

보통의 한국 아버지들은 무뚝뚝하고 엄격한 이미지다. 모든 아버지가 그런 것은 아니지만, 어머니와의 친밀감에 비하면 자식들에게는 아버지와의 관계가 어렵고 어색하기만 하다. 그래서 어머니는 엄마라고 부르면서도 아버지는 아빠라고 부르지 못하는 아이러니한 상황이 펼쳐진다. 아마도 어릴 때, 어머니와 지지고 볶으며 보낸 시간에 비해 아버지와 살 맞대고 애교 부릴 시간은 턱없이 부족했기 때문일 것이다. 엄마에 대한 아련한 추억은 한두 가지쯤 마음속에 있지만 아버지와의 추억을 더듬어 보면 '글쎄올시다' 하는 대답만이 돌아오는 이유이기도 하다. 대한민국의 아버지들은 그래서 외롭다.

265

"설령 목숨을 파는 거라 해도 전 피를 팔아야 합니다."

대한민국의 아버지들만 외로운 게 아니다. 중국의 아버지도 외롭고 쓸쓸하다. 《허삼관 매혈기》를 읽다 보면 세상의 모든 아버지들이 외롭다는 것을 자연스레 알게 된다. 이 소설은 허삼관이라는 이름의 아버지가 자식들을 먹여 살리기 위해 피를 파는 이야기다. 피를 팔아 삶을 꾸려 나간다? 얼핏 생각하면 '얼마나 능력이 없으면……' 하며 혀를 쯧쯧 찰지 모르겠지만 당시에는 자식들을 살리기 위해 어쩔 수 없는 선택이었다. 그야말로 생명까지 바치는 '전쟁 같은' 사랑이다. 사실 피를 팔아 자식을 먹여 살린다는 소재 자체가 짠하고 안타까운데도 나는 이 책을 읽으며 피식피식, 때로는 깔깔거리며 웃었다. 아버지의 슬프고 고달픈 삶이 눈시울이 뜨거워질 만큼 안타깝지는 않았던 모양이다. 책장을 끝까지 넘기기 전까지는 말이다.

어렸을 적 아버지에 대한 기억이라고는 일주일에 한 번 용돈 기입장을 확인하던 일, 밤늦게 숙제를 검사하던 일처럼 '확인', '검사', '허락'과 관련된 것들이다. 아버지에게 늘 존댓말을 했던 나는 "아빠, 라면 끓여 줘", "아빠, 인형 사 줘"라며 반말로 애교를 부리는 친구들이 그렇게 부러울 수가 없었다. 우리 아버지는 팔짱 한 번 제대로 끼기 힘든, 엄격한 돌부처 같았기 때문이다. 어렸을 때의 이미지 때문인지 나는 지금도 아버지를 대하는 게 어렵기만 하다.

하지만 내가 어른이 되고 아버지의 사회적 존재감이 작아져 그 어느 곳에서도 아버지를 원하지 않는다는 사실을 알게 되었을 때, 나는 늘 당당하고 자신감 넘쳤던 아버지의 초라해진 뒷모습을 처음으로 보게 되었다. 희끗희끗한 머리, 지친 얼굴, 내려앉은 어깨, 예전보다 당당해 보이지 않는 걸음걸이. 늘 한자리에 꼿꼿하게 서 있을 것만 같던 아버지가 자신감을 잃어버린 모습은 나를 꽤 힘들게 했다. 그동안 내가 아버지한테 기댔던 만큼 아버지가 내게 기댈지 모른다는 부담감도 마음을 무겁게 하는 이유 중 하나였다. 평생 아버지의 헌신과 희생으로 이렇게 잘 살아왔음에도 불구하고 이제 내가 아버지의 역할을 해야 한다는 사실이 무거운 짐처럼 느껴졌는지도 모른다.

"이 자식들아, 너희들 양심은 개한테 갖다 주었냐? 아버지를 그렇게 말하다니. 너희 아버지는 피 팔아 번 돈을 전부 너희를 위해서 썼는데. 너희 삼형제는 아버지가 피를 팔아 키웠다 이 말이다. 생각들 좀 해 봐. 흉년 든 그해에 집에서 매일같이 옥수수죽만 먹었을 때, 너희들 얼굴에 살이라고는 한 점도 없어서 아버지가 피를 팔아 국수를 사 주셨잖니. 이젠 완전히 잊어 버렸구나."

허삼관은 피를 팔고 최소 3개월이 지나야 다시 팔 수 있다는 사실을 무시하고 아들을 위해 3일에 한 번 꼴로 피를 뽑으며 죽을 고비를 겨우겨우 넘긴다. 그러다 노인이 되자 늙은이의 피는 죽은피가 많아 돼지 피 정도밖에 값을 못 쳐준다며 매혈을 거절당한다. 이제 자신이 쓸모없어졌다는 생각에 눈물을 쏟으며 동네를 돌아다니는 허삼관. 이런 아버지를 보고 자식들은 동네 사람들 보기 창피하다고 핀잔을 준다.

목숨을 내놓고 지키려 했던 자식들에게 이런 푸대접을 받는 허삼관을 마주하자 깔깔거리며 책장을 넘기던 내 얼굴에서 미소가 사라지기 시작했다. '저런 나쁜 자식, 양심도 없는 놈들'이라고 비난했는데, 왠지 그들이 아버지의 희생을 당연하다고 생각했던 나와 다를 바 없다는 생각이 들었다. 우리 아버지도 허삼관처럼 피만 안 팔았을 뿐, 가족을 부양하기 위해 자신의 젊은 날을 다 쏟으셨다. 이제는 자식들의 부양을 받으며 여생을 보낼 자격이 충분한데도 불구하고 나는 혹여나 힘이 없어진 아버지가 나에게 너무 많은 것을 바라지는 않을까, 기대지는 않을까 걱정하고 있었던 것이다. 허삼관의 자식들과 뭐가 다르겠나.

돼지 간 볶음 한 접시와 데운 황주의 의미

-

아버지가 건강 검진을 받았을 때였다. 젊은 시절부터 담배를 하루에 한 갑씩 피우신 터라 사실 걱정이 한가득이었다. 물론 어디 크게 아픈 곳 없이 건강하셨지만 친구의 부모님들이 하나둘 쓰러지시거나 병원에 입원하시는 모습을 보니 남의 일로만 여겨지지 않았다.

그런데 아버지는 건강 검진을 왠지 꺼리는 것 같았다. 알고 보니 혹시라도 결과가 안 좋을까 봐 걱정이 돼서라고. 나는 그때 아버지의 눈빛을 보고 알았다. 단지 자신의 몸이 아플까 봐 우려하는 것이 아니라, 혹시라도 자신이 아파 자식들에게 짐이 될까 봐 걱정하는 눈치였다. 당장 내 몸 아픈 것보다 자식들 앞일이 더 걱정인 아버지의 모습이 허삼관과 겹쳐졌다. 자식들에 대한 아버지의 희생, 그 깊이는 도대체 얼마나 되는 걸까.

"저야 내일모레면 쉰이니 세상 사는 재미는 다 누려 봤죠. 이제 죽더라도 후회는 없다 이 말입니다. 그런데 아들 녀석은 이제 겨우 스물한 살이라 사는 맛도 모르고 장가도 못 들어 봤으니 사람 노릇 했다고 할 수 있나요. 그러니 지금 죽으면 얼마나 억울할지⋯⋯."

《엄마를 부탁해》를 읽으며 엄마를 떠올렸듯, 《허삼관 매혈기》를 읽으며 아버지를 생각하게 된다. 분명 가볍고 재미있는 책이지만, 우리에게 던지는 질문만큼은 결코 가볍지 않다. 그렇기에 더 많이 짠하다.

'사랑'이라는 말은 누구에게나 감동을 불러일으킨다. 자식에 대한 부모의 사랑이든, 연인에 대한 사랑이든, 이웃에 대한 사랑이든. 누구에 대한 것이든 그 사랑은 존중받을 만한 가치가 있고 귀하다. 그런데 나는 아무런 대가 없이 늘 받기만 했던 부모님의 사랑, 특히 아버지의 사랑에 대해서는 너무나 인색했던 게 아닐까?

허삼관은 아내와 자식을 위해 매혈을 한 후 자신을 위해서는 고작 돼지 간 볶음 한 접시와 데운 황주를 먹었다. 그 음식의 의미를 깨달을 수 있다면, 우리는 아버지의 사랑과 그의 인생을 조금 더 이해할 수 있지 않을까? 허삼관의 말 한 마디, 한 마디가 아버지의 티 나지 않는 지독한 사랑을 짐작하게 한다.

"난 나중에 네가 나한테 뭘 해 줄 거란 기대 안 한다.
그냥 네가 나한테, 내가 넷째 삼촌한테 느꼈던 감정만큼만
가져 준다면 나는 그걸로 충분하다.
내가 늙어서 죽을 때, 그저 널 키운 걸 생각해서
가슴이 좀 북받치고, 눈물 몇 방울 흘려 주면
난 그걸로 만족한다."

인생의 밑바닥일 때 손을 내밀어 주는 사람들

-

이제는 조금씩 잊혀 가는 싸이월드, 새로운 강자로 떠오른 카카오 스토리, 그리고 많은 사람들의 관심을 꾸준히 받고 있는 블로그에는 늘 지인들의 평화롭고 즐거우며 럭셔리한 일상이 올라온다. 나는 그런 일상을 훔쳐보며 부러워하기도, 시샘하기도 한다. 간혹 이런 매체를 불신하는 사람들은 자신의 삶을 대외적으로 '자랑질'하

는 모습이 이해가 안 간다며 고개를 갸우뚱한다. 나도 가끔은 '그들의 삶은 행복한 걸까?', '늘 평화로울까?', '진정 안녕한 걸까?' 하는 의문이 든다. 지지고 볶으며 살다 보면 분명 '허니'였던 남편이 한순간에 원수가 될 때도 있을 테고, 눈에 넣어도 아프지 않을 만큼 사랑하는 아이들이 삶의 족쇄가 될 때도 있을 텐데 말이다. 하긴, 공개된 장소에 누가 그런 푸념을 늘어놓을까. 생각해 보니 공개된 장소에 찌질한 일상과 고달픈 삶을 드러낸다면, 그 사람도 그것을 보는 사람도 유쾌하지 않을 거라는 생각이 든다.

그런데 막장도 이런 막장이 없다 싶은 가족을 훔쳐보다 보면 나도 모르게 힐링이 되는 소설이 있다. 인생이 잘 풀리지 않아 엄마의 집으로 다시 모인 세 남매의 사연을 담은 《고령화 가족》. "언제나 텅 비어 있는 컴컴한 부엌에서 우리의 모든 끼니를 마련해 준 엄마에게······"로 시작하는 첫 문장을 읽으며 엄마의 무한한 희생과 사랑에 관한 이야기일 거라고 짐작했다. 그러나 그보다 한 단계 넘어서서 가족이라는 보금자리에 대해, 가족의 따뜻한 사랑에 대해 이야기하는 소설이었다. 한 명 한 명의 캐릭터가 살아 숨 쉬어 재미있게 읽을 수 있다.

나는 아주 평범한 가정에서 자랐다. 결혼할 나이가 되어 내 오빠가 이복 오빠라는 충격적인 사연을 맞닥뜨린 것도 아니요, 내가 엄마의 외도로 태어난 자식이라는 사실이 있지도 않았다. 그저 머리를 빡빡 깎아 놓으면 나랑 똑같이 생긴 오빠를 보며 '그래도 우리는 같은 엄마의 배에서 나왔구나!' 하고 안도의 한숨을 쉬었고, 늘 나를 배려하고 하나라도 더 주려는 오빠가 있었기 때문에 내 인생이 가족에게 발목 잡혀 끌려다닌다는 느낌을 받은 적은 한 번도 없었다. 그래서 이 소설을 읽는 내내 가슴이 답답했다. '나에게 이런 가족이 있다면?'이라는 질문을 던졌을 때, 자기애가 극도로 강한 나의 대답은 한결같았다.

'나에게 들러붙은 가족을 모르는 척하거나, 구질구질한 삶을 가족이라는 족쇄로 엮으려는 그들에게 안녕을 고한다.'

하지만 반대로 내가 소설 속의 둘째 아들처럼 탈출구도 없고 구원의 빛도 보이지 않는 낭떠러지에 도달했다면? 재기가 불가능한 파산에 이르렀다면? 아무런 희망이 없는 인생의 침체기에 접어들어 가족의 도움이 절실하다면? 그런데 가족들이 나와 똑같은 마음가짐으로 날 외면한다면? 그러면 나는 어떻게 살아야 할까?《고령화 가족》의 문장들은 이기적인 나에게 가족에 대해 다시 한 번 생각해 보라고 말한다.

– 배고프지? 어여 집에 가서 밥 먹자.
오함마가 교도소에서 나올 때마다 엄마는 그렇게 말했었다. 엄마에게는 아마도 혹독한 세상살이가 도무지 정체를 알 수 없는 무시무시한 괴물처럼 느껴졌을 것이다. 그래서 끝내는 자식들이 실패한 원인을 찾을 수 없었을 것이다. 엄마가 알고 있는 것은 그저 '사람은 어려울 때일수록 잘 먹어야 한다'거나, '몸만 성하면 된다'는 식의 막연하고 단순한 금언들뿐이었다. 그래서 엄마가 해 줄 수 있는 것이라곤 자식들을 집으로 데려가 끼니를 챙겨 주는 것뿐이었으리라. 어떤 의미에서 엄마가 우리에게 고기를 해 먹인 것은 우리를 무참히 패배시킨 바로 그 세상과 맞서 싸우려는 것에 다름 아니었을 것이다. 또한 엄마가 해 준 밥을 먹고 몸을 추슬러 다시 세상에 나가 싸우라는 뜻이기도 했을 것이다.

"내가 밑바닥을 치면서 기분 더러운 일이 많았다. 그래도 좋은 점이 있다. 바로 사람들이 걸러진다는 거다. 진짜 내 편인지, 내 편인 척하는 사람인지."

드라마 〈별에서 온 그대〉의 천송이의 말처럼 인생이 밑바닥일 때 아무렇지도 않은 듯 손을 내밀어 주는 사람은 그리 많지 않을 것이다. 심지어 가족이라도.

《고령화 가족》의 엄마는 '가족'이 어떤 존재인지를 몸소 보여 준다. 그녀는 삶이 뒤죽박죽 엉켜 바닥을 보이는 자식들에게 가족이라는 이유 하나만으로 언제나 돌아올 수 있는 보금자리를 마련해 주고 든든한 끼니를 챙겨 준다. 언제고 다시 일어나 세상으로 걸어 나갈 힘을 주듯이 말이다. 세상 모두가 등을 돌려도 서로 보듬으며 기댈 수 있는 존재가 바로 가족이라고 담담하게 말하는 것 같다. 내가 엄마였다면 그런 상황에서 익지도 않은 삼겹살을 먼저 먹겠다며 싸우는 자식들에게 "이런 짐덩어리들아! 지금 이 상황에 고기

"사람은
어려울 때일수록
잘 먹어야 한다"

가 넘어가냐?" 하며 한 소리 퍼부었을 텐데.

누군가에게 보호받는 기분이 얼마나 좋은 것인지 새삼 깨달았다. 그러고 보면 나는 평생 보살핌만 받았을 뿐 누군가를 돌본 적이 한 번도 없었다. 헌신적으로 나를 보살피는 캐서린을 지켜보며 나는 한 인간의 삶은 오로지 이타적인 행동 속에서만 완성되어 간다는 생각이 들었다. 누군가를 돌보고 자신을 희생하며 상대를 위해 무언가를 내어 주는 삶……. 거기에 비추어 보면 나의 삶은 얼마나 이기적이고 불완전한 삶이었던지.

늘 서로 사랑하고 행복하기만 한 가족이 어디 있겠는가. 가끔은 가족이란 존재가 무겁게 느껴질 때도 있고 심지어 외면하고 싶을 때도 있다. 하지만 가족은 《고령화 가족》에서처럼 언제나 든든한 힘이 되는 보금자리가 아닐까. 평생의 숙제처럼 여겨지는 그 관계에서 도망치고 싶었던 나를 가족 안으로 조용히 끌어들인 이 소설. 가족 내에서의 나의 모습과 역할에 대해 다시 한 번 생각하게 한다.

가족이 평생의 숙제처럼 여겨질 때 필요한 책

《허삼관 매혈기》 위화, 최용만 옮김, 푸른숲, 2007
《고령화 가족》 천명관, 문학동네, 2010

가족의 의미를 생각하게 하는 영화

❶ 흐르는 강물처럼(1993)

초록빛 자연이 펼쳐진 아름다운 영상과 주옥같은 대사들, 그리고 브래드 피트의 '꽃청춘'이 만나 제목처럼 잔잔한 여운을 주는 영화이다. 자식들에게 절대적인 존재로, 감정을 잘 표현하지 않는 무뚝뚝한 아버지와 그런 아버지를 순종적으로 받아들이는 형 노먼, 그리고 엄격한 통제로부터 반항하고 벗어나려는 동생 폴. 이 세 사람의 관계를 통해, 가족이란 완벽히 이해할 수는 없더라도 완벽히 사랑할 수 있다는 걸 느껴 보는 건 어떨까?

❷ 인생은 아름다워(1999)

유태인 말살 정책이 자행되던 1930년대 말을 배경으로 하는 이 영화는 한 가정의 아버지, 어머니, 아들이 수용소로 끌려가는 비극적인 상황을 다룬다. 하지만 아버지는 아들을 안심시키기 위해 수용소 생활을 게임이라 설명하며 1,000점을 먼저 따는 사람에게 탱크를 선물로 준다는 세계 최고의 거짓말을 한다. 암담한 순간에도 아들에게 아름다운 인생을 선물하고 싶었던 아버지의 사랑이 감동적이다. 절망 속에서도 서로에게 힘이 될 수 있는, 가족이라는 울타리를 다시금 생각하게 하는 영화가 아닐까.

삶의 방향을
진지하게
고민할 때

내가
살고 싶은
삶은……

열네 살의 내가 꿈꿨던 집

-

"희린아! 이것 좀 봐 봐. 여기 고추 보이지? 옥수수도 이렇게 많이
자랐다. 이거 다 엄마가 심은 거야. 그냥 따서 먹어도 돼. 농약 하나
도 안 쳤거든."

"어휴, 엄마! 힘들지도 않아? 난 그냥 보기만 해도 피곤하다."

귀차니즘을 기본으로 장착한 나는 엄마가 펼쳐 놓는 밭농사 이
야기를 듣는 것만으로도 피곤했다. 까맣게 그을린 엄마의 얼굴을
보고 '저 많은 걸 언제 다 심은 거야', '왜 사서 고생인 걸까' 하는
생각이 들어 짠하기도 했지만.

얼마 전 아들딸 모두를 분가시킨 부모님은 공기 좋은 곳에서 살
고 싶다며 가까운 곳의 전원주택으로 이사를 했다. 농사의 '농' 자

도 모르던 엄마는 인터넷의 힘을 빌려 텃밭에 이것저것 심고 재배하며 하루하루를 부지런히 보내고, 강아지가 흙을 밟고 뛰어놀 수 있는 공간도 생겼다며 좋아하셨다. 계속 아파트에 살았기 때문에 집 관리나 편의 사항에 대해서는 불편투성이였을 텐데 엄마는 삶에 더 만족하는 것 같았다. 마당에 나가 풀을 뽑고 밭에서 재배한 파, 고추, 깻잎 등을 사람들과 나누며 성취감을 느끼면서 말이다. 엄마는 '어디서' 살아야 할지보다 '어떻게' 살아야 할지에 대한 깨달음을 뒤늦게 얻은 것 같았다.《제가 살고 싶은 집은》의 두 저자들처럼.

《제가 살고 싶은 집은》은 건축가 이일훈과 건축주인 국어 교사 송승훈이 경기도 남양주에 한옥 '잔서완석루'를 함께 지으며 나눈 이메일을 엮은 책이다.

"이일훈 선생님, 선생님과 집을 짓고 싶습니다."

"좋습니다, 송승훈 선생님."

그런데 이 뒤에 이어지는 질문은 내 예상을 완전히 비껴 나간다.

송 선생님은 어떤 집을 꿈꾸고 계신가요?
어떻게 살기를 원하시나요?

아마도 나라면 "발코니 확장을 한 30평대 넓이에 방 네 개 정도는 있어야 해요. 한강이나 탄천을 끼고 있어 언제든 산책을 나갈 수 있으면서 교통도 편리한 곳을 선호하고요. 방에서 엘리베이터를 부를 수 있거나 주차장 위치를 감지하는 첨단 시설이 구비되어 있으며 이왕이면 최근에 지은 브랜드 아파트면 좋겠어요. 아, 그리고 지금은 저평가되었지만 앞으로 집값이 오를 가능성이 있다면 더 좋을 것 같아요. 그래야 나중에 팔 때 이익을 볼 수 있을 테니까요"라고 대답했을 것이다. 그런데 송승훈 건축주는 어떤 집을 꿈꾸느냐는 질문에 이렇게 대답한다.

구름배 같은 집이고 싶습니다.
땅의 바람길을 아는 집이면 좋겠습니다.

진짜 환상의 콤비다. 비용은 묻지 않고 "어떻게 살기를 원하시나요?"라고 묻는 로맨틱한 건축가와 황석영의 소설 《장길산》에 '구름이 머무는 절'이란 의미로 등장한 운주사雲舟寺를 인용하는 이상적인 건축주. 첫 장부터 이런 대화가 톡 튀어나오니 좀 당황스럽지만 신선했다. 그리고 이런 두 사람이 지은 집은 어떤 모습일지 무척이나 궁금해지기 시작했다.

중학교 1학년 때였던가. 지금은 교육 과정에서 사라진 실과 시간에 '내가 살고 싶은 집'을 구상하여 우드락woodrock으로 모형을 만든 적이 있다. 건축에는 관심도 없는 어린 나이였지만 나에게는 집에 대한 확고한 주관이 있었다. 없는 손재주로 설계 도면을 그리고 설계에 맞게 우드락을 자르고(바닥에 대고 칼질을 하다 장판까지 자르는 바람에 엄마한테 엄청 혼나기도) 본드로 붙여 며칠 만에 완성한 집은 2층으로 된 전원주택이었다. 1층에는 10명 정도가 쓸 수 있는 긴 식탁을 놓고, 2층은 햇빛이 따사롭게 들어오는 통유리 창을 설치했으며 거실 전체를 서재로 만들었다. 책과 사람이 어우러진 공간이 중학교 1학년 때 내가 생각한 미래의 집이었던 것이다. 지금 꿈꾸는 집과는 전혀 반대인 셈이다.

어떻게 살기를 원하시나요?

–

인테리어와 관련된 온라인 커뮤니티나 블로그에 들어가면 아기자기하고 예쁘게 꾸며 놓은 집들을 볼 수 있다. "진짜 예뻐요" 하고 댓글을 달면서 판매처나 견적에 대해 묻기도 하고, 나 또한 신혼집을 능력껏 꾸민 후 사진을 찍어 카페에 올리기도 했다. 드라마나 영화에 평소 동경하는 집이 나오면 '나도 저렇게 꾸며야지'라는 생각에 사진을 찍고 컴퓨터에 폴더를 따로 만들어 저장하기까지 했다. 이 책을 읽기 전까지는 말이다.

집 분위기는 이웃에 위세 부리지 않고, 주변을 비웃지 않았으면 좋겠습니다. …… 각자 힘닿는 대로 할 수 있는 만큼 하고, 서로 그것을 북돋아 줄 때 세상이 조금 더 나아지지 않을까 합니다.

《제가 살고 싶은 집은》의 비범한 건축가와 이상적인 의뢰인의 이야기를 들으니 뒤통수를 세게 얻어맞은 느낌이다. 내가 그토록 바라던 집은 고급스럽고 모던하며 넓어 보이는 집, 즉 100% 남들에게 '잘 보이기 위한 집'이었는데, 이 책에서 건축주는 이웃에 위세 부리지 않는 집을 원한단다. 주변 집보다 우리 집이 훨씬 좋아 보였으면 하는 게 사람 마음인데 주변을 비웃지 않았으면 좋겠단다. 진짜 이상적인 사람이다. 정말 이상한 사람이다. 고개를 갸우뚱하며 900일 동안 두 사람이 주고받은 이메일을 읽을수록, 내가 원했던 삶의 방식이 너무 진부하게 느껴졌다. 허영심만 번지르르 흐르고 있었으니, 나야말로 이상한 사람이었다.

이 책 덕분에 '집'과 '집을 짓는다는 것'이 어떤 의미인지를 다시 생각하게 되었다. 건축가가 제시한 도면에 건축주가 "이대로 합시다"라며 계약서에 서명한다고 집이 지어지는 것이 아니었다. '어떤 집에서 살지'를 먼저 생각하기보다 '어떻게 살지'를 충분히 고민해야 진짜 나에게 맞는 집을 지을 수 있다.

《모리와 함께한 화요일》에서 죽음을 눈앞에 둔 모리 교수가 제자들에게 전하는 말을 새겨듣다 보면 '어떻게' 살아야 하는지에 대한 해답을 조금은 얻을 수 있다.

"의미 없는 생활을 하느라 바삐 뛰어다니는 사람들이 너무 많아. 자기들이 중요하다고 생각하는 일을 하느라 분주할 때조차도 그 절반은 자고 있는 것과 같지. 엉뚱한 것을 좇고 있기 때문이야. 인생을 의미 있게 보내려면 자신을 사랑해 주는 사람들을 위해서 살아야 하네. 자기가 공동체에 봉사하고 자신에게 생의 의미와 목적을 주는 일을 창조하는 것에 헌신해야 하네."

나는 향이 좋은 커피 한 잔을 들고 거실의 넓은 창을 통해 살랑살랑 불어오는 바람을 느끼며 바다를 바라볼 수 있는 집에서 살고 싶다. 앞마당의 넓은 테이블에서 사랑하는 사람들과 모여 앉아 맛있는 식사를 함께할 수 있는 곳. 일상에 쫓기지 않고 하늘을 바라보는 여유를 누릴 수 있는 삶. 내가 살고 싶은 삶은 그런 모습이다.

인생? 자기 소신껏 살아가면 그만

-

인생을 어떻게 살아야 하는지 물을 때 《모리와 함께한 화요일》의 모리 교수처럼 "사랑을 나눠 주는 법과 받아들이는 법을 배우는 것이 인생에서 가장 중요한 거야"라며 교과서 같은 조언을 하는 사람이 있다. 그런가 하면, 국민연금 납부가 국민의 의무라는 구청 담당자에게 "그러면 난 국민을 관두지"라고 선언하고 아들에게는 "학교 같은 거 다니지 않아도 괜찮다"고 말하는《남쪽으로 튀어》의 아버지처럼 인생은 소신껏 살아가면 그만이라고 답하는 사람도 있다. 전자는 따뜻해서 좋고, 후자는 자유롭고 쿨해서 좋다. 완전히 반대 성향인 두 주인공을 나는 삶에 대한 진지한 고민이 필요할 때마다 자연스레 찾게 된다.

대학 입학을 앞둔 아들에게 대한민국 엄마들이 부탁하는 세 가지가 있다고 한다. 첫째, 오토바이 타지 마라. 둘째, 남자 좋아하지 마라. 셋째, 운동권에 들어가지 마라. 부모님은 농담처럼 사람들 입에 오르내리는 이 세 가지 중 딸인 내게는 세 번째 항목을 부탁하셨다. 사회적 모순에 정의를 들이대며 변혁을 부르짖기보다 사회 시스템 안에 안주하기를 원하셨던 것이다. 그리고 평소 순응적인 태도로 살아왔던 나는 부모님이 바라는 그 삶이 올바른 방향이라고 생각했다.

7, 80년대 운동권 학생들을 바로 옆에서 봐 온 부모님은 혹시라도 나의 삶이 다른 방향으로 흘러갈까 봐 걱정하셨다. 나는 그런 충고를 무비판적으로 받아들여 사회가 어떻게 돌아가는지 냉정하게 살펴볼 생각조차 하지 않았다. 남들의 용기에 동의할지라도 내가 할 수 있는 최고의 반응은 페이스북의 '좋아요'를 열심히 누르는 것이었다. 그것이 내 나름의 소신이었다.

뚜렷한 좌표도 없이 부표처럼 떠도는 젊은 세대, 늘 일탈을 꿈꾸지만 정면으로 대항할 용기가 없는 우리. 그런데《남쪽으로 튀어》의 괴짜 아버지는 우리에게 발작처럼 터져 나오는 웃음을 선사하며 진짜 정의가 무엇인지, 타협과 도피의 절충 지점은 어디쯤이어야 하는지를 생각하게 한다. 그가 소설 속에서 거침없이 풀어내는 대사는 불이익을 받을까 봐 모순과 부조리를 피하는 나 같은 어른들을 향한 말들이다.

"비겁한 어른은 되지 마. …… 이건 아니다 싶을 때는 철저히 싸워. 져도 좋으니까 싸워. 남하고 달라도 괜찮아. 고독을 두려워하지 마라."

내가 정한 원칙과 신조를 지키며 사는 것이 행복한 인생이라고 말하는 괴짜 아버지의 한 마디 한 마디를 들을 때마다 사회에 대한 불만을 그저 '좋아요'로 표출하던 나의 마음속에서 무엇인가가 꿈틀거렸다. 이건 아니다 싶을 때에도 입을 다물고, 사회가 말도 안 되는 뭔가를 강요할 때에도 그저 고개 끄덕이며 받아들이던 나였다. 그런데 《남쪽으로 튀어》의 아버지는 그동안 생각조차 하지 않았던 '삶의 정의正義'가 무엇일까를 생각하게 한다. 가벼움과 무거움의 중간 지점에서, 깔깔대며 책을 읽는 동안에 말이다.

"나는 낙원을 추구해. 단지 그것뿐이야."
"허어, 낙원이라. 멀쩡한 어른이 그런 걸 믿어?"

실/어/요

"추구하지 않는 놈에게는 어떤 말도 소용없지."

　'추구하지 않는 놈에게는 어떤 말도 소용없다'는 이 한마디가 내 삶에 대한 질책처럼 느껴져, 한참을 웃다가 다시 이 문장을 멍하니 마주했다. 그리고 어떻게 살아야 할 것인지를 고민하기 시작했다. 인생과 신념을 고민할 때마다 "인생? 자기 소신껏 살아가면 그만이야!"라고 외치는 그의 목소리가 들리는 것만 같다.

삶의 방향을 진지하게 고민할 때 필요한 책
《제가 살고 싶은 집은》 이일훈·송승훈, 서해문집, 2012
《모리와 함께한 화요일》 미치 앨봄, 공경희 옮김, 살림출판사, 2010
《남쪽으로 튀어》 오쿠다 히데오, 양윤옥 옮김, 은행나무, 2006

소신 있고 단단한 삶을 보여 주는 영화

❶ 변호인 (2013)

혈연과 지연, 학연으로 똘똘 뭉친 대한민국 사회. 출신에 따라 줄만 잘 타면 출셋길이 보장되는데, 권력의 유혹에 흔들리지 않고 정의를 지킬 수 있는 사람이 과연 몇이나 될까? 주인공 송우석은 이 사회에 흔치 않은 사람으로, 불의 앞에서는 '계란으로 바위 치기' 같은 상황이라도 당당하게 맞선다. 그의 이런 소신 있는 행동은 범접할 수 없을 정도의 강한 카리스마를 내뿜어 존재 자체로 멋지다. 반대로, 그와 대비되는 비양심적 지식인을 보면 나는 얼마나 정의롭게 살고 있는지를 절로 반성하게 된다.

❷ 또 하나의 약속 (2014)

부푼 꿈을 안고 대기업에 취직한 딸이 입사한 지 2년도 채 되지 않아 백혈병을 얻어 집으로 돌아온다. 결국 제대로 된 치료도 받지 못하고 죽은 딸과의 약속을 지키기 위해, 아버지 상구는 거대 기업을 상대로 인생을 건 재판을 벌인다. 현실과 타협하지 않고 진실을 밝혀내기 위해서 말이다. "멍게는요, 태어날 때는 뇌가 있대요. 그런데 바다에 자리를 잡고 살면서 뇌를 소화시켜 버린대요"라는 상구의 대사는 우리도 멍게처럼 뇌를 소화시키면서 '생각하는 대로 사는 것'이 아니라 '사는 대로 생각하는 것'은 아닌지 일침을 놓는다.

좋은 일이 생길 거라는 희망을 잃게 되면, 그때 죽는 거야

-

열두 살의 나는 과연 어떻게 살았을까? 초등학교 5학년이던 그때는 친구들과 롤러스케이트를 타러 다녔고, 집에 오면 엄마가 해 주는 따뜻한 간식을 먹고 다시 동네 친구들과 소꿉장난이나 인형놀이를 하며 신나게 놀았다. 아직 세상에 내놓지 않은 온실 속의 화초라, 순수한 상태로 아무 걱정 없이 천진난만하게 지냈다.

2부에서 소개한 논픽션 《집으로 가는 길》의 이스마엘 베아는 힙합과 랩을 좋아하는 밝고 맑은 열두 살 소년이다. 하지만 그는 그 나이 때의 나와 너무 다르다. 최대의 다이아몬드 생산국이며 10년째 내전을 겪고 있는, '가진 게 많아 가난한 땅' 시에라리온에 태어났다는 이유만으로 불행한 삶을 겪기 때문이다. 이웃 마을에 장기

자랑을 하러 가던 길에 소년병으로 붙잡혀 한 손에는 총을, 또 다른 손에는 마약을 들고 사람들을 죽여야 했다.

행복할 수 있는 권리를 박탈당한 어린 소년의 처절한 아픔과 상처가 나의 가슴에 깊이 박혀서인지, 가르치는 아이들에게 삶에 대한 감사를 느끼게 하고 싶었다. 그래서 방학 때 진행하는 독서 캠프에서 이 책만큼은 늘 아이들과 함께 읽어 보려고 한다.

우리는 반군과 구별할 수 있도록 머리에 녹색 천을 질끈 두르고 길을 떠났다. 지도도 없고 질문도 하지 않았다. 그저 다음 지시가 내려질 때까지 길을 따라 걷기만 했다. 우리는 몇 시간을 내리 걷다가 잠시 쉬면서 정어리와 콘비프를 가리와 함께 먹고, 코카인을 흡입하고, 하얀 캡슐을 몇 개 삼켰다. 이렇게 약을 섞어 먹으면 힘이 용솟음치고 야수처럼 사나워졌다. 죽을지도 모른다는 생각 따위는 아예 떠오르지도 않았고, 사람을 죽이는 일이 물 한잔 마시는 것처럼 쉬웠다.

시에라리온의 전쟁에 대해서는 이 책을 통해 알게 되었다. 평소 주변에서 일어나는 일에 별 관심이 없는 나였으니 그럴 만도 하다. 그러니 학생들에게는 더욱 먼 나라의 이야기일 뿐. 아예 별나라 이야기든가.

아이들에게 알려 주고 싶었다. 힘들고 지친다는 지금의 학교 생활이 누군가에게는 평생 꿈꾸고 희망하는 일상이라는 것을. 또한 지금 우리가 흘려보내는 시간들은 누군가가 그토록 간절하게 원하는 삶이라는 것을. 그래서 아이들이 일상의 소중함을 깨달았으면 하는 바람이었다.

이스마엘이 꿈꾸는 삶은 결코 거창하지 않다. 그 나이대에 누릴 수 있는 행복일 뿐. 마음껏 뛰어놀고, 총소리가 들리지 않는 교실에서 공부하고, 가족들과 함께 평화롭게 사는 것이니 말이다. 또래인 이스마엘의 고통과 슬픔이 전해진 걸까? 처음에는 표지의 소년이 총 든 모습을 따라 하며 낄낄거리던 아이들이 조금은 숙연해져 "이게 실제로 일어난 일이라고요?"라며 되물었다. 나는 대답했다.

"우리는 잘 모르지만 아마 지금도 일어나고 있는 일일 거야. 다이아몬드가 그곳에 계속 존재한다면."

여러 감정 사이를 시계추처럼 왔다 갔다 하는 것보다는 슬픔에 머물러 있는 편이 훨씬 더 쉬웠다. 게다가 슬픔은 계속 움직여야 한다는 결연한 마음을 더욱 다져 주었다. 나는 항상 최악의 상황을 예상하고 있었기 때문에 무슨 일이 일어나도 실망하거나 좌절하지 않았다.

어른들의 욕심으로 시작된 전쟁에서 소년병들이 배운 감정은 '슬픔'이었다. 좋은 것은 좋다고 싫은 것은 싫다고 표현해야 하거늘, 느낄 수 있는 감정이 슬픔밖에 없었던 것이다. 늘 최악의 상황이라 무슨 일이 일어나도 실망하거나 좌절하지 않았다는 이스마엘이 우리 학생들 그리고 예전의 나와 자꾸 비교되었다.

"살아 있는 한, 더 나은 날이 오고 좋은 일이 생길 거라는 희망이 있단다. 더 이상 좋은 일이 생길 거라는 희망을 잃게 되면, 그때 죽는 거야."

부모님이 주고 또 줘도 현재에 만족하지 못하거나 최악의 상황이 아닌데도 지레 겁을 먹고 포기하는 아이들이 점점 늘고 있다. 게다가 수업 시간에 엎드려 자는 것, 너무 힘들다고 불평하는 것도 사실 한 손에 총을 들고 사람들을 죽여야 했던 이스마엘의 입장에서 보면 속 편하고 배부른 소리 아닌가. 나는 학생들에게 이런 메시지를 전해 주고 싶었다. 너희가 매우 행복하다는 것을 기억하라고. 그리고 《집으로 가는 길》에서 말하는 것처럼 어떤 상황에서든 희망을 가지면 더 좋은 상황이 올 거라고.

우리는 모두 이반 데니소비치의 하루를 보낸다

-

슈호프는 더없이 만족한 기분으로 잠을 청했다. 오늘 하루 동안 그에게는 좋은 일이 많이 있었다. 재수가 썩 좋은 하루였다. 영창에도 들어가지 않았고, '사회주의 단지'로 추방되지도 않았다. 점심때는 죽 그릇 수를 속여 두 그릇이나 얻어먹었다. 작업량 사정도 반장이 적당히 해결한 모양이다. 오후에는 신바람 나게 벽돌을 쌓아 올렸다. 줄칼 토막도 무사히 가지고 들어왔다. 저녁에는 체자리 대신 순번을 기다려 주고 많은 벌이를 했다. 담배도 사 왔다. 병에 걸린 줄만 알았던 몸도 거뜬하게 풀렸다.

이렇게 하루가, 우울하고 불쾌한 일이라고는 하나도 없는, 거의 행복하기까지 한 하루가 지나갔다.

《이반 데니소비치의 하루》는 제2차 세계대전에 참전했다가 독일 스파이라는 누명을 쓰고 강제 노동 수용소로 보내진 이반 데니소비치 슈호프의 하루를 그린 소설이다. 그의 하루는 아침 먹고 일하고, 점심 먹고 일한 후, 저녁 먹고 일하다가 자는 것이 전부다. 사실 일상만 따지고 보면 아침에 출근해서 일하고, 점심 먹고 일하고, 저녁 먹고 야근을 하다가 집에 돌아와 자는 우리의 모습과 크게 다를 바가 없다. 다른 점이라면 그가 있는 곳은 자유라고는 눈곱만큼도 찾아볼 수 없는 혹독한 수용소라는 것쯤?

1962년 발표된 소설임에도 불구하고 술술 읽히는 이유 중 하나도 작품의 배경인 수용소가 우리의 일상과 많이 닮았기 때문이다. 비슷한 처지의 수용자들 사이에도 서열이 존재하고 온갖 군상들이 자신의 살길만을 생각한다. 그곳에는 약아빠진 사람도 있고 멍청한 사람도 있으며, 힘이 센 사람도 있고 어디에나 빠지지 않고 아부하는 사람도 있다. 그리고 죽지 못해 산다면서 하루하루를 꾸역꾸역

버텨 내는 사람, 내일을 걱정하기보다 지금 당장이 우선인 사람까지. 이곳에 있는 우리의 일상은 수용소 생활에 비해 훨씬 평화롭고 자유로운데도, 하나하나 비교하다 보면 수용소와 이 사회가 자꾸 오버랩된다. 우리는 '이반 데니소비치의 하루'를 보내고 있다고 해도 과언이 아닌 것이다.

하지만 슈호프는 그런 참담하면서도 의미 없는 하루를 마치며 '우울하고 불쾌한 일이라고는 하나도 없는, 거의 행복하기까지 한 하루'였다고 뜻밖의 소감을 말한다. 일요일 저녁이 되면 오늘을 반추하기보다 당장 내일의 출근을 걱정하느라 눈앞이 캄캄해지는 것이 우리 마음인데, 슈호프는 억울하게 끌려와 언제 풀려날지 기대조차 할 수 없는 수용소에서 행복의 단서를 찾아낸다. 그야말로 대단한 내공이다.

현재의 행복을 느끼기보다 늘 불평불만을 늘어놓던 나는 책을 덮고 오늘 하루를 돌아본다. 앞으로 어떻게 살아야 할지를 지나치게 걱정하느라 정작 오늘을 사는 이유를 잊어버린 건 아닐까? 곰곰이 생각해 봐야 할 문제다.

감사의 이유는 상대적인 것

–

나는 일일 방문자가 1,000명 이상인 개인 블로그를 운영하고 있다. 처음에는 여행에 대한 기록을 남기고 싶어 만들었는데, 쇼핑, 맛집

탐방 등의 일상까지 담다 보니 이제는 다양한 사람들이 각자 다른 목적으로 찾는 '종합' 블로그가 되었다. 돌려 말하자면 1,000명도 넘는 사람들이 나의 일상을 주목하고 있는 셈이다. 물론 나 역시 평소 관심 있는 블로그를 이곳저곳 들르는데, 어느 날 문득 나도 모르게 그녀들을 훔쳐보고 있음을 깨달았다. 나와 달리 럭셔리한 삶을 사는 그녀들의 일상을 말이다.

새벽같이 일어나 아침밥은 구경도 못 하고 콩나물시루 같은 만원 버스를 타고 출근하며 25일 월급날만 손꼽아 기다리는 나와 다르게, 그녀들은 느지막이 일어나 스트레칭으로 하루를 시작한다. 내가 점심시간에 아이들과 도서관에서 사투를 벌이고 있을 때 그녀들은 호텔에서 우아하게 브런치를 즐기고, 내가 '저녁 메뉴고 뭐고 우선 나부터 살고 보자!' 하며 녹초가 된 몸을 이끌고 퇴근할 즈음 그녀들은 장을 보며 가족을 위한 저녁을 준비하곤 한다. 그녀들에 비해 나의 삶은 너무나 초라해 상대적인 박탈감을 수시로 느꼈다. 그래서 정신 건강에 해롭다는 이유로 블로그 방문을 잠시 끊기도 했다.

입장을 바꿔 생각하면 그녀들의 꿈은 멋진 커리어 우먼이 되는 것, 혹은 학생들의 미래를 책임진다는 사명감으로 무장한 교사가 되는 것이었을지도 모른다. 누군가는 나의 인생을 부러워할 수도 있는 것이다. 하지만 나는 나보다 나아 보이는 그녀들의 일상과 나의 삶을 끊임없이 비교하며 감사는커녕 투정만 잔뜩 늘어놓았다.

한 손에는 총

또 다른 손에는 펜

그러다 《이반 데니소비치의 하루》의 슈호프의 일상을 접하자 나의 불만이 그저 사치스러운 푸념일 뿐이라는 것을 뼈저리게 느꼈다.

수용소에 들어온 후부터 슈호프는 전에 고향 마을에 있을 때 배불리 먹던 일을 자주 떠올리곤 했다. 무쇠 냄비에서 찐 감자를 몇 개씩이나, 채소를 넣은 죽을 몇 대접씩이나, 그리고 식량 사정이 좋았던 옛날에는 커다란 고깃덩어리를 닥치는 대로 집어삼켰다. 게다가 우유는 배가 터지도록 마셨다.

그렇게 먹는 것이 아니었다고 지금 슈호프는 절실히 느끼고 있다. 음식을 먹을 때는 그 진미를 알 수 있도록 먹어야 한다. 다시 말하자면 지금 이 조그만 빵 조각을 먹듯 먹어야 한다. 조금씩 입안에 넣고 혀끝으로 이리저리 굴리며 양쪽 볼에서 침이 흘러나오게 한다. 그렇게 하면 이 설익은 검은 빵이 얼마나 향기로운지 모른다.

　　도저히 사람이 살 수 없을 것 같은 영하 30~40℃의 수용소에서 슈호프는 과거를 추억하며 지금의 사소한 일상에서 행복을 느낀다. 건더기가 거의 없는 묽은 양배춧국 한 그릇을 더 먹거나 추위를 조금이라도 덜기 위해 양지 바른 곳에 앉아 있는 것. 담배를 피우며 상념에 빠지고 오늘 하루 영창에 가지 않게 해 주신 하느님께 감사의 기도를 드리는 것에서 말이다. 이런 슈호프의 모습은 연민을 불러일으키는 동시에 그에 비해 나의 일상은 얼마나 행복한지, 나는 얼마나 소중한 존재인지를 다시 한 번 깨닫게 한다.

삶에 감사함을 느낄 수 있는 기준은 상대적이다. 그러니 조금만 달리 생각하면 다른 사람을 부러워하지 않고 나의 삶에서 또 다른 행복을 충분히 찾을 수 있고, 깨닫지 못했던 일상의 소중함을 느끼며 지금보다 훨씬 더 즐겁게 살 수 있다.

따뜻한 데 들어앉아 있는 놈이 추위에 떨어야 하는 놈의 심정을 어찌 알 수 있으랴? 혹한이 몸을 움츠리게 한다. 바람은 살을 에는 가스처럼 슈호프를 엄습한다. 저도 모르게 헛기침이 나올 지경이다. 바깥 기온은 영하 28도, 슈호프의 몸은 38도.
자, 어느 쪽이 이길 것인가?

나를 포함한 많은 사람들이 자신의 삶에 만족하지 못한 채 살아간다. 가지고 있음에도 불구하고 더 좋은 것을 가지려 하고, 더 좋은 것을 가지면 그보다 더 좋은 것을 가지지 못해 불평한다. 이런 유아적인 감정으로 살던 나는 《이반 데니소비치의 하루》를 읽은 후, 삶에 '감사'라는 이름을 하나씩 붙이게 되었다.

'삶의 통제권을 나 스스로 가질 수 있다는 것에 감사!'
'기약 없는 수용소 생활이 아니라 평범한 일상을 살 수 있다는 것에 감사!'
그리고 육아로 정신없는 하루하루를 보내는 요즘에는 '건강한 아기와 행복한 날들을 보낼 수 있다는 것에 감사'하고 있다. 작은 일에 감사하는 습관은 분명 지금의 힘든 삶을 조금 더 긍정적으로, 즐겁게 살아갈 수 있도록 도와준다. 마음먹기에 따라 우리 삶의 방향은 분명 달라질 것이다.

내 삶에 만족하지 못할 때 필요한 책

《집으로 가는 길》 이스마엘 베아, 송은주 옮김, 북스코프, 2014
《이반 데니소비치의 하루》 알렉산드르 솔제니친, 이동현 옮김, 문예출판사, 2002

일상의 감사함을 일깨우는 책

❶ 꽃이 지고 나면 잎이 보이듯이(이해인, 샘터, 2011)

암 투병 중에도 '살아 있다는 것' 자체가 아름다운 일이라며 소박한 일상에서 감사의 제목을 하나씩 찾아내는, 이해인 수녀의 희망 산문집. 고통 속에서 써 내려간 글이라고 해서 무겁거나 어두울 거라 생각하면 오산이다. 특유의 맑고 순수한 감성이 빚어낸 글들은 마음을 느긋하게 만들어 주며, 우리가 일상을 좀 더 긍정적으로 볼 수 있게 도와준다. 이 책을 읽고 나면 길가에 아무렇게나 핀 들꽃도 감사의 대상이 되고, 누군가와 함께하는 시간은 더 소중하게 느껴질 것이다.

❷ 1리터의 눈물(키토 아야, 정원민 옮김, 옥당, 2011)

척수소뇌변성증이라는 불치병과 사투를 벌인 평범한 15세 소녀 키토 아야의 일기를 담은 책이다. 갑자기 병을 앓게 된 아야는 자신의 상황에 불안함과 두려움도 느끼지만, 긍정적이면서도 적극적으로 하루하루를 살아간다. 그 모습은 자신의 건강한 삶에 감사할 줄 모르는 우리를 깊은 반성으로 이끈다. 공기 같은 존재가 되어 사라진 후에 소중한 존재였음을 알게 하는 사람, 따뜻함이 안에서부터 우러나는 인격 있는 사람이 되고 싶다는 아야. 이 소녀의 삶에서 새로운 희망과 감사, 그리고 감동을 느낀다.

1　《나의 블랙 미니 드레스》 김민서, 휴먼앤북스, 2011

《남녀 심리 백서》 김은선, 책만드는집, 2012

《사서함 110호의 우편물》 이도우, 알에이치코리아, 2013

《새벽 세 시, 바람이 부나요?》 다니엘 글라타우어, 김라합 옮김, 문학동네, 2008

《그 남자에게 전화하지 마라》 론다 핀들링, 이경식 옮김, 서돌, 2010

《사랑 후에 오는 것들》 공지영 · 츠지 히토나리, 김훈아 옮김, 소담, 2005

《냉정과 열정 사이》 에쿠니 가오리 · 츠지 히토나리, 김난주 · 양억관 옮김, 소담, 2000

《사랑의 기술》 에리히 프롬, 황문수 옮김, 문예출판사, 2000

《달콤한 나의 도시》 정이현, 문학과지성사, 2006

《결혼하지 않아도 괜찮을까?》 마스다 미리, 박정임 옮김, 이봄, 2012

《청혼》 오영욱, 달, 2013

《스님의 주례사》 법륜, 휴, 2010

《어쨌거나 결혼을 결심한 당신에게》 하정아, 홍익출판사, 2013

2　《오주석의 한국의 미 특강》 오주석, 솔, 2003

《할아버지가 꼭 보여주고 싶은 서양명화 101》 김필규, 마로니에북스, 2012

《나는 미술관에 놀러 간다》 문희정, 동녘, 2011

《차 마시는 여자》 조은아, 네시간, 2011

《박종호에게 오페라를 묻다》 박종호, 시공사, 2007

《남자의 물건》 김정운, 21세기북스, 2012

《집 나간 마음을 찾습니다》 정민선, 시공사, 2010

《코끼리에게 날개 달아주기》 이외수, 해냄, 2011

《바람이 분다 당신이 좋다》 이병률, 달, 2012

《너도, 나처럼, 울고 있구나》 문나래, 북노마드, 2013

《위대한 개츠비》 F. 스콧 피츠제럴드, 김영하 옮김, 문학동네, 2009

《바람이 우리를 데려다 주겠지》 오소희, 북하우스, 2009

《온 더 로드On the Road》 박준, 넥서스, 2006

《책은 도끼다》 박웅현, 북하우스, 2011

《독서 천재가 된 홍대리》 이지성 · 정회일, 다산라이프, 2011

《독서력》 사이토 다카시, 황선종 옮김, 웅진지식하우스, 2009

3 《미생》 윤태호, 위즈덤하우스, 2012~2013
《열 받는 날의 응급 대처법》 안희숙, 보이소, 2010
《나는 다만, 조금 느릴 뿐이다》 강세형, 쌤앤파커스, 2013
《퀴즈쇼》 김영하, 문학동네, 2010
《나만 위로할 것》 김동영, 달, 2010
《서른 살이 심리학에게 묻다》 김혜남, 갤리온, 2008
《모모》 미하엘 엔데, 한미희 옮김, 비룡소, 1999
《시간을 파는 상점》 김선영, 자음과모음, 2012
《포기하는 용기》 이승욱, 쌤앤파커스, 2013
《삼미 슈퍼스타즈의 마지막 팬클럽》 박민규, 한겨레출판, 2003
《생각을 모으는 사람》 모니카 페트, 김경연 옮김, 풀빛, 2001
《내 머리 사용법》 정철, 리더스북, 2009
《서울 시》 하상욱, 중앙북스, 2013

4 《아모스와 보리스》 윌리엄 스타이그, 우미경 옮김, 시공주니어, 1996
《어린 왕자》 생텍쥐페리, 김경주 옮김, 허밍버드, 2013
《엄마를 부탁해》 신경숙, 창비, 2008
《엄마, 일단 가고 봅시다!》 태원준, 북로그컴퍼니, 2013
《허삼관 매혈기》 위화, 최용만 옮김, 푸른숲, 2007
《고령화 가족》 천명관, 문학동네, 2010
《제가 살고 싶은 집은》 이일훈·송승훈, 서해문집, 2012
《모리와 함께한 화요일》 미치 앨봄, 공경희 옮김, 살림출판사, 2010
《남쪽으로 튀어》 오쿠다 히데오, 양윤옥 옮김, 은행나무, 2006
《집으로 가는 길》 이스마엘 베아, 송은주 옮김, 북스코프, 2014
《이반 데니소비치의 하루》 알렉산드르 솔제니친, 이동현 옮김, 문예출판사, 2002

인생독학

2014년 10월 13일 초판 01쇄 인쇄
2014년 10월 20일 초판 01쇄 발행

—

지은이   권희린

발행인   이규상
편집장   임현숙
책임편집   정경미 김연주
편집팀   김연주 김은정 허자연 정경미
디자인팀   임현주 김아란
마케팅팀   이경태 박치은 이인국 최희진

—

펴낸곳   (주)백도씨
    출판등록   제300-2012-170호(2007년 6월 22일)
    주소   110-034 서울시 종로구 자하문로 58 강락빌딩 2층(창성동 158-5)
    전화   02 3443 0311(편집) 02 3012 0117(마케팅)
    팩스   02 3012 3010
    이메일   book@100doci.com(편집·원고 투고) valva@100doci.com(유통·사업 제휴)
    블로그   http://blog.naver.com/h_bird 나무수 블로그 http://blog.naver.com/100doci
    페이스북   @100doci 카카오스토리 ID 나무수

—

ISBN   978-89-6833-034-6   03810
© 권희린, 2014, Printed in Korea